rowohlt

Camille de Peretti

Der Zauber der Casati

Roman

Aus dem Französischen von
Hinrich Schmidt-Henkel

Rowohlt

Die Originalausgabe erschien 2011 unter dem Titel
«La Casati» bei Éditions Stock in Paris.

1. Auflage Januar 2013

Satz Adobe Garamond PostScript (InDesign)
bei Pinkuin Satz und Datentechnik, Berlin
Druck und Bindung CPI – Clausen & Bosse, Leck
Printed in Germany
ISBN 978 3 498 05312 3

Meinen Musen und meinen wenigen
Freunden gewidmet

Sie ist meine Figur, sie ist mein Schatz.
Ich darf sie sagen lassen, was immer ich will.

PROLOG

Wenn die Mütter nur besser erzählen könnten, würden sie ihre Kinder – wenn die nur nicht so zappelig wären! – mit der wahren Geschichte jener unheimlichen Gestalt erfreuen, die vor den blassen Häusern des Oxford Circus einhergeht. Und zwar ganz ohne diese Drohungen: «Sei brav, sonst holt dich die große Hexe und verschleppt dich für immer und ewig in ihr Spukschloss!»

Die Gestalt traut sich tagsüber nicht mehr vor die Tür, das ist zu quälend. Die Bewunderung ist dem Entsetzen gewichen, die Schatten sind ihr letztes Reich geworden. Dichter, Künstler und Gelehrte, alle haben sie verlassen. Sie sieht den konzentrierten Blick des Malers noch vor sich, der ihr Porträt verfertigte, und den fleckigen Parkettboden des Ateliers; sie berauschte sich an dem kräftigen Geruch des Terpentins. Der Legende zufolge soll sie nach Kleopatra und der Jungfrau Maria die am häufigsten gemalte Frau der Kunstgeschichte sein. Wie kommt es dann, dass niemand sie wiedererkennt? Sie schließt die Augen. Fast kann sie die kleinen Hände ihrer Dienstmagd noch spüren, die mit Nadeln die Falten ihrer goldbraunen Korsage feststeckt. Das Rascheln der Seide, der knatternde Tüll. Ach, was hatte sie Kleider und Pelze geliebt!

Die hagere Gestalt biegt in die Carnaby Street ein. Ihre Arme so lang wie Pendel, die feinen Hände an allzu dünnen Gelenken, wie Blüten, die für ihre Stängel zu schwer sind.

Sie ist nicht mehr ganz so jung, und das Londoner Pflaster ist uneben; sie strauchelt in ihrem engen Etuikleid aus abgeschabtem Satin. Unter allerlei schwarzen Schleiern verbirgt sie ihre Augen, die mit Kohle geschwärzten Lider, ihr talkumblasses Gesicht, die allzu roten Haare. Kajal und Seidenpuder sind für sie, die keinen Penny mehr besitzt, zu teuer.

Sie schwankt. Jetzt könnte sie ein Glas Gin on the Rocks gebrauchen. Die an der Wand aufgereihten Mülleimer von Liberty sind noch nicht geleert worden. Fünf dunkelgrüne, randvolle Behälter. Angst, man könnte sie dabei sehen, hat sie keine. Angst hatte sie nie. Sie ist wieder das kleine Mädchen, das sich mit seiner Schwester auf Schatzsuche begibt. Wie fern die Villa Amalia ist! Ihr Puls schlägt schneller. Ob sie heute Abend Glück hat? Fieberhaft greift sie in den ersten Mülleimer. Allerlei Fetzen und vergilbtes Papier landen zu ihren Füßen. *Aspetta … aspetta …* Sie wühlt mit gekrümmten Fingern. Zeitungen, eine Büroklammer, ein alter Stift, fleckige Lumpen, ein Schnürsenkel, ein abgegessener Apfel, ein zerrissener Brief, Einwickelpapier. Sie stemmt sich auf die Zehenspitzen und wäre beinahe vornübergefallen. Wie ein Hund einen Knochen wittert, hat sie etwas Weiches gespürt. Es mit der Spitze des Zeigefingers berührt, doch dann ist es tiefer in den Eimer gerutscht. Die Abfälle ballen sich tückisch zusammen, ihr Ellbogen verschwindet darin. Sie tastet blindlings, flucht zwischen den Zähnen, wird wütend. Dann auf einmal erneut dieses Weiche. Ihre Hand packt zu, zerrt, und es gelingt ihr mit katzenhaftem Geschick, das Gesuchte aus dem Müll zu holen. Sie hält ein veilchenblaues Stück Samt hoch. Die Lumpensammlerin hat einen schönen Fang gemacht. Auf ihren ausgezehrten Lippen liegt das Lächeln einer Siegerin. *Magnifico*. Im Mondschein changiert der Stoff verlockend silbrig.

Damals … Kronleuchter, große Sträuße rosafarbener Orchideen, Frauen in federbesetzten Mänteln, goldpuderbestäubte Sklaven, die unter den Sternen Fackeln trugen. Ihre legendäre Menagerie: die Boa constrictor namens Anaxaragus, Geparden, Rosenbrustbartsittiche. Die Gondolieri, *Amore mio*, mit ihren Hütchen, und die Oberkellner im Ritz, wie sie dienerten: «Zu Diensten, gnädige Frau!» Das war kein Traum, das hat sie alles selbst erlebt. Sie hört noch den Gesang der Mandolinen und die schluchzenden Geigen. Sie hallen in ihrem Kopf wider und ertönen im Schlag ihres Herzens. Aus einem fernen Lande kommen sie, wie alte Lieder.

«Es war einmal, im Palazzo dei Leoni in Venedig, eine Frau, die mehr Edelsteine besaß als alle Sultane Arabiens. Ihr Leben war nichts als Rausch und Wolllust. Eines Tages beschloss sie, einen großen Ball zu veranstalten …»

Doch die Straßen sind menschenleer und die Kinder längst in ihren Betten. Die Mütter müssen diese Geschichte ein andermal erzählen. Vielleicht. Die Geschichte der aufsehenerregenden, der göttlichen Marchesa Casati.

ERSTER TEIL

Man muss sie – mindestens! – auf Knien anbeten
Auf dem Bauch, und keinen Stern am Himmel sehn
als nur ihr rotes Haar
Oder aber ihr ins Gesicht spucken, dieser Frau!

Paul Verlaine, *Une grande dame*

Oft fragen mich die Leute: «Wie sind Sie eigentlich Schriftstellerin geworden?»

Ich war fünfzehn, da bot mein Französischlehrer eine Schreibwerkstatt an. Es war eine Offenbarung. Mit bebender Stimme las jede Schülerin ihren Text laut vor. Kleinlaut lauschte ich den schriftlichen Hervorbringungen meiner besten Freundinnen Alexandra, Esther und Marie, die ich grenzenlos bewunderte. Im Jahr darauf eiferte ich Alexandras Vorbild nach und begann Tagebuch zu führen. Unsere Idole waren André Breton und Francis Ponge, wir rauchten heimlich Zigaretten und verfertigten voll tiefen Ernstes Oden an die Goldfische. Auf ihrem Bett stehend, deklamierte Alexandra Passagen aus ihrem Tagebuch. Ich hütete mich wohl zu gestehen, dass auch ich heimlich in meinem Zimmer Seite um Seite füllte. Ich wusste nicht, warum ich schrieb, war aber überzeugt, dass es mir ein unabweisbares Bedürfnis sei. Was ich allabendlich in das kleine Notizbuch der Marke *Quo vadis* kritzelte, fand ich weder gut noch schlecht, sondern dachte, der Sieg werde schon noch kommen. Ich war stolz auf die Regelmäßigkeit; allein die Disziplin war mir Zweck genug, wenn ich schrieb. Zugleich hatte ich einen unstillbaren Hunger auf Lektüre. Ich verschlang die Klassiker, die Hochliteratur; je höher die Bände sich in meinem Zimmer stapelten, desto tiefer sank der Mut, eines Tages selbst zur

Feder zu greifen. Einen Roman schreiben, aber dann einen unsterblichen, sonst nichts! Bestürzt las ich in Nabokovs *Verzweiflung*: «Das Tagebuch, ich muss es zugeben, ist die niedrigste Form der Literatur.» Sorgfältig schrieb ich Zitate ab und unterstrich sie sauber, damit sie aus meinem Tagebuchtext hervorstachen. Meine Schrift war klein, eng, außer wenn ich betrunken war und den Stift vorm Einschlafen kaum halten konnte. Jetzt, fünfzehn Jahre später, schreibe ich fast krankhaft stur weiter jeden Tag mindestens eine Seite. Beharrlichkeit ist der Vorzug der Untalentierten.

Mit zwanzig Jahren brach ich zusammen und ließ mitten während der Schulausbildung, die mich geradewegs zu einer Stelle im Höheren Dienst führen sollte, meine Ängste Oberhand über meinen Geist gewinnen. Ich kotzte, bis mir die Sinne schwanden. Ein Psychiater weckte mich auf und stellte sich meiner Anorexie in den Weg; dank seiner Hilfe fand ich ins normale Leben zurück.

Und dann begegnete ich Caesar. Er war alles, wovon ich träumte: Er war frei, er war Künstler. Ich wollte Schauspielerin werden, um der langen Kleider, der Diademe und des roten Teppichs willen, aber auch, um jemanden zu inspirieren, um eine Muse zu sein. Wütend klammerte ich mich an diesen Traum. Doch nach einer Reihe von Castings musste ich mich den Tatsachen fügen: Niemand wollte mich. Caesar seinerseits legte bald die Pinsel aus der Hand, um nur noch an die Decke zu starren und zu jammern, die Welt sei zum Verzweifeln.

Im letzten Semester der Handelsschule, die ich widerwillig besuchte, mussten wir nach einigen psychologischen Tests, die uns zur idealen Laufbahn verhelfen sollten, einen Bericht schreiben. Für mich der reinste Albtraum. Doch seltsam, es fiel mir ganz leicht, um nicht zu sagen, ich war glücklich.

Ich verfehlte das Thema meilenweit, denn ich verfasste einen Bericht über mein ganzes bisheriges Leben, doch zum ersten Mal seit langem fühlte ich mich einfach wohl.

Um die verflixte Ausbildung zu finanzieren, unter der ich doch so litt, machte ich zusätzlich eine Lehre in einer Handelsbank. Als ich am Tag nach dem Bericht aus dem Büro kam, ging ich mit Caesar in ein Straßencafé. Wir tranken einen übersüßen Kir und aßen dazu versalzene Chips, eine grässliche Mischung. Ich gab Caesar den Ausdruck dessen, was ich da am Tag zuvor geschrieben hatte. Er las es und musste weinen. Er sagte: «Ganz klar, du musst schreiben! Dafür bist du gemacht. Du bist eine Schriftstellerin, *God damn it!*» Und so entstand mein erstes Buch.

Kurz darauf fand meine Mutter einen Aufsatz von mir aus der fünften Klasse wieder, zu dem Thema «Was ich einmal werden will». In pompös-poetischem Stil legte ich dort ausführlich dar, dass ich Schriftstellerin werden wolle, um die Menschen zum Weinen zu bringen. Na, wenn das schon auf die Kindheit zurückging, dann … war es mir wohl vorherbestimmt. Ich weiß nicht genau warum, aber der Traum, der Ehrgeiz des kleinen Mädchens war verschüttet, vergessen gewesen. Caesar hat ihn wieder befreit. Das habe ich ihm zu verdanken. Heute begleiche ich meine Schulden bei ihm.

Ich hatte nicht erwartet, dass es so kalt sein würde. Ich sehe noch die traurige Reihe der roten Backsteinhäuser im East Village vor mir, wie sie unter dem weißen Winterhimmel daliegen mit ihren Außentreppen aus verworrenem Schmiedeeisen. Mit meiner Steppjacke über dem zehn Kilo schweren Wollponcho, den meine Mutter mir gestrickt hatte, sah ich aus wie das Michelin-Männchen. So eingepackt konnte ich kaum gehen. Der bis an die Lippen ragende Rollkragen hatte den typischen feucht-sauren Geschmack nasser Wolle. Im erstbesten Laden hatte ich nach dem Weg gefragt, man hatte mir eine ferne Straße beschrieben, und ich hatte mich verlaufen. Eine junge Frau, die ungeschickt durch die eisige New Yorker Luft tappt und dem Glück entgegenlächelt, das sie erwartet. Man hatte mich herbestellt, hatte mir ein Flugticket geschickt, damit ich vier Tage lang in den Vereinigten Staaten arbeitete. Ich sollte in einem Film mitspielen. Das Skript hatte ich per FedEx bekommen: lange, umständliche Sätze, die ich gegen die Aufregung den ganzen Flug über einem Mantra gleich wiederholt hatte. Eingemummelt, die Mütze über die Ohren gezogen, eilte ich meiner Bestimmung entgegen – oder dem, was ich damals dafür hielt.

Als ich die auf dem Umschlag angegebene Adresse erreichte, erkannte ich auf einen Blick, dass das nicht das ganz große Kino sein würde. Nichts à la Metro-Goldwyn-Mayer, sondern eine zum Studio umfunktionierte drittklassige Wohnung. Und da stand er, die Arme weit geöffnet, und begrüßte mich mit ekstatischem Lächeln. Ich erkannte ihn kaum wieder. Ich fand ihn alt und massig und viel zu viril.

«Camille! *Hi! How are you?*»

Die kleine Französin hätte dem amerikanischen Regisseur, der noch nie Regie geführt hatte, misstrauen sollen. Sie hätte wissen müssen, dass man nicht einfach so zum Filmstar wird, wenn man noch nie vor der Kamera gestanden, sondern nur zusammen mit ein paar anderen leicht zu beeindruckenden jungen Leuten ein bisschen Schauspielunterricht genommen hat.

Es stank geradezu nach Dilettantismus und fehlenden Mitteln. Wahrscheinlich war das gesamte Budget des Films für mein Flugticket draufgegangen. Ich hatte von einem Filmteam geträumt, von Beleuchtern, Toningenieuren, Assistenten, die eifrig Kaffee bringen, ein knisterndes Walkie-Talkie am Gürtel. Hier jedoch erwartete mich eine einzige Kamera auf einem Stativ in einem bunt zusammengewürfelten Dekor mit verschossenem rotem Vorhang. Zwei Sessel. Drei Spotlights. Und er war allein. Ich landete unsanft in der Wirklichkeit.

Er war in mich verliebt. Das wusste ich. Dieser viel ältere und narbengesichtige Mann. Schräg von ganz oben auf der Stirn bis in die Mitte der Wange verlief der Schmiss. Wie konnte mir das alles entgangen sein, als wir an der Place de l'Odéon Kaffee tranken, ein paar Monate zuvor? Ich hatte alles getan, um ihn für mich einzunehmen. Ich wollte diese Rolle unbedingt, ich lächelte, machte auf Kindfrau, auf geheimnisvoll, unberührbar, ganz die Pariserin. Ich glaube, ich hatte für das Treffen sogar eine Baskenmütze aufgesetzt. Ich weiß es nicht mehr genau, aber zuzutrauen wäre es mir gewesen.

Kennengelernt hatten wir uns am Tag meiner Hochzeit. Eine meiner Freundinnen hatte ihn mitgebracht, und er gestand ihr, dass er sofort für mich entbrannt war, als er mich in meinem wallenden Brautkleid zum Altar schreiten sah. Ich sei die Frau seines Lebens, er wolle nichts anderes mehr, als mein nächster Ehemann zu werden. Sein donquichottesker Annäherungsversuch hatte Caesar und mich zum Lachen gebracht. Ich war verliebt und mir meiner Sache vollkommen sicher, schließlich würde meine Liebe ein Leben lang dauern, während seine von Anfang an unter dem Zeichen einer charmanten Hoffnungslosigkeit stand. Er allein war älter als wir beide zusammen. Errötend hatte er meinen Mann angestammelt: «Ihre Frau ist ein Engel, engelhafter als jeder Engel, ich möchte sie für mich.» Und mein grausamer Gatte lächelte: «Danke, mein Alter, ich weiß.» Mit hängenden Ohren und klopfendem Herzen flog er zurück über den Ozean und fing an, mir Mails zu schicken. Halb verliebte Worte, halb intellektuelle Ergüsse, und verwirrt auf jeden Fall. Vor jedem Satz entschuldigte er sich, seine Kommasetzung war chaotisch. Ich sei seine Muse, so schrieb er, ich inspirierte ihn. Er war ulkig. Und er war Regisseur. Also schrieb er mir eine Rolle auf den Leib, eine Rolle als Femme fatale, als Femme française. Geneviève, so hatte er meine Figur getauft. Ich versuchte kurz, ihm zu erklären, wie hoffnungslos veraltet dieser Name sei, doch da ihm auch Monique und Simone gefielen, ließ ich es lieber sein.

Allmählich entfernten sich diese Mails immer weiter von der Wirklichkeit, von jenem Treffen und dem, was wir dabei besprochen hatten, um einer Phantasie-Geneviève Platz zu machen. Er begehrte sie nur noch so keusch, wie Lancelot Guinevere begehrte. Während der Episode in New York begriff er nur zu gut, dass ich eben keine mittelalterlich-höfische Prinzessin war, und nannte mich nicht mehr Geneviève. Doch auch nachdem er mich ein für alle Mal mit der Marchesa Casati identifizierte, unterschrieb er seine Nachrichten immer noch mit «Euer Lancelot».

Mich amüsierte das Ganze sehr. Seine Mails waren geistreich, manchmal allerdings unverständlich. Bisweilen beschäftigte er sich gar nicht mit mir, sondern erging sich in nicht enden wollenden Abschweifungen. Mir machte das nichts aus, ich hatte bereits meine Erfahrungen mit einer einseitigen Freundschaft in Briefform, und so nahm ich sein Geplauder gnädig auf. Ich war in meinen Antworten sehr viel knapper und präziser, umso mehr, als ich es nicht gewohnt war, auf Englisch zu schreiben. Ich streute allerlei französische Wörter ein, worüber er sich kindisch freute, denn er beherrschte diese Sprache zwar nicht, fand aber, Französisch sei das Idiom der Liebe. Ich trieb mein Spiel mit diesem alten Mann. Ein freundschaftliches Spiel. Ich war unendlich verliebt in meinen Mann, und in meinem jugendlichen Überschwang meinte ich, ich täte ihm einen Gefallen: Es war doch nett von mir, seine Ergüsse zu lesen und darauf zu antworten. Ich war eine unvergleichliche Briefpartnerin. Er war so froh, sich zwischen den Zeilen als Ritter zu gerieren. Er besaß etwas, was ich haben wollte: eine Rolle. Ich war, was er wollte: ein Hirngespinst. Wir waren quitt.

Auf der Schwelle seines als Trompe-l'œil gebauten Cinemascope-Studios, Tausende Kilometer von zu Hause entfernt, spürte ich meine Selbstsicherheit ins Wanken geraten. Wenn ich seine Muse war, musste ich es bleiben: die einzige Möglichkeit, nicht vergewaltigt zu werden und nicht zu enden wie jene Idealfrau, die Baudelaire mit allerlei hartnäckigen Oden beredet hatte, ihn zu erhören, um ihr am Morgen danach herablassend zu schreiben: «Vor wenigen Tagen noch warst du eine Göttin, das ist so bequem, so schön, so unverletzlich. Jetzt auf einmal bist du eine Frau.» Zermürbt durch die Kälte draußen, durch die Zeitverschiebung und die Straßen, die ich bis hierher hatte durchwandern müssen, beschloss ich, mich einfach auf einen der beiden Sessel sinken zu lassen und zu rufen: *«Hi Henry! Oh! I'm exhausted!»*, ohne ihm die Wange hinzuhalten, ohne ihm die Hand zu reichen. Ganz die Königin von Saba, gleich von Anfang an, er durfte mir gerade noch aus der unbequemen Steppjacke helfen. Jetzt konnte das Große Kino beginnen.

Henry war es, durch den ich die Marchesa Casati entdeckte. Und bis heute frage ich mich, wie er sie und mich zusammendenken konnte. Freilich, es gibt da gewisse Übereinstimmungen. Sie hatte Umgang mit sämtlichen Malern ihrer Zeit, ich war mit einem Maler verheiratet. Sie wollte eine Muse sein und ihr Leben zu einem Kunstwerk machen; ich kannte kein edleres Ziel als dieses. Sie war Italienerin, ich liebte das Land und seine Sprache, hatte meinen ersten Roman auf einer Reise nach Perugia geschrieben. Ansonsten liegen Welten zwischen Luisa Casati und mir. Sie war vor allem eine Exzentrikerin mit großer Geste, ich hingegen bin nur spärlich originell. Meine Rebellion in der Pubertät beschränkte sich darauf, dass ich ein Paar lila Doc Martens und ein falsches Piercing kaufte, das ich mir nur ein einziges Mal an den Nasenflügel zu klipsen wagte. Etwas später lief ich eine Zeitlang mit einem Diadem auf dem Kopf herum, doch damit wollte ich vor allem mich selbst erfreuen. Bisweilen trage ich grünen Nagellack, offen gestanden finde ich das hübsch. Außerdem stelle ich manchmal die Musik auf volle Lautstärke und hüpfe schreiend durch mein Wohnzimmer, aber ich weiß, das machen doch alle. Die Marchesa Casati trug diamantbesetzte Schuhe, hatte grün gefärbtes Haar, nahm alle möglichen Drogen, hielt sich eine Boa constrictor als Schoßtier und wohnte im Ritz. Sie bot das erschreckende Bild einer gefallenen Königin, einer Frau, die allen Glanz der Welt erlebt hat und im Elend endet. Ihr Leben gleicht einem Märchen, das zur Tragödie wird; geboren als Erbin eines der größten Vermögen Italiens, starb sie vollkommen mittellos als Pennerin. Vielleicht hat mich das am meisten fasziniert, das rauschhafte Untergehen. Mich, die ich so vernünftig bin.

Henry schenkte mir ihre Biographie, die dann fast sechs Jahre lang irgendwo in meinem Bücherregal schlummerte. Ich pflege fast zwanghafte Lektüresitten, bin überzeugt, dass es mir Unglück bringen würde, ein einmal begonnenes Buch beiseitezulegen, und so bin ich dazu verdammt, alles, was ich beginne, auch bis zum Ende durchzulesen. Und ich habe felsenfeste Überzeugungen, was den «richtigen Moment», den «Roman, den ich mir verdient habe» angeht. Oft sage ich: «Nein, nein, den nicht, für den bin ich noch nicht reif.» Bei der Casati-Biographie war es etwas anderes; Henry hatte mir so lang und breit von dieser Frau und ihrem außergewöhnlichen Schicksal erzählt, dass ich beschloss, erst einmal von ihr zu träumen, bevor ich über sie las. Ich dachte häufig an sie, es drängte mich anzufangen, zugleich hatte ich Angst vor der wirklichen Begegnung. Und als ich mir endlich einen Ruck gab, wurde mir klar, dass sie einer schrecklichen Ungerechtigkeit zum Opfer gefallen war. Nicht nur, dass sie dem breiten Publikum vollkommen unbekannt blieb, ihre Biographen hatten ihr verschiedene, gänzlich unpassende Etiketten aufgeklebt. Ich gehe methodisch vor. Ich gehe den Dingen auf den Grund. Ich beschloss, den Roman ihres Lebens zu schreiben, so, wie ich von ihr geträumt hatte, wie ich sie spürte, ganz und gar subjektiv.

Aber ein Buch zu schreiben ist gar nicht so einfach. Anfangs ist alles neu und schön, wie frisch verliebt. Herzklopfen bei den ersten Worten, wie bei den ersten Küssen. Seite um Seite, in einem euphorischen Wirbel, bis zum letzten Punkt. Doch dann geht die eigentliche Arbeit erst los. Noch einmal von vorn, und alles muss korrigiert werden. Die erste Durchsicht hält unendliche Enttäuschungen bereit. «Das soll mein Buch sein?» Man fügt hier eine Kleinigkeit ein, streicht da ganze Absätze. Beim zweiten Durchgang will nichts mehr zueinanderpassen, die Figuren stehen auf wackligen Füßen, die psychologischen Situationen sind unglaubwürdig, der klägliche Stil tut fast weh. Der Verleger rät dazu, das Manuskript eine Weile ruhen zu lassen, es nicht mehr anzurühren, es am besten vorläufig zu vergessen. Dann zieht man erneut in den Kampf. Ganze Kapitel verschwinden, die Kommas rempeln sich gegenseitig an. Noch einmal mit frischer Kraft! Eines Tages ist es vorbei. Man ist befreit und schwört sich, keinen Rückfall mehr zu erleiden, sich eine ordentliche Arbeit zu suchen mit geregelten Arbeitszeiten und bezahltem Urlaub, eine respektable Arbeit. Und eines schönen Morgens dann ist er auf einmal da und steht vor uns: Der erste Satz eines neuen Romans. Diesmal ist es fast ein Alexandriner. Er lautet: «Das Neugeborene ist da, es schreit in seiner Wiege.»

Das Neugeborene ist da, es schreit in seiner Wiege. Ein Mädchen. Es wird Luisa Adele Rosa Maria Amman heißen. Gerade vor ein paar Stunden erst ist die Kleine zur Welt gekommen. Es stört mich nicht, ganz am Anfang zu beginnen. Sie methodisch anzugehen. So bekomme ich selbst auch gern Geschichten erzählt. Wir befinden uns am 23. Januar 1881 im Städtchen Erba nördlich von Mailand. Nachts hat es Frost gegeben, und am frühen Morgen rinnt hinter den üppigen goldgelben Seidenvorhängen das Wasser an den beschlagenen Riesenfenstern der Villa Amalia hinab. Die Dienstboten bewegen sich auf Zehenspitzen, um die junge Mutter nicht zu stören, die in ihrem blutbefleckten weißen Nachthemd endlich eingeschlafen ist. Im Kinderzimmer lässt das Neugeborene unter dem Himmel aus Spitzenvorhängen und Bändern einen schüchternen Schrei hören.

Natürlich ist der Vater enttäuscht. Er, der das väterliche Unternehmen weiterführt, hat sich einen Sohn gewünscht, dem er nicht nur seine Fabriken würde vererben können, sondern auch den Grafentitel, den Umberto I. ihm in Anerkennung seiner um die Baumwollindustrie erworbenen Verdienste verliehen hatte. Und jetzt wieder eine Tochter, die zweite. Liebt er wenigstens seine Frau? Ich stelle mir vor, wie er sich abends in der Bibliothek verkrochen hatte, umgeben von nie geöffneten Bänden, dafür mit einer guten Flasche

Chianti und ein paar Zigarren versehen, und darauf wartete, dass der eilendst herbeigerufene Arzt triumphierend aus dem Schlafzimmer käme, um ihm mitzuteilen, alles sei gut verlaufen.

Liebe braucht Vorstellungskraft, und ich habe fest vor, Luisa zu lieben. Jetzt, da ich diese Zeilen schreibe, kenne ich sie noch kaum; ich möchte sie mir zu eigen machen, auch wenn das bedeuten sollte, sie zu verraten, zu verformen. Ich kann keine Biographie verfertigen. Und ich habe schöne Lügen immer gemocht, im Leben wie in der Literatur. Dieses Buch ist ein Roman. Luisa Adele Rosa Maria ist ein Produkt meiner Phantasie, darum werde ich in ihre Haut schlüpfen, in die Haut dieses Neugeborenen, für das die Welt bislang aus nichts als verschwommenen Flecken besteht. Genau wie Luisa weiß ich nicht, was uns erwartet.

Trotzdem werde ich mich bemühen, so nahe an den Fakten zu bleiben wie möglich. So weiß ich, dass Luisas Vater, Alberto Amman, einen tiefverwurzelten Sinn für Innovationen besaß. Er hatte nach Übernahme der väterlichen Geschäfte für eine rasante Blüte gesorgt, indem er Emilio Wepfer als Kompagnon gewann. Die Amman-Wepfer-Gesellschaft war 1875 gegründet worden. Beide entwickelten gemeinsam eine sehr leistungsfähige Baumwollspinnmaschine, die sofort ein großer Erfolg war. Er konnte nicht viel Zeit in der Spinnerei in Pordenone verbringen, davon hielten ihn die Verpflichtungen in der Fabrikverwaltung in Mailand ab. Hier gründete er die Vereinigung der italienischen Baumwollhersteller und wurde ein bedeutender Akteur der industriellen Gesellschaft. Mit zweiunddreißig Jahren heiratete er Lucia Bressi. Im Jahr darauf, am 22. Januar 1880, kam ihr erstes Kind zur Welt, Francesca. Ein Jahr und einen Tag später folgte Luisa am 23. Januar 1881; da war ihr Vater gerade auf der Italienischen Messe in Mailand mit einer Goldmedaille ausgezeichnet worden.

Die Mutter muss von zwei so nah beieinanderliegenden Geburten recht erschöpft gewesen sein. Zwar nimmt eine Armee von Hausangestellten, Köchinnen und Ammen der Contessa das Windelwaschen, das Bügeln der bestickten Sabberlätzchen und die Schmerzen des Stillens ab, doch kann das nicht das Einschießen der Milch und die nassen Flecken auf dem feinen Batistnachthemd verhindern. In jener Zeit, in der es als besonders weiblich galt, sich in enge Korsette zu zwängen, hat sie ihren Bauch mit Entsetzen sehen müssen. Sie war nicht darauf gefasst, dass er, als das Kind hinaus war, so eine schlaffe Tasche würde, ein halb aufgeblasener Ballon. Ja, Lucia möchte bald wieder in ihre Ballkleider schlüpfen.

Die Ammans sind märchenhaft reich. Sie besitzen verschiedene Liegenschaften, eine Wohnung im Geschäftsviertel von Mailand, ein Haus bei der Baumwollfabrik, in dem König Umberto häufig zu Gast ist, und vor allem die Villa Amalia. Ein riesiges strohgelbes Herrenhaus, dessen große Fenster auf einen prunkvollen Park hinausgehen.

Ich plane eine Reise zur Villa Amalia. Wenn ich genug Zeit habe, nehme ich den Zug. Zugreisen habe ich immer geliebt.

Aus Luisas früher Kindheit ist nur sehr wenig bekannt. Man nimmt an, sie habe sie ohne größere Erschütterungen durchlebt. Ihre große Schwester zog sie wahrscheinlich an den Haaren und klammerte sich an sie, wenn die Mutter sie auf den Arm nahm. Luisa schrie gellend und sorgte so dafür, dass ihre Schwester bestraft wurde. Der Vater interessierte sich kaum für seine Töchter. Er mochte die Unruhe nicht, die sie verbreiteten, und sagte den Kindermädchen, sie sollten sie woandershin zum Spielen bringen. Luisa mochte die Küsse ihres Vaters nicht, der Tabakgeruch und die pomadisierten Schnurrbartenden waren ihr zuwider. Den Chignon ihrer Mutter hingegen liebte Luisa, ein Wunder von Windungen. Stundenlang konnte sie die erlesen verschlungenen Strähnen des langen braunen Haares betrachten. Wenn ihre Eltern sich abends zum Ausgehen fertig machten, bewunderte Luisa von fern die makellose Hemdbrust ihres Vaters unter dem vergoldeten Leuchter der Eingangshalle und auf der Schleppe von Mamas Kleid die zahllosen, wie Sternenstaub funkelnden Pailletten. Wie schön sie ihre Mutter fand. «Ginetta, geh jetzt ins Bett!» So lautete ihr zärtlicher Spitzname. Die Kleine trollte sich geblendet, mit Augen so rund wie Murmeln.

Es gibt Porträts von Conte Alberto und Contessa Lucia Amman. Er mit lebhaften Augen und forschem Kinn, kahler Stirn – die Sorgen, dachte ich beim Betrachten –, mit gestärktem Kragen, tadellos. Sehr viel härter als seine Frau. Ihre Nase ist ein wenig breit geraten, ihre Lippen sind sanft, ihr Blick ist traurig. Ganz in Schwarz ist sie gekleidet, sechs Reihen kleiner Perlen, dicht am Hals anliegend, und ein breiter Spitzenkragen wellt sich auf ihrer Brust. Eine freundliche, ernsthafte Frau, die nach Moschus und Reispuder duftet. Ein gewisser Hang zur Fülligkeit. Ich bin fast sicher: Diese Frau mag kleine Zitronenküchlein zum Tee.

Die Mädchen haben Gouvernanten und Hauslehrer. Sie leben in einer Welt voller Erwachsener – die Angestellten, die Eltern und deren Freunde, die Onkel und Tanten. Sie sind von sehr verschiedener Wesensart, aber darauf angewiesen, miteinander auszukommen. Ihre Spiele enden meist in Streit und Tränen. Wenn Luisa weint, dann still. Luisa ist scheu. Da bin ich mir sicher. Sie richtet große Augen auf die Welt, ihre Lippen kräuseln sich zu einem verschlossenen Schmollen. Eine Handvoll vergilbte Fotografien im Besitz des Casati-Archivs zeigen die beiden Schwestern in konventionellen Posen, identisch in Spitzenschürzen oder zu Karneval als Zenturionen kostümiert. Francesca ist die Hübschere. Luisa hat die flache Nase ihrer Mutter geerbt. Mein Gott, wie brav sie aussieht auf einem dieser Fotos, mit ihrem wohlgekämmten Schopf. Brav und fern.

Man kann sich die Mädchen vorstellen, wie sie durch die Flure der Villa Amalia laufen, auf der Suche nach Verbotenem. Die Schränke der Mutter quellen von Schätzen über. Allerdings sind die beiden Kleinen zu gut überwacht, als dass sie in die Privaträume gelangen könnten, und müssen sich mit Ausflügen in den Garten begnügen, wo Schnecken und Käferchen ihnen als Prinzen und Feen dienen.

Wenn der Vater geschäftehalber länger in Mailand bleiben muss, reist die Familie ihm nach. Im von Nippes überquellenden Rokoko-Salon sitzen die junge Mutter und ihre Töchter beim Feuer. Es ist Herbst, Spätnachmittag, das Licht senkt sich sacht. Draußen ballen sich bedrohlich graue Wolken über dem roten Platanenlaub, bereit, ihre Regenlast abzuwerfen. Die kleine Luisa hat sämtliche Modejournale ihrer Mutter auf dem Teppich ausgebreitet, den *Moniteur de la Mode*, das *Journal des Desmoiselles* und eine Nummer von *L'Illustration*, auf deren Titelseite eine Szene nach einem Maskenball in der Pariser Oper wiedergegeben ist. Beim Blättern träumt sie lange vor jeder einzelnen Seite. Ich bin sicher, dass sie am liebsten die Ballkleider studiert. Auch Fotos von Sarah Bernhardt sind zu sehen, in einem Kleopatra-Kostüm, mit allerlei Leopardenfellen und exzentrischen Diademen. Luisa schneidet Bilder aus und stellt sie zu abenteuerlichen Collagen zusammen. Das hat ihre Mutter ihr erlaubt, sie hat sie sogar gelehrt, aus etwas Mehl und Wasser Leim herzustellen. Wie geborgen sie sich fühlen muss, zu Füßen ihrer Mutter sitzend, von ihrer Wärme und Liebe umhüllt. Francesca hingegen hält die Schere verkehrt und stellt mit dem Leim ein großes Gekleister an. Wenn er über den Rand der Seite quillt, weint sie. Luisa wirft ihr einen verächtlichen Blick zu. *Bambina piagnucolona.* Heulsuse.

«Das ist wirklich hübsch, Ginetta. Du bist ja richtig begabt.» Luisa lächelt, sie wird gern gelobt, wie alle Kinder. Das Feuer knistert, draußen fängt es an zu regnen.

Am Vortag sind sie alle gemeinsam in der Scala gewesen. Luisa mag Opern weniger als ihre Schwester. Sie findet die Geschichten etwas abgeschmackt, diese Frauen, die vor

Liebe sterben, und diese Männer, die einander singend erdolchen. Für Luisa findet das wahre Spektakel im Saal statt. Sie ist ganz geblendet von den Toiletten der Frauen, ihren Handschuhen, Fächern, ihrem Schmuck, der auch im Dunkeln noch funkelt. Sie hat das Glitzern der Diamanten und Perlen auf den weißen Hälsen noch vor Augen, die verführerisch glänzenden Stoffe. Sie liebt ihre Mutter von ganzem Herzen, doch verglichen mit den anderen Frauen findet sie sie in ihrem schwarzen Kleid eher glanzlos. Lucia war nicht die Schönste. Wahrscheinlich hat Luisa ihre Enttäuschung aber nicht gezeigt. Morgen wollen sie in den Palazzo Brera gehen und die Gemälde von Tintoretto, Tizian und Veronese bewundern. Luisa mag die Malerei. Vielleicht wird sie ja selbst irgendwann Malerin. Jetzt klebt sie erst einmal sorgsam einen Blumenstrauß anstelle des Kopfes auf eine Frauengestalt. Das Ergebnis ist zumindest überraschend. Sie reckt das Blatt stolz in die Luft, da lacht sogar Francesca.

Für das Frühjahr 1894 planen die Ammans einen Familienurlaub in Turin. Luisa und ihre Schwester freuen sich voll Ungeduld darauf. Zwei Wochen vor der Abreise begeben die Eltern sich in Geschäftsdingen nach Florenz, und die beiden Mädchen, Luisa ist jetzt dreizehn, bleiben allein im luxuriösen Alltag der Villa Amalia. In Florenz aber erkrankt die Mutter plötzlich. Man bringt sie zu Bett und ruft den Arzt, dem nicht einmal mehr genug Zeit für eine Diagnose bleibt, so schnell stirbt sie. Zu jener Zeit konnte eine Siebenunddreißigjährige durchaus noch so schnell wegsterben. Der Vater kehrt nach Mailand zurück und teilt an einem Aprilmorgen seinen Töchtern die traurige Nachricht mit. Niemand hatte sich richtig verabschiedet, niemand hatte Versprechungen machen oder Ratschläge geben können. Es hatte Lucia einfach so hinweggetragen mit ihrem Haarknoten und den schwarzen Kleidern.

Ich kann mich nicht an Luisas Stelle versetzen. Ich kann nicht wissen, ob sie schrecklich litt, ob sie verstummte, um ihren Schmerz nur innerlich zu durchleben. Ich glaube aber, dass man einen Liebesvorrat anlegen kann. Anders als Schlaf- oder Wärmevorrat, das geht nicht, aber einen Liebesvorrat schon, einen, der lange hält. Auch wenn wir allein und verloren sind, können wir eine ferne, ernste Zärtlichkeit heraufbeschwören, die unser Herz behütet hat. Wenn ein lieber Mensch stirbt, dauert seine Liebe fort und trägt uns bis ganz zuletzt, auch wenn sie weniger werden mag, wir enorme Erinnerungsanstrengungen vollbringen müssen und sie doch irgendwann ein wenig verformt wird. Die Liebe einer Mutter, denn von der rede ich, hilft uns weiter, wenn wir hinreichend viel davon erfahren haben. Wir sollten den Tod derer, die uns geliebt haben, nicht fürchten, denn ihre Liebe lebt in uns. All jene abgegriffenen Bilder von unauslöschlichen Flammen und Bindungen, die stärker als der Tod sind, sie sind keine Lügen. Aber ich weiß nicht recht, ob meine Luisa genug Zeit hatte, sich einen solchen Vorrat anzulegen.

Es schmeichelte mir, dass er in mich verliebt war, dass er mir ein Flugticket schickte; stolz verkündete ich meinen Freunden von der Schauspielschule, ich würde in New York einen Film drehen. Soll mich ruhig auslachen, wer in richtigen Filmen mitgespielt hat, die in den Großkinos auf den Champs-Élysées gezeigt werden: Vor Henrys Kamera war ich der Star, wenigstes glaubte ich felsenfest daran, und das genügte mir. Ich frage mich heute, warum es mir derart wichtig war, einen Film zu machen. Schauspielerin sein, das heißt begehrt zu werden, begehrenswert zu sein, und ich dürste so nach Anerkennung. Das Schreiben ist kein Notbehelf, es ist notwendig, essenziell, aber ich bin keine Intellektuelle, ich bin eine Liebende, in meinem Leben hat die Liebe immer vor allem anderen gestanden.

Die Verführungskunst bewirkt bei denjenigen, die sie ausüben, seltsame Verwandlungen. Bei Henry spielte ich die Naive. Die Charmante, die lächelt und nicht begreift, was vorgeht. Eine, die in einer Welt ohne Begehren und Gewalt lebt, mit der kein Augenzwinkern, keine Zweideutigkeiten, keine Komplizenschaft möglich sind, auch kein Unwohlsein. Ich war klar und transparent wie Wasser. Man darf gespielt Naive nicht der Perversion bezichtigen. Sie wissen, dass die Männer sie ins Bett bekommen wollen. Sie weigern sich nur, die Realität anzuerkennen.

Henry nannte mich seine «Mjuse». Ich hatte Angst, er könnte sich an mir vergreifen, tröstete mich aber mit dem Argument, er sei genau der Typ für Erektionsprobleme. Zu überschwänglich, zu intellektuell. Alles an ihm war mir zuwider, die grobporige Haut, das etwas schiefe Lächeln, das er aufsetzte, um zu wirken, als könne er kein Wässerchen trüben. Seine Narbe flößte mir mal Angst, mal Mitleid ein. Beim Verführungsspiel mit jungen Männern meiner Generation hatte ich immer die Fäden in der Hand behalten, jetzt fürchtete ich mich davor, mit ihm allein zu sein. Der Altersunterschied erdrückte mich. Er hatte mehr erlebt als ich, mehr gelesen, getrunken, geraucht, mehr gelacht und geweint. Dem konnte ich nicht begegnen, also wich ich lieber aus.

Ich erinnere mich an den ersten Abend nach den Dreharbeiten. Wir hatten uns ja so viel zu sagen – wenigstens hoffte er das. Seine Wohnung war dunkel, ich spüre die eingeschlossene, beengte, von Begierde gesättigte Atmosphäre bis heute. Er kam vom Hundertsten ins Tausendste. Ein unstillbarer Plauderer, nie um eine Anekdote, ein Museum, das er besucht, ein Buch, das er gelesen hatte, verlegen. Sein Geist sprühte und hüpfte, kaum zu bändigen. Er gab mir Kartoffelchips mit Spinat zu essen, ich erinnere mich an den Piraten auf der Tüte. Einen zehnminütigen Vortrag hielt er mir dazu. Wie eine Spinne, die ihr Netz spinnt, umfing er mich mit langen, klebrigen Sätzen. Er wollte verhindern, dass ich ging. Mir war es ganz unerträglich, und ihm blieb mein Widerwillen dagegen, zu bleiben, ganz sicher nicht verborgen. Je mehr ich versuchte, seinen Stricken zu entkommen, desto eifriger warf er seine Netze aus, die mich lähmten. Es war ein verzweifelter Kampf. Ich tat unschuldig, blind für die Signale, die er aussandte. Er musste so eine Angst haben, eine Abfuhr zu kassieren. Da er nach hinten auswich, um besser Anlauf nehmen zu können, entfernte jeder Versuch ihn weiter vom Ziel. Ein Freund hat mir mal verraten, dass die Männer oft Scheu haben, sich vorzuwagen, weil sie das Verhalten der Frauen nicht zu interpretieren verstehen. Eine Frau weiß immer, wenn ein Mann sie begehrt. Umgekehrt ist das nicht der Fall. Ich erinnere mich an seine Angst. Angst zu lieben und nicht wiedergeliebt zu werden. Angst, weil er mir seit Monaten verliebte Mails schickte, die ich eine nach der anderen öffnete und las, und weil wir seit meiner Ankunft noch kein einziges Mal meinen Mann erwähnt hatten. Angst, denn ich war jung und hübsch und mit ihm allein in dieser kleinen Wohnung und draußen die Nacht. Angst, weil ich den ganzen Tag lang die Verführerin gespielt hatte, die wilde Geneviève. Eine von ihm erfundene Figur, die so war, wie er mich haben wollte, und jetzt ging im Kopf dieses armen Teufels, der mich nach New York geholt hatte, alles durcheinander. Jetzt war ich hier, er brauchte nur noch die Hand nach mir auszustrecken, aber er redete nur die ganze Zeit über Picasso, die Papageien der Marquise Casati und über den Piraten auf der Chipstüte.

Die Casati. Erzählte er mir an diesem Abend zum ersten Mal von ihr? Wahrscheinlich. Geneviève sollte Luisas kleine Schwester sein. Ihn interessierte einzig die exzentrische, schräge Seite der Figur: ihre Kleider, ihre nächtlichen Ausfahrten auf dem Canal Grande in Venedig, nur in einen Pelzmantel gehüllt. Er beschrieb sie mir, wie sie sich nackt im Mondschein darbot, nannte sie eine «Femme fatale» und genoss den französischen Begriff, bei dem er mir tief in die Augen schaute. Heute weiß ich, dass er sich irrte, Luisa war nie eine Femme fatale, nicht einmal eine Charmeurin; aber während er eine Anekdote nach der anderen losließ, wünschte ich mir glühend, dieser Frau zu ähneln, die ich mir als unerbittliche Verführerin vorstellte.

Ich war vierundzwanzig. Hätte er sich auf mich gestürzt, mich in seiner verzweifelten Liebe gewaltsam geküsst, ich weiß nicht, ob ich geschrien oder ihn angewidert hätte gewähren lassen. Wenn ich mir heute die Szene vor Augen führe, erkenne ich, dass ich mich noch viel ärger verhalten habe. Mit allerlei Mienen und Gelächle fachte ich seine Glut weiter an, ich aß die Chipstüte leer, Angst im Bauch, und ging dann völlig ungeküsst. Ohne Vorwarnung. Ich stand einfach auf und sagte: «Ich muss jetzt gehen, Esther wartet.» Treffsicher wählte ich den besten, den zweideutigsten Augenblick, der ihn in dem Glauben ließ, dass er, wäre ich auch nur eine Minute länger geblieben, den nötigen Mut aufgebracht hätte, und vielleicht hätten wir uns dann auf ewig umschlungen und die perfekte Liebe erlebt. Als er die Tür hinter mir zumachte, hatte ich ihm genügend widersprüchliche Zeichen gegeben, dass er bis zum nächsten Tag verunsichert sein konnte. Die reinste Pest.

Ich weiß nicht, ob Schriftsteller sich als Künstler bezeichnen dürfen. Ich habe mir Künstler immer als inspirierte Menschen vorgestellt. Schreiben hingegen ist für mich nichts als Recherche, ein klein-kleines Herumgebastel, eine mühsame, der Zeitenfolge unterworfene Übung. Mit so einer Ameisenfleißarbeit haben die Musen nichts gemein. Caesar stellte sich mir bei unserem ersten Kennenlernen als Künstler vor. Das fand ich unendlich eingebildet und bewunderte diese Anmaßung. Von sich zu sagen, man sei ein Künstler, ist die erste zu überwindende Schwelle, der erste Riesenschritt, um diesen erhabenen Status zu erlangen. Man sagt nicht «Ich glaube, ich bin ein Künstler» oder «Ich wäre gern ein Künstler», höchstens «Ich wäre gern einer geworden», wie im Chanson.

Ich ließ mir von meinem zukünftigen Mann also schon bei unserer ersten Begegnung Sand in die Augen streuen, die Sterne versprechen. Er war alles, wovon ich träumte. Respektlos. Ohne Ängste außer jenen, die er selbst genüsslich pflegte. Ein Opfer der Welt, nie seiner selbst. Ich hatte Angst, vor allem vor mir, ich verbarg meine Vorlieben und Abneigungen, ich kotzte still und fand, das sei auch nicht schlimmer als eine andere Krankheit. Ich bewunderte eine Menge Leute, von denen die meisten gegen Ende des 19. Jahrhunderts gestorben waren. Ich war sehr jung. Ich meinte, die Liebe kennengelernt zu haben, dabei hatte ich nur meine Zähne und Krallen im Verführungsspiel erprobt. Ich hatte noch kein ausreichend schwer wiegendes Scheitern erlebt, dass es für meine Umgebung sichtbar gewesen wäre, die in mir eine gesunde, freundliche und höfliche junge Frau sah. Eine gute Schülerin überdies. In den fünfzehn Jahren Ballettunterricht am Konservatorium hatte ich gelernt, mich nach allen Regeln der Kunst zu verbeugen. Und hier stand einer der freiesten Menschen vor mir, denen ich je begegnet war. Ich war wie berauscht. Ein Maler und Poet, man stelle sich das bloß vor!

Sofort wollte ich seine Muse sein. Alles hätte ich gegeben, damit er mich zeichnete oder malte oder Oden auf mich verfasste. Unsere erste Wohnung in der Rue de la Pompe verfügte über einen kleinen Balkon, auf den ich einen Klapptisch stellte, sodass er im Stehen malte, sich darüberbeugend. Eines Tages nahm er meine Hand in seine und steckte mir den Pinsel zwischen die Finger. Ich verkrampfte mich, er sagte: «Lass locker.» Mit sicherer, nachdrücklicher Bewegung zog er gerade Striche, und ich spürte die Kraft, mit der er den Pinsel über die Leinwand führte. Mich packte ein schwindelerregendes Liebesgefühl, er öffnete mir das Tor zu seinem Innersten. Das ist einer der wenigen glücklichen Momente, die mein Gedächtnis von unserer Zeit hat bewahren wollen.

Ich liebte seine Malereien. Man konnte vor ihnen träumen, sie stundenlang betrachten, sich in den Linien und den kontrastierenden Farben verlieren. Eines seiner Gemälde hatte ich unserem Bett gegenüber aufgehängt, und jeden Morgen beim Aufwachen verlor ich mich in seiner Betrachtung. Er hatte Talent – und er war faul. Ich fand, er arbeite nicht genug. Er erwiderte, er habe ja kein Atelier. Ich beschloss, ihm unter die Arme zu greifen, ihn zu stimulieren. Es galt, eine Höhle für ihn zu finden, ein besetztes Haus, das er mit anderen, ebenso verrückten Künstlern teilen könnte. Er wollte bei der Arbeit niemanden neben sich haben, er hatte derart Angst vor dem Urteil anderer, schon eine hochgezogene Augenbraue konnte ihn so aus der Bahn werfen, dass er wochenlang nicht malen konnte. Ich bot an, eine Bleibe am Stadtrand zu suchen, das war ein finanzielles Opfer, aber ich war doch so stolz auf ihn. Aber nein, der Stadtrand war zu weit weg, zu schlecht erreichbar, das wäre alles zu anstrengend. Also fragte ich meine Mutter, ob er nicht mein Mädchenzimmer benutzen könnte. Wir bedeckten die übrigen Möbel mit Planen, und er baute seine Sachen auf. Jeden Nachmittag wollte er malen. Fortan durfte niemand mehr das Zimmer betreten. Und das nicht ohne Grund, denn wenn sich jemand dort hineingewagt hätte, wäre seine Hochstapelei aufgeflogen. Doch seine Anweisungen wurden peinlich genau beachtet, die ganze Wohnung stank nach Terpentin, aber nichts kam dabei heraus. Irgendwann gestand er mir, dass er einfach nicht konnte, er war deprimiert, müde und aggressiv. Angeblich spionierte meine Mutter ihm nach, meine Schwester störte mit ihrem Lärm nebenan. Die ganze Welt hatte sich gegen ihn verschworen. Ich wollte einen Familienkrach vermeiden, also holte ich seine jungfräulichen Leinwände aus der Wohnung meiner Mutter ab und richtete ihm in unserem Wohnzimmer ein Atelier ein. Ikea-Regale dienten als Raumteiler, ich hängte eine Plastikplane auf, verteilte seine Staffelei, die Lack- und Lösemitteldosen und reihte Bürsten und Farben ordentlich auf. Am ersten Tag war er voller Elan. Aus den Ölfarbentuben spritzte es nur so an die Wände und auf den Boden, er trat hinein und verteilte die Flecken in der ganzen Wohnung. Am nächsten Tag hatte er schon weniger Schwung, und knapp eine Woche später fasste er keinen Pinsel mehr an. Er meinte, ich sei daran Schuld. Ich nahm die Plane weg, und wir sprachen nicht mehr darüber. Ich war die Frau eines Malers, der nicht malte.

Dann flog das Geschirr. Das sollte die Liebe sein? Sich anschreien lassen und dann verzeihen? Wie waren wir nur so weit gekommen? Gewiss war es mein Fehler gewesen, ihn in die Verantwortung nehmen, ihn zwingen zu wollen, und dass ich an seiner Stelle träumte. Ich hatte zu viel von ihm erhofft, zu viel verlangt. Er war unglücklich. Er hasste mich. Inzwischen musste ich die Schnapsflaschen verstecken, damit er nicht allzu sehr durchdrehte; und als ich genug geweint, gefleht und geschrien hatte, dass ich ihn liebte, trotz der Angst, die mir den Magen umdrehte, bis es weh tat, als ich den Morgen abwartete, bis er endlich nüchtern war und mich aus unserem in Trümmern liegenden Liebesnest weggehen ließ, da begriff ich, dass ich nie seine Muse gewesen war, sondern eher seine Krankenpflegerin. Seine Freiheit hatte die meine komplett zunichtegemacht. Er glaubte nicht an meine Schriftstellerei, meinte, ich sei keine Autorin, sondern eine Bücherverkäuferin. Eine Musterschülerin, eine beschissene Kommerzkünstlerin, die den Mechanismen eines Systems diente. Er allein sei der Künstler, ich sei unwürdig, ihn zu inspirieren. Die ganze Zeit hätte ich nichts getan, als seine Phantasie zu kastrieren. Da flüchtete ich. Ich ging weg und schrieb weiter Bücher, überzeugt, dass sie höchstens mittelprächtig waren. Und im Grunde waren sie es auch.

Man kann nicht einfach so beschließen, ein Künstler zu sein.

Nach Lucias Tod konzentrierte der Witwer sich umso mehr auf seine Geschäfte. Die beiden Schwestern ließ er mit ihren Spielen, ihren Träumen und ihrem Kummer allein. War er wegen des Todes seiner Frau traurig, verzweifelt, vernichtet? Untröstlich hinter den steifen Krägen seiner Maßhemden? Sein Bruder riet ihm wohl, sich etwas Zeit zu gönnen, nicht unentwegt entweder im Büro oder in der Fabrik zu sein. Doch Alberto wollte immer weiter, immer höher hinaus. Zahlenreihen und revolutionäre Neuerungen bevölkerten seine Träume, und so überhörte er nachts das Schluchzen seiner jüngeren Tochter. Ihr fehlt die Geborgenheit so sehr. Luisa fühlt sich so allein. Wenn sie doch nur jemand in die Arme nähme! Auf der Suche nach Wärme entbrennt in ihr eine kalte Flamme, verborgen und blau.

Ihr Vater sollte bald seinen Fünfzigsten erreichen. Seine Frau war schon seit zwei Jahren tot, die Zeit war im klappernden Rhythmus der Webmaschinen dahingerast. Dann starb unvermittelt auch er. Zu Tode gearbeitet, so wurde gesagt, wohl ein Herzanfall. Dahingerafft, mitten im schönsten Juni. Die beiden Töchter wurden dem Onkel väterlicherseits, Edoardo Amman, und seiner Frau Fanny anvertraut. Sie erbten diverse Baumwollfabriken, Villen in Erba und Monza, Wohnungen in Mailand und allerlei Aktien und Beteiligungen. Vollwaisen waren Francesca und Luisa jetzt und unermesslich reich. Es wurde beschlossen, dass sie weiter in der Villa Amalia wohnen sollten.

Die Zeit schlich dahin, und Luisa sah sich von den Erwachsenen, die sie behüten wollten, in der Kindheit eingesperrt. Wie sie das verabscheut haben muss. Aus dieser tristen Jugendzeit wird sie später vor allem die Besuche von Livio und Pierluigi in Erinnerung behalten, den pickeligen, sexbesessenen Cousins, die nach Francescas Brüsten schielten und über Luisa spotteten, weil sie dünner war denn je, flach wie eine Flunder. Ohne die Kleider hätte man sie fast für einen Jungen halten können.

Die Mädchen durften nach Mailand fahren, um ins Museum zu gehen, Bücher zu kaufen und durch die Läden zu bummeln. Etwas Porzellan-Nippes, ein Paar Handschuhe, einen Hut oder einen Fächer, das waren alle Verrücktheiten, die sie sich leisteten. Sie, die so fern der Welt lebten, flanierten mit schwingenden Röcken, kamen ganz benommen von diesen Ausflügen zurück und träumten davon, zu den modischen Gibson Girls zu gehören mit locker-verwegen aufgesteckten Haaren samt einem dicken Knoten ganz oben. Ich habe mir die Bilder jenes Zeichners, Charles Dana Gibson, angesehen, mit denen er diesen Typus der zugleich eleganten und eigenständigen Frau prägte. Und dann geriet ich an ein Foto von Luisa mitten im schwierigen Alter – mit ebendieser Frisur. Etwas bemüht künstlerisch (oder aus Komplexen?) verbirgt sie einen Teil ihres Gesichtes hinter einem Topf Geranien.

In der Befürchtung, seine Nichten könnten sich langweilen, verordnete Onkel Edoardo ihnen Reit- und Tennisstunden. Die arme Luisa war mit dem Ball eher ungeschickt, dafür sehr tierlieb, doch die Pferde waren nervös und unberechenbar, außerdem zu groß. Ihre Schwester mokierte sich über sie, und es war ihr gelungen, die Cousins zu becircen. Einmal hörte Luisa, wie Livio, der Dummkopf, rief: «He, eine Stute kann doch nicht eine andere Stute besteigen!» Alle anderen lachten …

Ginetta, geh dir die Hände waschen!»

Vergeblich suche ich Anekdoten, Details, Belege, meine Recherche stagniert. Ganze Abschnitte von Luisas Leben bleiben stumm. Sie kommt mich im Traum besuchen, um mich aus dieser misslichen Lage zu befreien. Diese Nacht hat sie mir ihren kleinen Finger gezeigt.

Luisa hasst es, von Tante Fanny Ginetta genannt zu werden. *Non sei mia madre* – Du bist nicht meine Mutter. Trotzdem ertappt sie sich oft bei dem Wunsch, Onkel und Tante mögen zum Essen in die Villa Amalia kommen. Sogar die verhassten Cousins sollen dabei sein. Alles, um der Stille zu entgehen, dem gelblich-betrübten Gesicht des Hausverwalters, der am Kopf der Tafel sitzt und den Suppenlöffel mit Leichenbittermiene zum Munde führt. Die ganze Woche freut sie sich darauf, und wenn sie das Hufgetrappel hört, springt sie auf, am liebsten würde sie ihnen entgegenlaufen und ihnen um den Hals fallen. Auf der Treppe vor der Haustür dann bleibt sie stehen und sieht zu, wie sie aus der Kutsche steigen. Sie sind klein, und sie sind hässlich. Die pummelige Tante steckt in einem schwarzen Kleid, das sie wohl für würdevoll hält, und trägt einen schaurigen Hut. Kerzengerade und stumm lässt sich Luisa von ihnen umarmen. Ihre Küsse klingen falsch. In die Villa Amalia zu kommen, ist für sie eine lästige

Pflichtübung, das weiß Luisa genau. Francesca ahnt nichts dergleichen, diese engelhafte große Schwester lebt nach dem glücklichen Grundsatz, dass alle sie lieben müssen. Luisa geht auf ihr Zimmer, schließt sich ein und wartet auf die Glocke zum Essen. Sie nimmt ihre Handarbeit, aber die Nadel fällt ihr hin. Sie langweilt sich, sie hat keine Freunde. Zu Tode langweilt sie sich. Sie möchte anerkannt, nicht mehr wie ein Kind behandelt werden. Es ist ihr unerträglich, wenn ihr Onkel sie beim Kinn fasst und sagt: «Du bist ja schon wieder gewachsen, meine Kleine! Bald bist du größer als ich!» Luisa tötet ihn mit Blicken. Soll er lachen, der alte Onkel, der Ahnungslose, er hat ja keinen Schimmer, wie sehr sie sich danach sehnt, erwachsen zu sein. Wenn es dereinst so weit ist, fährt sie ans andere Ende der Welt und lässt sie in ihrer Provinz vergammeln. Dann wird sie zu rauschenden Bällen eingeladen, sie wird so schön sein, dass alle anderen vor Eifersucht platzen. Ihre Cousins werden sie um einen Tanz anflehen, doch sie wird ihnen nicht einmal einen Blick gönnen. Das wird ihre Rache. Eine Königin wird sie sein. Es ist Luisa sehr wohl bewusst, dass niemand das weiß, sie ist ja nicht einmal hübsch. Ich würde ihr gern ins Ohr flüstern, dass sie eine freie Frau sein wird, dass ihr das bereits eingeschrieben ist. Vielleicht weiß sie es ja schon. Bald wird ein Gatte den Platz ihres Onkels einnehmen, sie ist ja nicht dumm. Aber wenigstens ist sie dann erwachsen und wird in Mailand oder sogar Rom leben. Luisa hasst die Ländlichkeit der Wiesen und Felder von Erba, glühend wünscht sie sich, in einer quirligen Stadt zu leben. Sie weiß schon sehr genau, wie sie den Salon einrichten wird, und zwar originell. Sie wird mit Bedacht ihre Kleider und ihre Freunde wählen, begeisternde Freunde. Nie werden sie bei Tisch von Fabriken und Baumwollpreisen reden.

Jetzt muss sie etwas unternehmen, fern läutet schon die Essensglocke. Sie will ihnen allen zeigen, wer sie ist. Ihr Blick fällt auf das Tintenfass auf ihrem Schreibtisch, sie nimmt es zur Hand und dreht behutsam den Deckel auf. Der herrlich herbe Geruch der frischen Tinte kitzelt ihr in der Nase. Langsam steckt sie den kleinen Finger hinein, bis auf den Grund. Als sie ihn herauszieht, glänzt er jettschwarz. Winzige Tröpfchen laufen zusammen und rieseln über den grauen Fingernagel. Die Glocke ertönt ein letztes Mal. Rasch rennt Luisa aus ihrem Zimmer.

Alle sind schon bei Tisch. Sie gibt sich Mühe, ganz natürlich zu wirken. In ihrem Herzen jubelt ein Lachen. Sie hat eine Dummheit gemacht, aber eine so abseitige Dummheit, dass sie nicht wissen werden, wie sie reagieren sollen. Ein harmloser, unauffälliger Eingriff, ein kleiner Finger, was ist das schon. Francesca hat nur Augen für ihren Teller, sie ist keine gute Beobachterin. Die beiden Alten haben es gesehen. Sie sind perplex. Sie tauschen einen schrägen Blick, können sich aber nicht zu einer Bemerkung entschließen. Die Köchin hält Einzug, trägt triumphierend eine Platte Ofengemüse herein. Die Tante bedient sich, dann der Onkel. Die Köchin fürchtet die Essenslaunen der Jüngeren, vor allem, wenn die alten Herrschaften da sind. Sie gelangt zu Luisa, die unmerklich zurückweicht und mit spitzen Lippen verkündet: «Ich habe keinen Hunger.» Luisa mag rohes Fleisch, rohen Fisch und rohes Gemüse. Die Köchin zittert, wozu ist sie nutze, wenn sie nichts in den Ofen stecken kann? Wenn das so weitergeht, kann sie ihren Hut nehmen. Vom anderen Ende des Tischs her hat Tante Fanny Luisas Schmollmund gesehen. Wie soll sie das Kind nur anpacken? Ihr Gatte und sie haben beschlossen, die Kleine möglichst wenig zu ärgern. Im Grunde haben sie ein gutes Herz. So unkompliziert und entspannt es mit Francesca ist, so kompliziert und mühsam ist es mit Luisa. Trotzdem, sie können sich nicht alles bieten lassen. Und was ist das wieder für eine Extravaganz mit dem Tintenfinger?

«Ginetta, geh dir die Hände waschen!»

Mit niedergeschlagenen Augen steht Luisa auf und geht an Francesca vorbei, die aufhört, ihr Gemüse zu mümmeln. Sie hat es geschafft. Sie ist der Mittelpunkt der schweigenden Aufmerksamkeit. Sie geht sich die Hände waschen, entzückt bei der Vorstellung, dass die schwarze Farbe noch lange in dem Häutchen um ihren kleinen Fingernagel festsitzen wird.

Luisa ist sechzehn. Bald wird sie ihr Debüt in der Gesellschaft geben.

Eines Morgens wacht sie früh auf, von einem eigenartigen Gefühl erfüllt. Haben wilde Träume ihre Nacht bevölkert? In ihrem langen weißen Nachthemd steht sie auf und geht barfuß ans Fenster. Es ist kalt. Das Zimmer liegt reglos da, die Zeit scheint stehengeblieben. Einen nach dem anderen sieht sie die Gegenstände an, die ihren Alltag bedeuten. Die altvertrauten, die sie seit ihrer Kindheit aufbewahrt, die neueren von ihren jüngsten Fischzügen in Mailand mit Francesca. Allzu einfach, allzu aufgeräumt ist dieses Zimmer. Der Porzellankrug mit den handgemalten Rosen und die passende Seifenschale auf der Marmorplatte der Mahagonikommode kommen ihr unendlich trist vor. Die Haarbürste mit Horngriff und den gravierten Silberspiegel hat sie von ihrer Mutter geerbt. Luisa ist ein wenig schlecht. Im Spiegel sieht sie sich als schmales, blasses Phantom, einen langen Zopf im Rücken. Sie denkt an den Haarknoten ihrer Mutter, dieser unterwürfigen, treuen, armen Toten. Mitten im Zimmer quillt der Handarbeitskorb auf einem Beistelltischchen über. Stickgarn, Näh- und Sicherheitsnadeln, das Bandmaß, ihre Handarbeit, ihre Langeweile. Luisa hat Besseres mit ihrem Leben vor, als Blumenkränze zu sticken. Sie seufzt. Woher eine andere Existenz nehmen? Ihr Blick bleibt am hellroten Griff der Schere hängen, der aus den

Spitzen und gefalteten Stoffstücken hervorschaut. In der tiefen Stille des schlafenden Hauses quietschen Luisas Füße auf dem Parkett. Sie nimmt die Schere und sieht sich ein letztes Mal im Spiegel an. Leb wohl, kleines Mädchen!, denkt sie. Adieu, Mama und alle Frauen mit gebändigtem Haar! Mit einem beherzten Schnippschnapp schneidet sie den schweren kastanienbraunen Zopf an der Basis ab. Befreit fällt ihr Haar in einer weichen Welle wie ein Rahmen ums Gesicht.

Den Zopf lässt sie am Boden liegen und geht zurück ins Bett.

Zwischen September 2002 und Juni 2006 habe ich ungezählte Castings verbockt. Der Vorteil eines echten Scheiterns, also nachdem man sich ernsthaft um Erfolg bemüht hat, besteht darin, dass man sich nichts vorzuwerfen hat. Es wäre unehrlich zu behaupten, ich hätte eine große Schauspielerin werden können, ich hatte viele Gelegenheiten, mein Talent zu beweisen, doch nie habe ich jemanden überzeugen können. Gegenüber den Casting Directors beiderlei Geschlechts erlitt meine Verführungskraft eine schmähliche Niederlage nach der anderen, das Ergebnis war immer dasselbe: «Wir rufen Sie dann an.» Wer ehrlich war, sagte immerhin: «Wir rufen Sie an, wenn Sie weiterkommen.» Egal, sie riefen ohnehin nie an. Einmal eine Joghurt-Werbung, wo ich den Löffel nicht in den Mund nehmen wollte, den schon zwanzig Leute vor mir abgeleckt hatten, dann ein Spot für eine Enthaarungscreme, anderntags gefolgt von einem für Geschirrspülmaschinen-Tabs. Hier gelang es mir sogar, den Text beider Spots zu vermischen; ich stammelte in die Kamera: «Mit essenziellen Fetten und Oligoelementen wirksam auch bei hartnäckigen Verschmutzungen.» Und ich begegnete stets denselben brünetten Zwanzigjährigen, wir hatten alle dasselbe Profil.

Eines Tages hatte ich immerhin ein Casting für eine vielgesehene TV-Serie ergattert. Meine Figur hatte abgetrieben und musste das jetzt ihrem Freund beichten. Ich sollte weinen, stattdessen bekam ich den größten Lachanfall meines Lebens. Manchmal sah ich meine Konkurrentinnen ein paar Monate später im Fernsehen und dachte trotz allen Neides, dass ich noch einmal Glück gehabt hatte. «Stellen Sie sich vor.» – «Bonjour, ich heiße Camille de Peretti, ich bin zwanzig Jahre alt.» – «Drehen Sie sich nach rechts.» – «Drehen Sie sich nach links.» – «Zeigen Sie bitte Ihre Hände.» Ich habe nie kapiert, wozu ich die Hände zeigen sollte. Einmal, bei einem Fotocasting für eine Supermarktkette, wollten sie meine Schultern sehen: «Noch etwas tiefer, Mademoiselle.» Ich ging, bevor die Einblicke allzu tief reichten. Ein paar Filmcastings gab es auch, meist für Filme, die nie über das Stadium der Vorproduktion hinauskamen. Ich erinnere mich an einen alten Regisseur, der in den Achtzigern mal einen bescheidenen Erfolg gehabt hatte und den es offenbar heftig fuchste, dass ich seinen Namen nicht kannte. Er rächte sich, indem er von Audrey Hepburn und Greta Garbo schwärmte: «*Das* waren Schauspielerinnen, *das* waren Frauen!» Mit hängendem Kopf, tiefbetrübt, weder Schauspielerin noch Frau zu sein, ging ich wieder arbeiten. Ein Casting nach dem anderen zu absolvieren hat noch niemandem die Miete finanziert.

Ich klapperte allerlei Abendgesellschaften ab, bei denen fünfzig arbeitslose Schauspieler einen unabhängigen Produzenten umlagerten, und wurde unfehlbar jedes Mal von irgendeinem Dreißigjährigen mit Tolle überm Auge und V-Ausschnitt-Pulli direkt auf der Haut angebaggert, der «gerade was für einen Kurzfilm» schrieb. Das sind die Schlimmsten, die verkaufen ihre Musensuche und ihr «Ich brauche eine Frau wie dich, die mich inspiriert» allen, die ihnen über den Weg laufen. Ich war aber nachsichtig, auch denen hatte man oft genug versprochen, sie anzurufen, man musste sie verstehen.

Dann war da noch ein weiterer Typ, ein Regisseur, der sich für ein Genie hielt. Er hatte ein sehr langes Skript geschrieben, das das Problem von Doubles aufwarf, eine Mischung aus Marguerite Duras und *Fight Club* mit abwechselnd einer Totale auf einen Vorhang im Wind und Szenen von extremer Brutalität. Er sprach über bekannte Schauspieler, indem er deren Vornamen verwendete, er meinte, Gérard sei auch nicht mehr das, was er mal war, Catherine habe viel verloren, und Isabelle wolle er um nichts auf der Welt in seinem Film haben. Er liebte es, sich selbst zuzuhören. Er ließ seine Kamera laufen, wir waren drei junge Frauen, zum Vorsprechen gekommen. Er wollte eine improvisierte Szene aufnehmen, gab allerlei Anweisungen und fand schließlich, wir sollten masturbieren. In aller Anständigkeit freilich: «Ihre Hosen lassen Sie an, Mesdemoiselles.» Wieder einmal ging ich. Die beiden anderen blieben. Die Aufnahmen sind wahrscheinlich noch heute irgendwo im Netz zu sehen. Man muss schon das Herz am richtigen Fleck haben. Schauspielerin wird man nicht einfach so.

Und schließlich kam Henry, und trotz meiner Klarsicht und meinem scharf entwickelten kritischen Sinn ging ich ihm in die Falle. Eine Falle, die er extra für mich eingerichtet hatte.

Von 1896 bis 1900 erlebte Italien vier Krisenjahre voller blutig niedergeschlagener Aufstände. Die Abgeordneten zertrümmerten die Wahlurnen im Parlament, Anarchisten verübten Attentate, die politischen Führer forderten einander zum Duell. Bei den Mailänder Protesten gegen die Brotpreissteigerungen im Jahre 1898 wurde mit Kanonen in die Menge geschossen.

Während meiner Recherche in der Bibliothek wollte das alles so gar nicht zu meinen beiden Erbinnen passen, wie sie unter den Arkaden flanieren, auf der Suche nach einem mit Federn geschmückten Hut für die nächste *Garden Party*. Wie sah die Reaktion von Luisa und ihrer Schwester aus, als sie vom Mord an König Umberto I. erfuhren, der zu Lebzeiten ihrer Eltern so oft bei ihnen zu Hause eingeladen war, auf dessen Schoß sie sitzen durften? Die Wahrheit ist, dass gesellschaftliche Konflikte, politische Dramen und die Bedürfnisse der Massen genauso wenig an Luisas Geist hängen blieben wie die Seide ihrer Kleider an ihren Strümpfen. Ihr Leben lang scheint sie von zeitgeschichtlichen und politischen Ereignissen unberührt geblieben zu sein, an denen es ja um die Jahrhundertwende durchaus nicht mangelte. Und gleichermaßen werden gewisse Ereignisse, die man gern als entscheidend im Leben einer Frau ansieht, für sie nichts sein als reine Formsache. Auch als sie Camillo begegnete, passierte nichts. Es hätte der wichtigste Tag ihres Lebens sein können; die Geschichte zeigte allerdings, wie recht sie damit hatte, ihn nicht übermäßig ernst zu nehmen.

Camillos Familie hatte der jungen Luisa Amman über deren Onkel andeuten lassen, dass sie, falls sie am Ältesten des Marchese Gian Alfonso Casati Stampa di Soncino Gefallen finden sollte, selbst eine Marchesa werden könne. Dank ihres Vermögens war Luisa eine der begehrtesten Partien Italiens und Camillos Name der einer der ältesten Adelsfamilien Mailands, da drängte sich doch eine Verbindung beider geradezu auf.

Auf einer Jagdpartie wurden sie einander vorgestellt. Camillo war ein gutaussehender Einundzwanzigjähriger, er liebte die Natur, Pferde und Hunde. Ein Sportler, der in den Sattel sprang und losgaloppierte, dass der Schnurrbart nur so im Winde wehte. Er wirkte äußerst vorteilhaft mit den von der frischen Luft geröteten Wangen, in einem Gehrock, der seine schlanke Taille betonte, und den hohen Stiefeln. Seine tadellose Erziehung ließ ihn den hundertfach gehörten Geschichten der alten Herren respektvoll nickend und freundlich lauschen. Kurz, ein Junge aus gutem Hause.

Luisa war nicht zum Warten auf die große Liebe erzogen worden. Ihre gestrengen Lehrer hatten ihr eher die Passagen aus Homer und Vergil zu studieren gegeben, die sie von grammatikalischem Interesse fanden. Francesca hatte sich letztes Jahr verheiratet, jetzt war sie an der Reihe. Es drängte sie ja so, die Villa Amalia und diese Kindheit voller Stille und Einsamkeit hinter sich zu lassen, ob jetzt mittels eines Camillo Casati oder eines anderen, darauf kam es nicht an. Luisa sah in der Ehe das einzige Mittel, ein Leben nach ihren eigenen Vorstellungen zu führen. Nicht eine Sekunde lang dachte sie daran, sie könne unter die Fuchtel eines herrschsüchtigen Mannes geraten. Als verheiratete Frau wäre sie endlich das Gewicht von Onkel und Tante los, vorbei das Gehorchen! Luisa wusste, dass sie stark war, es dürstete sie nach Unabhängigkeit und Abenteuern. Sie hatte sich bereits auf alles vorbereitet. Als der Onkel ihr mitteilte, am nächsten Tag werde ihr ein Anwärter vorgestellt, akzeptierte sie in Gedanken sofort, dass das ihr Mann würde. Sie stellte ihn sich weder dick noch hässlich, weder dünn noch hübsch vor, nur als gestaltloses maskulines Etwas, das den Beginn einer neuen Ära verkörperte. Als sie Camillo zu Pferde sah, mit geradem Rücken, edler Kopfhaltung und sympathischem Lächeln, da war sie wahrscheinlich zufrieden, spürte jedoch weder Furcht noch Entzücken, weder inneres Beben noch Glut. Sie verliebte sich nicht, sie dachte nur einfach vorm Einschlafen am Abend in ihrem Jungmädchenbett an ihn. Camillo stand jetzt für die Einheit «Gatte», ein komfortabler Schatten, der ihre Freiheitsträume wahr werden lassen sollte. Bald würde sie erwachsen sein, bald im schönsten Haus von Rom wohnen und zu Bällen eingeladen werden, auf denen sie die Königin wäre.

Also wurde das Geschäft perfekt gemacht. Onkel Edoardo wahrte die Interessen seiner Nichte nach bestem Wissen und Gewissen, und die Frauen stellten die Aussteuer zusammen.

1 runder Strohhut mit kleiner weißer Feder und schwarzen Samtbändern;
1 schwarzer Samthut mit schwarzen Straußenfedern;
1 Hut mit großen Mohnblüten, roten Satinbändern und rundum verlaufender bauschiger Plissee-Spitze;
1 kleiner Zylinderhut für die Parforcejagd;
1 blauer Taftmantel mit rosa Pompons;
1 grüner Sonnenschirm mit Elfenbeingriff;

1 Sonnenschirm von Spitze aus Calais mit so feinem Bambusgriff, dass man fürchten musste, ihn zu zerbrechen;
6 Paar Handschuhe;
4 Paar Schnürstiefel;
2 Seidenschals;
1 Muff und 1 Pelerine aus Hermelinpelz;
6 Tageshemden;
6 Nachthemden;
6 Hosen;
6 spitzenbesetzte Girlandenröcke;
6 Paar Strümpfe;
6 Taschentücher;
6 Nachtmützen;
6 Kragen;
6 Paar Ärmel;
2 Korsette;
6 Mieder;
2 flanellene Unterröcke;
6 Handtücher; 6 Betttücher; 6 Kissenbezüge, allesamt von Tante Fanny, die keine schlechte Frau war, mit den Initialen der Jungvermählten bestickt;
6 Waschlappen;
1 Beutel mit Schwämmen, einem grobzinkigen und einem feinen Kamm, einer Haarbürste, einer Kammbürste;
1 Kleid aus schottischer Merinowolle;
1 dekolletiertes Kleid aus schwarzem Taft;
1 Kleid aus blauem Stoff;
1 Kleid aus weißem Mousselin;
1 Kleid aus Nankingstoff;
1 seidenes Abendkleid mit langer Schleppe, diese mit schwarzen Pailletten bestickt;
1 purpurviolettes Nachmittagskleid mit kleinen geometri-

schen Stickereien, die den eckigen Kragen in Blau- und Blassrosatönen betonten;

1 Spazierkleid in rosa Popeline;
1 schwarzsamtener Jagdanzug;
1 Jugendstilkleid aus Baumwolle mit Mousselin-Schleiern und höchst kunstvoll übereinander drapierten Spitzenbesätzen, diese von kleinen Broschen mit aus Stoff gefertigten Rosensträußen gehalten; ihr Lieblingsstück;
1 Morgenrock aus lila Taft;
1 dreiviertellange Damenbluse aus grauer Baumwolle;
1 dreiviertellange Damenbluse aus schwarzem Samt;
1 marineblaue Samtmantille;
1 Mantille aus besticktem weißem Mousselin.

So ehelichte Contessa Luisa Casati also am 22. Juni 1890 den Marchese Camillo Casati. Ihre Hochzeitsreise unternahmen sie nach Paris, wo sie sich unter die unzähligen Besucher der Weltausstellung mischten. Unter lastender Sonne bewunderten sie das erste, «Straße der Zukunft» genannte Laufband, fuhren Métro von der Porte de Vincennes bis zur Porte Maillot und applaudierten begeistert dem Cinéorama, einer Filmprojektion des Erfinders Raoul Grimoin-Sanson auf eine riesige 360-Grad-Rundleinwand. Es war eine schöne Reise.

Ich suche Verbindungslinien zwischen Luisa und mir. Wie sie habe ich jung geheiratet, wie sie einen Unbekannten. Eine arrangierte Ehe war es bei mir aber nicht, ich war ja nie reich. Mich hat die teuflische Mechanik der Liebe auf den ersten Blick dazu getrieben. Wie wenn man ins Leere gestoßen wird. Nur wenige vermögen dem Reiz der Liebe auf den ersten Blick zu widerstehen. Ein Unbekannter. Wir lernten uns bei einer Abendveranstaltung kennen, im Spätsommer, und redeten miteinander, bis die Nacht zu Ende ging. Am ganzen Körper fühlte ich mich wie erstarrt und brennend zugleich. Es ist immer dasselbe Lied. Ginge die Liebe auf den ersten Blick, dieser Blitzschlag, nicht mit körperlichem Schmerz einher, man könnte sich ohne weiteres dagegen wehren. Aber alles andere verschwindet, es gibt nichts mehr als das Bedürfnis, den anderen zu besitzen und von ihm besessen zu werden. Ich war wie wahnsinnig, ein einziger Gedanke leitete mich – Sehnsucht stillen, seine und meine. Aus dem Abstand sehe ich, wie eng diese Begegnung mit dem zusammenhängt, was ich zu der Zeit durchmachte. Ich hatte gerade eine quälende seelische Krankheit überwunden, nahm immer noch Antidepressiva und litt wie ein armes Tier unter der Trennung von meinem damaligen Freund Jade, der nach Japan gegangen war.

Ich versuche zu verstehen, was da passierte, ich versuche es zu analysieren. Manche sagen: «Es musste sein, es war Schicksal, weil er es war, weil ich es war.» Sie irren sich. Bei so einem Blitzschlag geht es nicht um Personen, es ist der Augenblick, der wirkt. Man muss wehrlos sein, destabilisiert, dann kann der Blitz einschlagen, das tut er nicht nach Zufallsprinzip, es braucht etwas, was ihn anzieht, und in dem Sommer damals war ich, was das angeht, der reinste Blitzableiter.

Ich musste in der Zeit mit sehr vielem allein klarkommen. Leider ertrage ich das Alleinsein nicht. Dann schon lieber in schlechter Gesellschaft. Jade war meine erste Liebe gewesen und war vor mir geflohen, weil ich mich an ihn klammerte wie ein Blutegel. Er war nach Japan gegangen, hatte ewige Liebe geschworen und dass er zurückkommen werde, dabei wussten wir beide, dass es vorbei war. Ich sehe noch sein verzerrtes Gesicht hinter der Glasscheibe am Flughafen vor mir, er da oben, ich unten, meine Traurigkeit hatte ihn am Ende doch angesteckt. Ich erinnere mich, wie ich zum Parkplatz zurückging und im abgeschlossenen, leeren Wagen schluchzte.

«So, Schluss jetzt, es reicht, Camille, hör sofort auf zu weinen!» Ich kann so was, mich zur Ordnung rufen. Auf geht's, ihr Schlappschwänze! Vorwärts alle Mann! Ich kann mich hängenlassen, mich dann aber entgegen aller Erwartung am eigenen Schopf aus dem Sumpf ziehen, denn recht bedacht bin ich für Leiden nicht geeignet, und Traurigsein macht hässlich. Die Tränen versiegten. Ich startete den Wagen und fuhr tapfer los. Ich finde mich oft tapfer, auch wenn das Wort ein bisschen etwas Verzweifeltes hat.

Er hätte sich vor seiner Abreise von mir trennen, mir sagen müssen, dass er Luft brauchte, sich amüsieren wollte. Was uns noch gehört, lassen wir nicht so leicht los. Aber Männer sind feige, das ist ja bekannt.

Die Freuden einer Fernbeziehung. Auf das Läuten des Telefons warten, tausendfach den Betrug fürchten. Ich glaube, ich hatte Angst, mich terrorisierte die Idee, er könne nicht mehr ein Teil meines Lebens sein. Ich glaube. Es ist nicht immer leicht, sich an etwas Intensives zu erinnern. Das Gedächtnis dämpft die Dinge ab, irgendwann sagt man, man sei nicht wirklich verliebt gewesen, nicht wirklich deprimiert, nicht wirklich glücklich. Die Gegenwart ist intensiver, allein darum sollten wir an ihr hängen.

Allerdings kann das Gedächtnis sich auch an besonders schmerzhaften Momenten festbeißen und sie im Nachhinein verstärken. Meine Erinnerungen an die Monate nach seiner Abreise sind grauenhaft. Ich war entsetzlich mager. Mager und krank. In jenem Sommer beschloss ich zu leben. Jedes Wochenende war ein schwarzes Loch. Unter der Woche rief er mich jeden Tag heimlich aus dem Büro an, aber am Wochenende dauerten unsere Gespräche kaum Sekunden. Das Warten zerriss mir das Herz, die unendlich vielen Phantasiebilder, wie er mich betrügt. Eine Frau, die liebt, weiß, wann man sie belügt, und sei es über Tausende Kilometer. Bei einer dieser Visionen wurde ich sogar ohnmächtig. Ich war mit meiner Mutter und meiner Schwester am Strand. Schönes Wetter. Ein Sommer aus Horror und Lügen. Er versuchte, mich aus Japan zu beruhigen. Er musste meine Halluzinationen und Eifersuchtsanfälle dermaßen leid sein. Ich weinte, schrie, beleidigte ihn. Ich wartete den ganzen Tag auf seinen Anruf, und wenn es endlich so weit war, drehte ich durch. Ich stürzte mich auf den Hörer, überschüttete ihn mit einer Flut Beschimpfungen und legte mitten im Satz auf. Danach konnte ich ihn nicht mehr erreichen und verzweifelte schier. Er sollte mich wieder anrufen, aber mein Schöner nutzte die Gelegenheit und war gekränkt. Ich harrte auf seine Rückkehr, entschlossen, die Augen zuzumachen. Wenn er mich nur in die Arme nahm und geschickt log.

Zwei Tage bevor ich ihn wieder am Flughafen abholen wollte, zwei Tage bevor mein Albtraum endlich zu Ende wäre – ich war eine wacklige Rekonvaleszentin mit Angst vor der Zukunft und hatte mich zwei Wochen lang nicht mehr erbrochen –, lernte ich denjenigen kennen, der wenige Monate darauf mein erster Ehemann werden sollte.

Ich suche Ähnlichkeiten. Vielleicht sollte ich keine Verbindungen zwischen Luisa und mir suchen, sondern zwischen ihr und Caesar. Ich verließ alles, um Caesar zu folgen, und zwar, weil er mich in eine Welt ohne Zwänge zu bringen versprach. Freie Menschen faszinieren mich, die ich von Geburt an verantwortungsbewusst, folgsam und eine brave Schülerin war. Und Luisa ist die freieste Frau, von der ich weiß.

Meine Hochzeitsreise war weit davon entfernt, ideal zu sein. Wie Luisa und Camillo nahmen wir den Zug, einen alten Klapperzug von Moskau nach Peking. Die Transsibirische war immer ein Traum von mir gewesen. Durch menschenverlorene Gegenden fahren, auf harten Holzbänken, mit Gerumpel und kreischenden Bremsen. Wenn dann nach schlafloser Nacht die Sonne am Horizont über der Steppe aufgeht, kein Baum, kein Haus, keine Menschenseele, und die Welt goldbraun tönt, kommt man sich vor, als führe man über einen grünen Ozean. In den Dörfern am Rande der Strecke schien die Zeit stehengeblieben, riesige, stillgelegte Fabriken mit ihren reglosen Kränen und Abraumgebirgen wirkten wie von Geistern bewohnt. Wenn der Zug haltmachte, musste man schnell aussteigen. Auf dem Bahnsteig verkauften Babuschkas, ihre geblümten Tücher um den

Kopf gewunden, Gürkchen aus Eimern mit Lake, getrockneten Fisch in Zeitungspapier, gekochte Kartoffeln und wilde Beeren. Wir kauften alles, was wir bekamen, denn im Bordrestaurant gab es nichts außer matschigem Borschtsch und grässlichen Schnitzeln. Hier saßen russische Militärs auf dem Weg nach Wladiwostok und tranken lauwarmen Wodka, ohne jemals umzukippen, und mongolische Händler, die Gesichter wie aus Stein gehauen, sangen und tanzten mit ihnen. Weitertrinken! *Ipa! Ipa!* Ein Pech für meinen Liebsten, dass ich die Transsib mit dem Orient-Express verwechselt hatte. Für ihn hätte die ideale Reise darin bestanden, in einen reinweißen Bademantel gehüllt am Pool bunte Cocktails zu trinken. Von den Bordtoiletten war er ganz entsetzt, die dank eines ingeniösen Schlauchs auch als Dusche dienten; man steckte ihn einfach auf den Wasserhahn und besprenkelte sich dann inmitten der Schwaden von Uringeruch mit eiskaltem Wasser.

Im Nachhinein besehen bestand dieses ganze Eisenbahnabenteuer aus nichts als Irrtümern und Enttäuschungen. Schon die Reise nach Moskau war eine Katastrophe. Er hasste es zu fliegen und konnte nicht eine halbe Stunde auf seine Zigaretten verzichten. Im Taxi, das uns ins Hotel brachte, weinte ich leise. Er war verängstigt und aggressiv und hatte sich bereits daran gewöhnt, seine Launen an mir auszulassen.

Von Anfang an gab es Zeichen dafür, dass es schlimm ausgehen würde. Ich deutete sie als Indizien für eine ganz außergewöhnliche Liebe. Sich mit Haushaltsdingen zu beschäftigen, wies er schon mal ganz und gar von sich. Einmal, als der Kühlschrank leer war, schickte ich ihn einkaufen. Ungläubig brach er auf, den Korb am Arm, wie zur Schmetterlingsjagd, um zwei Stunden später wiederzukommen, mit drei Netzen

Orangen im Korb. Ruhig erklärte ich ihm, dass wir nichts im Haus hätten, weder Butter noch Milch noch Brot ... Er antwortete, die Orangen seien das einzige Schöne gewesen, das er im Supermarkt gefunden hätte. Vielleicht wollte er mich verladen, aber ich fand das ja ach so poetisch. Sobald er sich diese Art Extravaganzen leistete, nannte ich ihn «mein Poet» und schilderte meiner Umgebung, welch ein Glück ich doch hätte: «Mit ihm gibt es keine Langeweile!» Er machte es sich recht einfach, weigerte sich, die Welt mit ihren Zwängen zur Kenntnis zu nehmen. Allein schon per Telefon eine Zugfahrkarte bestellen zu sollen, machte ihn rasend. Er warf den Apparat zu Boden und schrie: «*You* do it!» Sobald er wütend wurde, machte sich seine amerikanische Herkunft bemerkbar. Ich war zwar verliebt und blind, aber dumm war ich nicht. Mir war schon klar, dass es unmöglich sein würde, mit einem Mann eine Familie zu gründen, bei dem man nicht wusste, ob er in der nächsten Minute lossingen würde, ein Nudelsieb auf dem Kopf, oder sich stumm in sich selbst verkroch. Diese Unkalkulierbarkeit war allerdings wie berauschend, er respektierte gar nichts, und ich, die immer so höflich gewesen war, fand das einfach hinreißend. Ja, meine Liebe würde ewig währen. Caesar war schön, er war brillant, und es ging ihm mit sich selbst sehr schlecht. Er nahm es der ganzen Welt übel, dass er nicht geworden war, was man ihm verheißen hatte. Eine seit der Kindheit wohlgenährte Frustration. Seine Mutter hatte ihm das Blaue vom Himmel herunter versprochen, eine glänzende Zukunft, sie hatte ihm versichert: «Du sitzt auf einer Goldmine, du wirst steinreich!» Leider hat sie ihm nie die Schippe hingehalten und gesagt: «Und jetzt grab!» Wir stammten von zwei radikal verschiedenen Planeten; meine Mutter hatte mir immer gepredigt, es gebe nur eine Größe, die im Leben zähle, und das sei Arbeit.

Meine Erziehung lässt sich in drei Sätzen zusammenfassen: «Gib dir nur genug Mühe, mein Töchterchen, dann wirst du es schon schaffen.» – «Bei uns gibt es keine Faulenzer.» Und: «Gib dich keinen Illusionen hin, Camille, dir werden keine gebratenen Tauben in den Mund fliegen!»

Ich habe meine Geschichte mit Caesar schon früher beschrieben. Zuerst in meinem persönlichen Tagebuch. Zwei Jahre später dann in einem Buch, und jetzt mache ich mich daran, die Wahrheit in ihr Recht zu setzen.

Ich habe gerade einen Anfall von Hellsicht. Ich kann nicht über Caesar sprechen, ohne dass es mich auf Jade zurückbringt. Ich horche mich ab, es soll die Wahrheit sein, nichts als die Wahrheit. Die heutige Wahrheit, denn jede der drei Versionen ist für sich ehrlich. Wenn die Geschichte jedes Mal eine andere ist, dann weil ich mich verändert habe. Im Tagebuch schreibe ich aus der frischen Empfindung, ohne jede Distanz. Als ich meinen ersten Roman schrieb, lebte ich noch mit ihm zusammen und wollte ihm gefallen, wollte unsere Beziehung künstlerisch verarbeiten. Autobiographien sind voll großartiger Fallstricke. Heute will ich mich schützen, mich überzeugen, dass ich gut daran getan habe, ihn zu verlassen, und dass die späteren Ereignisse, die ich ja kenne, das belegen.

Heute kann ich mir eingestehen, dass ich Caesar ausschließlich geheiratet habe, damit Jade mich ernst nahm. Eine entsetzliche Erkenntnis. Ich sage mir, dass das nicht möglich ist. Und befrage meine Freunde. Alle sagen dasselbe: «Du warst wahnsinnig verliebt.»

Ich mag mich nicht dazu entschließen, das zu glauben.

Dennoch bestätigen mein Aufzeichnungen diese Berichte, ich habe damals genau das getan, was eine verliebte Frau so tut. Nervös blättere ich in meinem Tagebuch. Ich suche die Wahrheit. Ich vertraue dem Geschriebenen in der Hinsicht, dass es etwas festhält, für immer. Auch wenn es Lügen festhält. Alle Lügen enthalten einen Anteil Wahres. Kein Rauch ohne Feuer. Damit die grausame Vergangenheit irgendwann auflebt, braucht man nur eine Seite vollzuschreiben, sie mit dem Datum zu versehen und dann ruhen zu lassen, bis ihr Inhalt ganz und gar vergessen ist. Jahre später liest man es eines schönen Tages wieder und schaut, wie es wirkt. Mit ein bisschen Glück kriegt man eine volle Breitseite ab. Seiten um Seiten voll Liebe und Tränen. Mein Gedächtnis weigert sich, diese Ergüsse zu begreifen. Das ist merkwürdig, oft behält man doch eher das Gute. So ging es mir mit den anderen Männern; ich muss lange suchen, wenn ich im Nachhinein Fehler an ihnen finden will. Bei Caesar ist dem nicht so. Für ihn habe ich nur Galle übrig. Caesar nehme ich alles immer noch übel. Und vielleicht ist genau das der Beweis dafür, dass ich ihn wirklich geliebt habe.

Nach ihrer Rückkehr aus Paris bezogen Luisa und Camillo die Villa Casati in Cinisello Balsamo, einem Marktflecken nordöstlich von Mailand. Ich habe sie nicht besichtigen können und musste mich mit Bildern aus dem Internet begnügen, das finde ich schade. Luisa mochte dieses halbverfallene Riesengebäude sehr. Trotzdem denke ich, dass ihr das immer noch wie eine Wartestation auf das wahre Leben erschien. Sie hätte zwar nicht zu sagen vermocht, dass sie unglücklich war, ihre Jungmädchenträume waren mehr oder weniger in Erfüllung gegangen. Sie war tatsächlich frei, hatte keinen Haushofmeister mehr über sich, keine Lateinübersetzungen abzuliefern und keine obligatorischen Tennisstunden. Ihr Mann und sie wurden zu allerlei mondänen Gesellschaften eingeladen, für die die junge Marchesa Casati sich die Roben schneidern ließ, von denen sie phantasiert hatte. Sie häufte Schuhe, Handschuhe und Hüte an. Der deutsche Chauffeur ihres Mercedes fuhr sie oft in die große Stadt. Ich kann mir vorstellen, wie aufgeregt sie rief: «Udo, machen Sie den Wagen fertig, wir fahren nach Mailand!», und dann im erstbesten Laden eine Lampe oder ein Sofa kaufte. Stolz sagte sie zum Händler: «Liefern Sie mir das an meine Adresse in Cinisello Balsamo!» Sehr bald jedoch kam ihr die Befriedigung, die sie aus der Erfüllung ihrer Träume zog, vollkommen lächerlich vor.

Camillo war ein freundlicher Gatte, redselig und gut gelaunt, wie sie es vorhergesehen hatte. Ihre Zweckehe verlief in sanften, ruhigen Bahnen. Camillo fand seine Frau weder hübsch noch hässlich, ihre Charaktere waren zwar verschieden, aber noch zu wenig ausgeformt, als dass es zu Konfrontationen geführt hätte. Beide waren guten Willens und taten alles ihnen Mögliche, um das gemeinsame Leben angenehm zu gestalten. Da Camillo ein solcher Sportfex war, fuhren sie im Winter auf eine ihrer Besitzungen in den Schweizer Alpen. Sie lebten auf großem Fuß.

Für das Jahr 1902 berichtet das Archiv, dass Luisa sich an die Renovierung der Villa in Cinisello Balsamo machte. So war sie beschäftigt. Jüngst hatte sie das Skelett eines prähistorischen Riesenvogels erworben und an die Decke ihres Rokokosalons gehängt, was dem Raum ein Gepräge auf halbem Wege zwischen Versailles und einem naturkundlichen Kabinett verlieh. Ihre Tage waren recht gefüllt. Erst einmal stand sie spät auf, das war ihr größter Genuss, dann ließ sie sich von ihrer Köchin rohes Fleisch und Senffrüchte bringen, immer Speisen, die jeglicher Logik widersprachen. Sie begann, dann und wann ein Gläschen Schnaps zu trinken, nach dem Abendessen, und Zigaretten zu rauchen. Während ich dies hier schreibe, spüre ich auf der Zunge die Tabakkrümelchen, die sie sich nacheinander aus dem Mund sammelte, und weiß, dass eine gewaltige Enttäuschung ihr das Herz abschnürte. Mehr soll das nicht sein?, muss sie gedacht haben. Mehr soll das nicht sein?

Sie hatte gedacht, aus der Villa Amalia auszuziehen würde alles ändern. Nun ist aber sie, Luisa, dieselbe geblieben, eine schüchterne und einsame junge Frau. Weder ist sie die Königin, noch hat sie Tausende Freunde. Sie hat Bekannte.

Sie weiß, dass sie die Blicke auf sich zieht mit ihrem Kurzhaarschnitt und dem grellroten neuen Lippenstift. Und bei diesem weißen Kleid, das sie sich extra für den Ball bei den Longhinis hat entwerfen lassen, wollte sich sogar die Schneiderin sträuben, die Korsage mit derart vielen Rosen zu besetzen, sie fand es «extravagant». Camillo seinerseits bemerkte gar nichts. Er interessierte sich nicht für die Kleidung der Frauen. Gewiss macht er ihr ein angelegentliches Kompliment, doch Luisa weiß genau, würde man ihm die Augen verbinden, er wüsste nicht zu sagen, was seine Frau anhat. Ihr wird schwindlig – «Habe ich sonst nichts mehr zu erwarten?» Wie lang ihr das Leben erscheint, wenn nichts Unvorhergesehenes kommt.

Keine vier Monate nach der Hochzeit wird Luisa schwanger. Wie ein Kind entsteht, wusste sie nicht. Zu ihrer Zeit wurden Schwangerschaften versteckt. Sobald ihr Leib sich rundete, begannen die Damen der Gesellschaft allen Umgang zu meiden. Luisa dachte, Babys kämen in Kohlköpfen zur Welt, oder falls sie Gelegenheit gehabt haben sollte, eine Schwangere zu betrachten, mochte sie daraus wie viele ihrer Geschlechtsgenossinnen geschlossen haben, dass die Kinder aus dem Bauchnabel heraustäten.

Sie war bei der Hochzeit Jungfrau gewesen, aber doch nicht ganz dumm. Da es keine Schwangerschaftstests gab, erriet eine Frau ihren Zustand anhand von Übelkeitsanfällen oder dem Ausbleiben ihrer Monatsblutung. Luisa hatte nie regelmäßige Menstruationen gehabt, und niemand hatte sich die Mühe gemacht, ihr zu erklären, woher das schwarze Blut stammte, das da aus ihr herauslief. Irgendwann hatte sie bemerkt, dass ihr Körper sich veränderte, und dank der Winke einer alten Bediensteten, die etwas offenherziger war als die anderen, wusste sie bald Bescheid. Im Jahre 1900 in Italien schwanger zu sein, das bedeutete für eine Frau, sich allerlei Verboten zu fügen. Ich habe eine Soziologie-Doktorarbeit studiert, die sich ausschließlich diesem Thema widmete. Abergläubische Überzeugungen und Hausmittel waren gang und gäbe. Zur Vermeidung einer Fehlgeburt wurde vom Tragen hoher Absätze und von Sprüngen abgeraten. Also verstaute Luisa ihre neuen Schuhe im Schrank. Wenn sie ausgingen, sagte Camillo sowieso: «Du hast es nicht nötig, dich größer zu machen, als du bist.» Doch auf Stöckeln hatte Luisa weniger Angst vor anderen Frauen; wenn sie nicht die Schönste war, so war sie doch wenigstens die Größte, und sie wurde nicht übersehen. Im dritten Monat untersagte man ihr Kinobesuche und Zeitungslektüre, und Tante Fanny warnte sie: Sollte sie weiterhin im Sitzen die Beine überschlagen, werde sie ein behindertes Kind bekommen. Luisa folgte ihr und hörte sogar auf, Halsketten zu tragen, da das Kind sonst «mit einem Halsband» zur Welt kommen würde, mit um den Hals geschlungener Nabelschnur. Wenn die werdende Mutter merkwürdige Essensgelüste empfand, wurde sie ermuntert, diese zu stillen, sonst würden sie auf das Kind übergehen. Luisa hat rasende Lust auf Salami. Jede Nacht hat sie einen seltsamen Traum von einem hübschen kleinen, braunlockigen Mädchen, das ein breites blaues Satinband trägt und seine ersten Schritte macht. Es ist so schmächtig und ungeschickt, es fällt. Als Luisa es aufheben will, brechen sämtliche Knochen im Körper des Kindes, Luisa kann hören, wie sie in ihren Händen knacken.

Entsetzt streicht Luisa sich über den Bauch, er ist riesig. Sie fühlt sich schwer und überdehnt. Sie hält das nicht mehr aus, sie hat genug, genug, genug. Wenn es ein Mädchen wird, nennt sie es Cristina. Camillo ist einverstanden. Und wenn es ein Junge wird ... dann weiß sie noch nicht. Camillo wird schon etwas einfallen. Sie sieht ihren Bauchnabel, der sich unterm Seidenkleid abzeichnet. Mein Gott, was ist sie dick. Sie geht nicht mehr, sie watschelt. *Non posso più sopportarlo* – Ich kann es nicht mehr ertragen. Cristina, wie Cristina Trivulzio Belgiojoso. Eine Ausnahmefrau, furchtlos und kühn, Vorkämpferin des italienischen Patriotismus, die eine Armee finanzierte, Armut, Flucht und Exil erlebte, wilde Liebesaffären hatte und einen Selbstmordversuch unternahm. Eine Frau aus Feuer und Blut, wie Luisa gern eine wäre. Doch als verheiratete Frau und Mutter von zwanzig Jahren, die sich nur auf Empfängen und Tanztees bewegte, beeindruckte sie mit ihren kurzen Haaren vielleicht diejenigen, die ihr erstmals begegneten, doch ihre Träume davon, Königin der Welt zu werden, erschienen restlos unrealisierbar. Sie fühlt sich etwas matt, seelisch erschöpft, sie hat resigniert und den Biss verloren. Wozu soll das auch gut sein? Luisa ist intelligent. Sie befriedigt ihre kleineren Launen, frönt ihrer Exzentrizität in Bekleidungsdingen, gönnt sich immer abseitigere Ideen für die Einrichtung ihrer Räumlichkeiten. Jetzt hat sie einen ausgestopften Esel gekauft und vor die Eingangstür gestellt. Aber diese Schwangerschaft will kein Ende nehmen, und die Übelkeit erst! Sie schwört, dass sie danach kein weiteres Kind mehr bekommen wird. Junge oder Mädchen, ist ja egal. Ihre Brüste brennen. Ihr Rücken schmerzt. Wirst du wohl bald rauskommen? *Esci! Esci!* Raus mit dir!

Im Italien von 1901 hatten Frauen noch sehr viel mehr zu erdulden als die Schmerzen des Gebärens. In den Textilfabriken, die Luisa von ihrem Vater geerbt hatte, schufteten die Arbeiterinnen mit gebeugtem Rücken an knochenbrecherischen Maschinen von Sonnenaufgang bis zum Sonnenuntergang. Muss man da Luisa bedauern, die gähnend mühsam vom Sofa aufsteht, während andere, von Hunger und Elend geknechtet, darum kämpfen, ihre Rechte geltend zu machen? Das Jahr 1901 erlebt eine Reihe von beispiellosen Streiks. Weiß Luisa überhaupt davon, als ihr mit einem Schrei das Fruchtwasser abgeht und eine junge Dienstmagd ihr zu Hilfe eilt? Ein Gesetz von 1886 verbietet Kinderarbeit bis zu einem Alter von neun Jahren. Muss einem diese von Panik ergriffene, von den ersten Wehen zerrissene Frau da leidtun? Mütter schließen sich zusammen, um die Altersgrenze auf zwölf Jahre erhöhen zu lassen, das Gesetz wird verabschiedet, aber erst etliche Jahre später umgesetzt. Sollen die Armen sich doch schinden, so viel sie können. Muss man mit der jungen Marchesa Mitgefühl haben in ihrer Todesangst, sie, die unwissend gehalten wurde, sie, der noch nicht einmal klar ist, wie das Kind herauskommen wird? Wird man Messer benötigen, eine Schere? Der Arzt ist schon benachrichtigt. Man tupft die Schläfen der Gebärenden mit einem feuchten Lappen ab und redet ihr begütigend zu. Camillo wird sich erst wieder sehen lassen, wenn das alles vorbei ist. In der Fabrik in Pordenone arbeiten die Schwangeren bis zur Erschöpfung und bringen ihre Kinder verfrüht zur Welt, denen dasselbe Schicksal bevorsteht wie ihren Eltern. Ihre schmalen Schultern, vom Gewicht einer Arbeit für Erwachsene gedrückt, verformen sich, und manchmal geraten ihre kleinen Finger in eine allzu schnelle stählerne Maschine und werden abgetrennt. Am 15. Juli 1901 bringt Luisa in der Villa Casati eine kleine Cristina zur Welt. Für sie hat das Leiden damit ein Ende.

Wenn meine Heldin jetzt tatsächlich resignierte, so gäbe es keine Geschichte, keinen Roman. Die Geburt ihrer Tochter hätte einen Wendepunkt bedeuten können, einen Schock, eine Offenbarung. Doch nichts dergleichen. Das Kind wurde einer Amme anvertraut, die aus Deutschland kam wie auch der Chauffeur, damals das Allerschickste. Luisa kehrte zu ihrer belanglosen Lebensweise zurück und kümmerte sich nicht weiter um den Säugling, was niemanden schockierte. Auch Camillo schien sich nicht weiter für den Sprössling zu interessieren. Manchmal ging Luisa die Kleine ansehen, doch das Geschrei, der Sabber, das Erbrochene, der Geruch von Milch und vollen Windeln widerten sie an. Lieber Tanzvergnügen als Säuglingspflege.

Luisas Traum war nach wie vor, mit Künstlern Umgang zu pflegen. Für die Angehörigen ihrer Schicht, der großbürgerlichen Industriellen, hatten Künstler etwas Verruchtes, Gänsehaut Erzeugendes an sich. Vor ihrer Hochzeit war sie von Vitellini gemalt worden, dem heute vergessenen Porträtisten der Mailänder Crème. Während des Aufenthaltes in Paris zeichnete sie Paul-César Helleu, und ebenfalls im Jahre 1900 saß sie Vittorio Matteo Corcos (der heute auch weitgehend unbekannt ist) Modell. Von diesen Bohemiens wusste sie, dass man etwas bei ihnen in Auftrag geben musste, um ihnen zu begegnen. Umso entzückter war sie, als sie bei einer Jagdpartie mit Gabriele D'Annunzio bekannt gemacht wurde.

Dieser berichtet in seinen Memoiren, ihre «Sphinx-Augen» hätten ihn wie der Blitz getroffen. Und Luisa? Was empfand sie? Ebenfalls einen Blitzschlag? Liebe auf den ersten Blick, wie eine Kanonenkugel in den Rücken?

Der Poet verbeugt sich respektvoll und sagt: «Sie verfügen über die Reinheit des Einhorns, Sie sind die personifizierte Reinheit», und neigt seinen blonden Schnurrbart über die Hand der jungen Marchesa. Er ist der Erste, er ist der Ausnahmemensch, der den Diamanten erkennt, wo andere nur einen Kieselstein sehen. Sie ist geschmeichelt. Mehr als das, sie ist entdeckt. Dieser Kuss aufs Handgelenk weckt sie aus der Benommenheit, die ihr Leben bislang gedämpft hat, und niemals wird sie wieder umkehren ins Land der braven Gattinnen, ins Land der treuen Bürgerfrauen.

Natürlich hatte sie schon von Gabriele D'Annunzio reden hören. Der Ruf des Verführers eilte ihm allenthalben voraus. Eine Bekannte von Luisa behauptete sogar, auf eine Frau aus seiner Umgebung, die nicht seine Geliebte werde, zeige man misstrauisch mit dem Finger. Als Erstes sah Luisa sein schauriges Gebiss. Gelbe Eckzähne, graue Backenzähne, wenn er den Mund beim Lachen aufriss. Er war klein und gedrungen, er war kahl. Und doch bekam er sie alle. Alle Frauen, von Rom über Paris nach Mailand, waren in seinem Bett gelandet. Er hatte nie genug, wie Don Juan. Sollte sie die Nächste sein? Ihr schien, er habe das bereits beschlossen.

Sie wusste, dass sie nicht derselben Welt angehörten. Gabriele D'Annunzio stammte aus den Abruzzen, einer der ärmsten Gegenden Italiens. In der abgelegenen Stadt Pescara, im Schatten der weißen, rissigen Mauern von in der Sonne badenden Häusern, dort, wo alle Frauen Schwarz trugen, nannte man ihn das Wunderkind Italiens. Seit jüngster Kindheit ging die Mär von seiner Frühreife und seinen außergewöhnlichen Fähigkeiten von Mund zu Mund. Später, als Luisa ihn bat, ihr von seiner Kindheit zu erzählen, gestand er, dass er schon mit zwölf Jahren die Hand der Schneider-Nonne, die ihm ein Hemd anmaß, zwischen seine Beine gezogen hatte.

Seit seinem ersten Gedichtband, den er auf eigene Kosten

mit achtzehn Jahren veröffentlichte und anlässlich dessen der berühmte Literaturkritiker Chiarini ihn zum Genie ausrief, wurde Gabriele mit Rimbaud und Napoleon verglichen. Freilich hatte er alles vom Strategen an sich und nichts vom zerquälten Jugendlichen.

Er hatte die Tochter eines römischen Herzogs geheiratet, eine romantische Geschichte. Donna Maria war schön wie eine Raffael-Madonna und zudem eine unverhofft gute Partie. Es war eine geradezu vaudevilleske Romeo-und-Julia-Geschichte. Heimliche Treffen im Mondschein, Flucht nach Florenz, von der Polizei am Bahnhof aufgegriffen, der Vater drohte, den jungen Verführer zum Duell zu fordern. Standhafter Widerstand der entehrten Tochter. Sechs Monate nach der Hochzeit brachte sie einen Sohn zur Welt, Mario. Trotz seines gewandten Auftretens und seiner Ambitionen kannte D'Annunzio die feine Gesellschaft nicht. Als der erste Lustrausch verflogen war, musste die Ärmste sich eingestehen, dass ihr Mann in Liebesdingen schlechte Manieren hatte. Bis zu ihr hatte er ja nur Bäuerinnen verführt. Sein Umgang war nicht sonderlich gut, und sein Geldbeutel erlaubte nicht die Lebensführung, die beide sich wünschten – sie aus Gewohnheit, er aus Neigung. Denn D'Annunzio liebte nichts so sehr wie Luxus. Er übergoss sich mit Eau de Toilette, wechselte zweimal pro Tag das Hemd und nahm täglich ein Bad.

Hingerissen betrachtete Luisa diesen wölfischen Mann, der sie umkreiste. Er hatte etwas Brutales an sich, und dabei kannte seine Verfeinerung keine Grenzen. Seine grauen Windhunde trugen smaragdene Halsbänder und schliefen in Seidenwäsche. Er liebte alles, was glänzte. Er liebte die Geschwindigkeit. Er hatte sich als einer der Ersten ein Automobil angeschafft. Ein weißes. Er liebte die Wollust. Sein

1889 erschienenes Buch *Il Piacere* («Lust») erlebte einen sagenhaften Erfolg. Der Held strebte wie sein Autor nach einem gefahrenreichen Leben und stellte die Liebe über alles andere.

Jedes Mal, wenn sie sich begegneten, ob bei einer Jagdpartie oder einem Abendessen, richtete Gabriele D'Annunzio es so ein, dass er neben Luisa platziert wurde. Dann raunte er ihr Sätze zu, die sie einfach schön fand. Wieder auf ihrem Zimmer, sagte sie sie sich vor, erlebte die Szene in Zeitlupe nach, genoss jedes Detail. Er hatte ihre Hände ergriffen und gehaucht: «Sie haben ein archaisches Lächeln. Ich werde Sie Koré nennen, nach der Göttin der Hölle.» Sie wusste noch nicht, dass er systematisch all seinen Geliebten eigene Namen gab, und antwortete: «Mir wäre Coré mit C lieber.» Er lachte, und es war beschlossene Sache. An jenem Abend schlief sie lächelnd ein. Auf der anderen Seite der Wand ahnte sie Camillos regelmäßige Atemzüge. Seit Cristinas Geburt besuchte er sie immer seltener beim Schlafengehen. Luisa tat nichts Böses mit Gabriele. «Ich werde Sie Koré nennen, nach der Göttin der Hölle.» Sie lächelte nur. Und harrte auf die nächste Gelegenheit, wo er ihr inmitten eines gedrängt vollen Salons einen dieser Sätze würde zuflüstern können, die sie sich im Munde zergehen ließ wie Bonbons.

Lange habe ich nicht begriffen, wie meine Luisa dem Zauber D'Annunzios zum Opfer fallen konnte. Ich war enttäuscht, ja, beleidigt, dass sie sich in die lange Liste seiner Eroberungen einfügte. Fast versuchte ich sie zurückzuhalten. Dann aber, bei der Lektüre von *Lust*, erlag ich ihm selbst. Dieser Mann kannte die Frauen und wusste mit ihnen zu reden. Es war ein Irrtum gewesen, ihn mit Henry zu vergleichen, nur weil er achtzehn Jahre älter war als Luisa und hässlich dazu.

Bei ihrer dritten Begegnung bewunderten die mandelgrünen Augen des Dichters den grauen Schnürstiefel, in dem sich ein Fuß vermuten ließ, so fein, dass er ihn hätte zerbrechen können wie Glas. «Als ich Sie das erste Mal sah, hatten Sie sich einen Otterpelzmantel um die Schultern gehängt und trugen einen schwarzen Hut mit einem Schleier, der mit fuchsienroten Punkten bestickt war. Sie waren hinreißend. Beim zweiten Mal hielten sechs kleine Perlmuttknöpfe den Stehkragen ihres lila Seidenkleides geschlossen – ich hätte sie gern aufgeknöpft, um Ihnen den Hals zu küssen –, und heute nun hoffe ich, dass die Spitze, die dort aus ...» Luisa gebot ihm zu schweigen. Wie konnte er sich daran erinnern? Sie musste an Camillo denken, der nicht einmal den Unterschied zwischen Wolle und Baumwolle erkannte.

Luisa misstraut D'Annunzio nicht. Sie kennt keine Angst, das ist ein wesentlicher Charakterzug bei ihr. Wie sollte ein derart charmanter Mann ihr auch weh tun können? Luisa wusste nichts von Gabrieles Privatleben, zum Beispiel, dass Donna Maria, die verlassene Ehefrau, versucht hatte, sich das Leben zu nehmen. Was konnte er dazu? Er war in andere Arme weitergeflogen, sammelte Leidenschaften und Skandale. Ebenso wenig wusste Luisa, dass D'Annunzio am Vorabend ihrer Begegnung das Telegramm einer Gräfin erhalten hatte. «Ich sterbe vor Trauer und Liebe stop Kommen Sie stop Kommen Sie haben Sie Mitleid.» Die Ärmste, auch sie zum Opfer geworden. Am Ende irrte sie ohne Hut und Handschuhe durch die Straßen von Mailand, bis man sie einsperrte.

D'Annunzios Begeisterung für Frauen war von Hintergedanken nicht frei. Trotz der erheblichen Einkünfte durch seine Bücher häufte er Schulden an. Dann wandte er sich an eine begüterte Frau, die stellte ihm einen dicken Scheck aus, was ihm für eine Weile aus der Klemme half. Zu seinem Glück begnügte sich der beste Herrenschneider von Mailand, einer seiner größten Fans, mit Widmungen als Bezahlung. Ohne sich eine Verliebtheit einzugestehen, räumte Luisa ein, dass er sie faszinierte. «Ich reise nie ohne meine sechsunddreißig Überseekoffer. Bei einem etwas längeren Ausflug nach Sizilien ließ ich zwanzig weiße Leinenanzüge nachkommen. Ich nehme dich nach Sizilien mit!» Er brachte sie zum Träumen und Lachen. Ja, sie wollte zur bunten, lebendigen Welt dieses Mannes gehören. Er hatte sie geweckt, und endlich würde sie leben!

War Luisa versucht, eine d'annunzianische Muse zu werden, um sich in einem Roman verewigt zu sehen? Sie war von Künstlern fasziniert, denn sie hielt sie für frei und sich selbst für eine unrettbar Gefangene. Ich meine, sie wollte den Dichter inspirieren, um aus sich selbst herauszugelangen. Das einzige Mal, wo ich behaupten konnte, jemanden inspiriert zu haben, da war es nicht mein Mann, sondern dieser New Yorker, der heute – welche Ironie – zu einer Figur in meinem Roman wird. Manche Dinge macht man am besten selbst.

Ich glaube nicht an Inspiration. Manchmal tauchen Sätze einfach so in meinem Kopf auf. Wenn ich sie nicht sofort notiere, gehen die meisten davon für immer verloren, und es ist eine extrem frustrierende Übung, sie wiederzusuchen. Die Erinnerung bringt sie höchstens verstümmelt und unbeholfen zurück. Vielleicht glaube ich eher an Musen. Ich bin allerdings noch keiner begegnet. Wenn ich etwas von mir wiederlese, bin ich immer verblüfft. Ich kann mich nicht erinnern, dies oder jenes geschrieben zu haben. Der Tag wird kommen, da mein Gedächtnis mich im Stich lässt und ich nur noch schreiben werde, was ich schon einmal geschrieben habe. Ich habe nur eine begrenzte Anzahl Worte zur Verfügung. Wenn man mit der Zeit das Schreiben nicht aufgibt, gerät man zwangsläufig in die Wiederholung. Alles eine

Frage des Vorrats. Es müsste einem gelingen, sich das Beste für den Schluss aufzuheben, aber darauf verstehen sich die Romanciers nicht. Ein schöner Satz ist etwas Flüchtiges, Fragiles, wenn man ihn nicht im Fluge erhascht, ist er weg.

Caesar konnte jederzeit von der Inspiration ereilt werden. Dann mussten alle stillschweigen, der Haushalt musste stehenbleiben, und man musste ihm spornstreichs Papier und Stift beschaffen. Ehrerbietung, Schweigen, Unterwerfung. Sogar dass man ihm das Blatt hinhielt, konnte ihn stören. Das leiseste Plastikknistern, das kleinste Klicken eines Kugelschreibers, dann verließ seine geliebte Muse ihn wieder, und die in Reichweite greifbaren gemeinen Sterblichen wurden zur Zielscheibe seines Wütens. All das für unbegreifliches Gekritzel. Je komplizierter und spitzfindiger das war, desto mehr bewunderte ich es und verehrte seinen Schöpfer als Genie. Arme verliebte Verrückte.

Luisa war ganz versessen auf alles, was irgendwie nach Esoterik und okkulten Wissenschaften roch. Wie amüsant doch die spiritistischen Sitzungen im Freundeskreise waren! Zum Abschluss einer Abendessensgesellschaft schickte man das Personal weg, hielt sich bei den Händen und beschwor die Geister herauf. Mit ein bisschen Glück ging ein Gewitter los oder schlug ein Fensterladen, und man starb fast vor Angst. In einem ihrer bequemen Wohnzimmersessel sitzend, gegenüber dem Fenster, das auf die öde Landschaft hinausging, seufzte Luisa, den Blick ins Leere gerichtet. Gott, war ihr Leben langweilig, bis sie Gabriele begegnete.

D'Annunzio wusste, wie man Zugang zur besseren Gesellschaft erlangte. Sich an Luisa Casati heranzumachen, war für ihn, dessen Nähe alle suchten, ein Kinderspiel. Er war bei jedem Empfang, auf jeder Jagdpartie, bei jeder Opernpremiere. Luisas Herz machte nur noch Hüpfer. Sie lebte nur noch im Warten darauf, ihm zu begegnen, in der Sehnsucht, ihn zu sehen, in der Angst, ihn nie wiederzusehen. Anfangs hatte er es auf ihre ältere Schwester abgesehen. Francesca erschien ihm appetitlicher, sie wies seine Avancen aber zurück. Davon ließ Gabriele sich nicht weiter beirren, die Jüngere war ohnehin interessanter.

In seinen Büchern besingt D'Annunzio die platonische

Liebe, die respektwahrende Leidenschaft und die Erotik des Handkusses. Im wirklichen Leben kennt er nur eine Methode, die Dampfwalze. «Komm zu mir! Komm, meine Coré!» Ich kann mir bestens vorstellen, was die junge Marchesa empfand, als sie den Buchladen betrat, um seine Werke zu kaufen. Ich sehe ihre langsamen Schritte, die selbstsicher wirken sollen; die roten Wangen aber zeigen ihre Angst, sie könne sich verraten; dann die gespielte Nonchalance beim Gang zur Kasse. Wieder zu Hause, verschlang sie die Sätze dieses Mannes, um ihn zu begreifen, um sich ihm noch liebenswerter zu machen. Jede Seite brachte sie dem Ehebruch einen Schritt näher. *Il mio amante* – Mein Liebhaber. Sie hatte keine Angst davor, dass er sie nahm, sie brannte darauf! Sehr bald war alles offensichtlich, aber sie pfiff darauf, was ihr Mann denken könnte. Sie mochte Camillo wirklich gern, aber das war gar nichts, verglichen mit der Erschütterung, die sie empfand, wenn D'Annunzio sich ihr näherte. Luisa und Gabriele stürzten sich Hals über Kopf in diese Geschichte, eine sinnliche und sexuelle, in die die junge Frau hingerissen eintauchte. In der besseren Gesellschaft Italiens um das Jahr 1900 seine Ehefrau zu betrügen, wurde weitestgehend toleriert, den Ehemann zu betrügen hingegen war vollkommen inakzeptabel. Luisa beschloss, kein Geheimnis daraus zu machen. Das erstaunt mich wenig. Sie hatte immer Anerkennung gesucht, wollte beliebt sein, und jetzt war sie ihren Kindheitsträumen treu. *Ho un amante* – Ich habe einen Liebhaber. Ihre trostlose Jugend, das nette Eheleben, damit war es jetzt endlich vorbei. Luisa wusste, sie war für das Glück gemacht, und sie hatte durchaus nicht die Absicht, diese Gelegenheit zu versäumen. Umso mehr, da sie es sich erlauben konnte, denn Camillo war finanziell von ihr abhängig. Sie zahlte alles. Diese materielle Überlegenheit hatte eine enorme Wirkungskraft und war der Schlüssel für die Beziehung des Paares.

«Mit mir wirst du die Freude kennenlernen!» Luisas Verhältnis zu D'Annunzio war bald mehr als eine Liebesgeschichte – der Ausgangspunkt einer inneren Revolution. Luisa hatte keine Zeit, eine von den verheulten Frauen zu werden, die ihm nachliefen. Natürlich war sie wenigstens anfangs in Gabriele verliebt, aber sie wusste sich auch seiner zu bedienen, um den Ballast abzuwerfen, den die Gesellschaft ihr bis dato aufgeladen hatte. Sie befreite sich. *Tante grazie* – Vielen Dank. Gerüchte und Geschwätz liefen fröhlich um. Jede andere als sie hätte darunter gelitten. Luisa indessen gelangte endlich zu Ruhm, und das erfüllte sie mit Freude. *Tante grazie.* Sie pflegte ihr Äußeres noch etwas mehr, schwärzte sich die Lider mit Kajal und gönnte sich ein, zwei Tropfen Belladonna, um die Pupillen zu erweitern. So fügte sie der geheimnisvollen Aura, die sie bereits umgab, noch einen Hauch Verruchtheit hinzu.

Luisa hatte das ihrem Mann so liebe Landleben nie leiden können. Die Villa in Cinisello Balsamo, die Spaziergänge in Stiefeln durch den Matsch und die Abende am Kamin, die zu Anfang der Ehe ihre Tage ausgefüllt hatten, erschienen ihr jetzt als restlos vergeudete Zeit. Sie beneidete ihre Schwester, die mit ihrem Mann, dem Conte Padulli, in Rom lebte. Wie D'Annunzio liebte Luisa Maskeraden und Festivitäten geradezu manisch. Maskenbälle waren groß in Mode, und sämtliche Extravaganzen waren gestattet. Sobald sie eine Gelegenheit dazu fand, zog sie nach Rom ins Hotel Excelsior und ging jeden Abend aus, um reichlich Champagner zu trinken und ihren Liebhaber zu treffen. Sehr schnell dann stellte sie fest, dass sie sich ohne ihn ebenso sehr amüsierte. Nach und nach fasste sie Selbstvertrauen, der Kreis ihrer mondänen Bekanntschaften erweiterte sich, und sie wechselte leichtfüßig von einer Gruppe Freunde zur nächsten. Alle machten ihr Komplimente für die schönen Kleider, in denen sie auftrat. Und ich glaube, an diesem Punkt trennen sich unsere Wege. Innerhalb weniger Monate wurde Luisa zur echten Gesellschaftslöwin; ich hingegen sitze weiter allein an meinem Computer.

Im pompösen Himmelbett in ihrer Hotelsuite träumt sie vorm Einschlafen von der perfekten Garderobe, besetzt in Gedanken einen Hut mit Federn, sinnt über die Wirkung des am Vortag bestellten maßlosen Perlencolliers nach. Sie sieht sich ganz in Rot, zögert, erwägt Weiß, oder nein, doch lieber Silberlamé. Draußen rüttelt der Märzwind an den Kastanienknospen. Dienstag ist sie zu einem Wohltätigkeitsball zugunsten verlassener Kinder eingeladen; sie hat zu dem Anlass das Kostüm der byzantinischen Kaiserin Feodora rekonstruieren lassen, das Sarah Bernhardt 1882 getragen hat. Sie erinnert sich an die Fotos der Schauspielerin, die sie als kleines Mädchen so sehr verehrt hatte, daran, wie sie ihr Gesicht ausschnitt und in eine ägyptische Landschaft zwischen Schlangen einklebte. Der von der Firma René Lalique bestellte Schmuck samt Krönchen ist gestern eingetroffen, er ist herrlich. Dort funkelt er in seiner mit auberginenfarbenem Moiré ausgelegten Schatulle. Donnerstag geht sie zu einem Baby-Ball. Sie lächelt, als sie sich die alten Herren im rosa Schlafanzug zwischen dem Riesenspielzeug vorstellt, die aus Babyfläschchen ihren Champagner nuckeln. Sie weiß, man wird hinter ihr hermurmeln, dass sie die Maitresse von Gabriele D'Annunzio sei. Sie wird ein Kleinmädchenkleid tragen, wie Kate Greenaway sie gezeichnet hatte, dazu ihr seit neuestem mahagonifarben getöntes Haar, ein lebendes Gemälde. Die Stoffe kreisen in ihrem Kopf, bis die perfekte Kombination gefunden ist. Am Abend darauf im Palazzo del Quirinale wird sie ganz mit Gold bestickt dem König und der Königin von Italien ihre Aufwartung machen. Im Nu weiß sie, welche Accessoires dazu am wirkungsvollsten sind, und beglückt überschüttet sie sich in Gedanken mit einem Springbrunnen von Edelsteinen, um sich dann sehnsuchtsvoll in ihr Daunenkissen zu schmiegen. Sie wird sich Orchideen ins Haar stecken. Orchideen ähneln ihr – exotisch und stolz.

Camillo genoss die Auswirkungen dieses mondänen Daseins auf seine Weise. Luisa verstand es, kunstsinnig Kuriositäten und dekorative Objekte zu sammeln, ihr Durst nach Einkäufen und Neuerungen war nie gestillt, und so war ihrer beider Unterkunft mit immer wunderlicherem Geschmack ausgestattet. Für die Abendessen, die sie veranstalteten, gab sie ohne zu zögern kleine Vermögen aus. Sie empfingen dann in ihrer Hotelsuite oder an ungewöhnlichen Orten, die sie für die Gelegenheit anmietete. Rasch waren ihre Abendeinladungen die begehrtesten von ganz Rom. Und indem er die Marchesa frei kommen und gehen ließ, konnte Camillo ungestört seiner eigenen Lieblingsbeschäftigung frönen, der Jagd. Ob er ihr je Vorwürfe gemacht hat? Hatten sie eine Aussprache? Camillo sah sich vor vollendete Tatsachen gestellt, seine Frau amüsierte sich in Rom inmitten von Paillettengeglitzer und Musik. Er zog die Gesellschaft seiner Hunde und das Grün des Landes vor. So kamen beide auf ihre Kosten. Ich kann mich nicht dazu durchringen, Camillo als gehörnten Ehemann anzusehen. Dafür war er zu intelligent und zu pragmatisch. Seine Frau und er schlugen früh getrennte Wege ein. Vielleicht wäre es ihm anders lieber gewesen? Wie auch immer, er fügte sich würdig, reiste immer öfter aus Italien fort, um mit seinen Freunden, den Lords, im roten Jagdrock durch die Heidelandschaften Englands oder Cornwalls zu streifen.

In seinen Memoiren schildert D'Annunzio eine kurze Begegnung mit Camillo.

Luisa und Gabriele sitzen im Hotel Excelsior beim Frühstück. Einer der Morgen, an denen der Körper noch schmerzt von den heftigen Liebesbezeugungen der Nacht. Stille des anbrechenden Tages, Klirren der Porzellantasse auf dem Tellerchen. Zwischen zwei Schlucken Tee fragt Luisa sich, ob wohl noch genug Zeit für ein letztes Mal bleibt. D'Annunzio steht kurz vor der Abreise nach St. Moritz. Er hat ihr eine Bürste fürs Bad geschenkt, eine jener langen Holzbürsten mit seidenweichen Borsten. Entzückt über seinen Fund, hat er ihr fröhlich erklärt, so könne er ihr auch in Abwesenheit den Rücken kraulen. Luisa hat die Bürste und das Krepppapier, in das sie gehüllt war, auf das Tischchen beim Kamin gelegt. Sie begehrt ihn, zusammen mit den Erinnerungen an den Vortag lässt die Lust Schmetterlinge unter ihrer Haut flattern. Ein Diener tritt herein und kündigt Marchese Casati an. Das Feuer fällt in sich zusammen. An ihrer Tasse vorbei beobachtet sie, wie ihrem Liebhaber einiges von seinem Hochmut verlorengeht. «Ich lasse bitten!» Camillo tritt näher, freundlich, die Hände im Rücken verschränkt, begrüßt Gabriele ohne ein Anzeichen von Verwunderung und küsst seine Frau zärtlich auf die Stirn. Sie lädt ihn ein, sich dazuzusetzen, etwas mit ihnen zu trinken. «Einen Kaffee? – Nein, meine Liebe, ich komme gerade von Tisch.» Lächelnd bleibt er beim Kamin stehen. Der Ehemann genießt immer die Überlegenheit desjenigen, der im Recht ist. Geliebte mögen sich schmeicheln, intensiver begehrt zu werden, doch vergessen sie, dass sie in zweiter Linie stehen und es meist weniger lang andauert. D'Annunzio, der nichts mehr fürchtet als peinlich berührte Stille, versteigt sich in eine maßlose Schmährede gegen die Schweizer Alpen. Während er sich in der Schilderung eines Schneesturms ergeht, fällt Camillos Blick auf die Bürste, das Geschenk des Liebenden. Sacht nimmt er sie zur Hand, streicht mit dem Finger über den polierten Stiel, wendet sie hin und her und legt sie dann zurück, als ob nichts wäre. Gabriele errötet zutiefst, bringt seine Geschichte zu Ende, so rasch er kann, küsst seiner Geliebten hastig die Hand, verbeugt sich vor ihrem Gatten und verabschiedet sich schleunigst von dem Ehepaar. Ungerührt an Ort und Stelle stehend, begegnet Camillo seiner Verwirrung mit einem Neigen des Kopfes von gewählter Langsamkeit.

D'Annunzio sagte, Luisa habe das Herz eines Mannes. Darüber müsste ich nachdenken, denn ich bin oft selbst als Mann bezeichnet oder besser wie einer behandelt worden, und zwar von Männern, denen die Ironie dieser Kränkung entging. Vielleicht fand Gabriele das, weil sie nicht verlangte, dass er ihr treu war. Ich denke sogar, dass ihr das völlig schnurz war.

Luisa hielt sich überhaupt nicht mehr im allzu einsamen Cinisello Balsamo auf. Auch in ihre eigene Mailänder Villa, diese alte Bude, wollte sie keinen Fuß mehr setzen. Ihr Charakter machte sich Tag um Tag deutlicher geltend, und sie ertrug es nicht mehr, wenn sich jemand ihren Wünschen entgegenstellte. Als man Camillo zum Präsidenten des Jockey-Clubs von Rom ernannte, erschien ihnen ihre gewohnte riesige Suite im Excelsior als zu klein und zu unpersönlich; also beschlossen sie, im neuesten angesagten Viertel einen Palazzo bauen zu lassen, in der Via Piemonte 51. Mittlerweile fühlt Luisa sich umso wichtiger, je mehr sie ausgibt. Und mit diesem Haus öffnet die Marchesa die Büchse der Pandora, die des Größenwahns.

Noch heute steht der ockerfarbene Palazzo, umgeben von schönen Gebäuden desselben Kalibers. Er wirkt, als wäre ein venezianischer Palast mitten in die Siebenhügelstadt verpflanzt worden. Die doppelte Freitreppe führt direkt auf die

Straße, als erwarte man, dass der Bürgersteig aufklafft, eine Gondel herangleitet und ihre Passagiere auf den weißmarmornen Stufen absetzt. Die hohen maurischen Spitzbogenfenster des ersten Stocks mit ihren dunklen Läden gehen auf eine mit vier Kandelabern besetzte, in mozarabischem Stil durchbrochene Brüstung hinaus. Sämtliche Balkons sind mit Kerzenleuchtern geschmückt, damit das Haus an Festabenden leuchte. Die von hohen Giebeln überragten Fenster lassen auf eine enorme Deckenhöhe schließen. In der erstickenden Sommerhitze des sonnendurchfluteten Roms sind die Räume von Halbschatten und Kühle erfüllt. Die durch die geschlossenen Läden fallenden Lichtstreifen lassen alles, auf das sie im Dunkeln treffen, aufflammen und überziehen die Ecke eines Perserteppichs mit goldenem Gefunkel. Camillo hat die Einrichtung ganz Luisa überlassen. Dieses Haus erhält die Illusion gemeinsamer Pläne und eines geregelten Ehelebens aufrecht. Aber Camillo ist es egal. Angelina, der einhundert Kilo schwere Mastiff, der den Eingang bewacht, horcht nur auf sein Frauchen. Ein erschreckender Hund, Nachfahre jener Molosser, die in den altrömischen Arenen gegen wilde Tiere kämpften.

Caesar und ich führten ein bohemehaftes Leben. Es kam nur darauf an, einander und das Leben zu lieben. Sehr viel billiger Wein, Tausende Zigaretten und Diskussionen mit den Freunden bis zum Morgengrauen. Eine vielfarbige Wohnung, die Küche von oben bis unten rosa gestrichen, meine Sammlung pornographischer Postkarten aus aller Welt an den Toilettenwänden, an einer Wohnzimmerwand Fresken und Gedichte zu den Themen Flugzeuge und Liebe, als Sofa ein Schaumstoffblock, mit traditionellem chinesischem Stoff bedeckt, dazu Kissen im Leopardendessin und ein Kronleuchter ohne Strom an der Decke, an den ich allerlei Vögel aus Pappmaché gehängt hatte. Eine bunt durcheinandergewürfelte Einrichtung, das ist eine Leidenschaft, die ich mit Luisa gemeinsam habe.

Und dann waren da Caesars Bilder. Die Wohnung war sauber und gut aufgeräumt. In einer Vase ein Mimosenzweig für den guten Duft. Und ich lüftete, wegen der Zigaretten, ich lüftete viel, es ging ihm auf die Nerven. Unsere Freunde fanden uns toll, wir waren ein originelles Paar. Ich rannte von Casting zu Casting und träumte dem Ruhm hinterher, er schrieb Heft um Heft voll und hielt sich für irgendetwas zwischen Rimbaud und Deleuze. Die Flasche in der Hand, die Kippe im Mundwinkel, so posierte er. Ich war da, um zu lachen und zu applaudieren, und um ihn ins Bett zu bringen, bevor die Dinge allzu sehr aus dem Ruder liefen. Ich hielt den Schein aufrecht. Es war das Schauspiel des leicht verrückten Glücks, eine Komödie, die bald in die Tragödie der Irrtümer umkippte.

Die fröhlich-bunte Wohnung ging in Trümmer. Ich kaufte Holzkitt, um die eingetretenen Türen zu reparieren. Ich sehe noch vor mir, wie ich vergeblich die Blutflecken in den Vorhängen mit Kernseife behandle. Ich weinte und dachte dabei an Lady Macbeth: «Alle Wohlgerüche Arabiens würden diese kleine Hand nicht wohlriechend machen. Oh, oh, oh!»

Luisa träumte von einem Bohemeleben, und sie hatte das dafür nötige Geld. Die Besucher ihres römischen Palazzos sollte dieses exzentrische Universum befremden, das Haus sollte ein kostbarer Schrein sein, der die Poesie ihrer Persönlichkeit enthüllte. Aus dem Haus in der Via Piemonte machte sie ein Spektakel, jedes Zimmer war ein Akt, jedes Möbelstück eine eigene Inszenierung. Ihre Gäste würden sich beim Hinausgehen fühlen, als wären sie im Theater gewesen. Sie war die Heldin, ihre Tiere waren die Statisten. Ganz Rom raunte von der ungewöhnlichen Menagerie der jungen Marchesa und der gewaltigen Voliere, in der die Bartsittiche mit ihrem fluoreszierend grünen Leib, der bonbonrosa Kehle und dem himmelblauen Köpfchen, mit den schwarzen Flecken beiderseits des Schnabels, durch die sie aussahen wie griesgrämige alte Männer, den lieben langen Tag über tschilpten und kreischten. Das Personal fürchtete diese flatternden Biester. Sie mussten das Gehege betreten, um ihren Dreck wegzumachen, und sich dem großen Papagei stellen, einem roten Ara mit blauen Flügeln, der sie mit seinen Krallen und dem spitzen weißen Schnabel bedrohte. Da Luisa sich nicht die Zeit genommen hatte, ihm das Sprechen beizubringen, stieß er in einer unbekannten Sprache grässliche Schreie aus.

Sie hatte bekanntgegeben, dass sie die Gesellschaft von Malern und Ästheten suche, und wenn man der langen Liste glauben möchte, die sie in ihren alten Tagen aufstellte und in der sie all die Künstler nennt, mit denen sie verkehrte, waren sämtliche Hungerleider der Stadt dem Aufruf gefolgt. Es war Luisa herzlich egal, dass man ihren Wein trank und den Zigarrenkeller ihres Mannes plünderte, Hauptsache, man amüsierte sie. Sie war eine intelligente Frau, sie langweilte sich schnell in den bürgerlichen, allzu konventionellen Kreisen, sie unterhielt sich gern über Literatur und Kunst, und zugegeben, wo sie schon keine Muse war, spielte sie mit Entzücken die Mäzenin. Junge Italiener von vielversprechendem Talent oder mit innovativen Ideen, mit denen sie die Kunst revolutionieren oder gar die Welt verändern wollten, waren von den Einladungen dieser steinreichen Frau geschmeichelt.

Meist thronte sie in einer weißen oder schwarzen Robe in ihrem Palast, mit den langen, schmalen Fingern eines ihrer zahlreichen Perlencolliers befühlend. Alle waren von ihrem Schweigen und ihrer Erscheinung verschüchtert. Luisa pflegte mit großem Talent den Ruf einer geheimnisvollen Frau. Ihr Vermögen, die Sammlung von allerlei bizarren Gegenständen, mit der sie sich umgab, ihr Status als Maitresse eines berühmten Mannes, dazu das kreideweiß gepuderte Gesicht und die dick mit Kajal umrundeten Augen, das kurze Haar, das sie rot gefärbt hatte, all das ließ niemanden gleichgültig.

Alberto Martini verstand sich wirklich gut mit Luisa. Sie teilten die Liebe zur Eleganz und zum Makabren. Alberto besang das Groteske und die Erotik. Er wusste, dass Luisa eine schüchterne Frau war, die sich in die Rüstung der Exzentrizität verkrochen hatte. Als Maler, Zeichner und Illustrator verkehrte er viel in Boheme- und Avantgardekreisen und diente seiner Freundin als Jagdtreiber: Er durfte zu ihr einladen, wen immer er wollte, solange es ein amüsanter Abend zu werden versprach. So machte er Luisa eines Abends mit dem jungen Filippo Tommaso Marinetti bekannt, dem künftigen Vorkämpfer des italienischen Futurismus und Verfasser von dessen beruhmtem *Manifest*. Martini bewunderte Marinetti sehr und verfolgte dessen exaltiert-poetische Ergüsse mit Freude und ohne jede Eifersucht. Martini prophezeite, um Marinetti als Künstler werde man früher oder später nicht mehr herumkommen.

Wie jeder andere vor ihm fühlte sich Marinetti von der Einladung der Marchesa geehrt. Mit einem Kloß im Bauch, so sehr blendete ihn der prunkvolle Palazzo, folgte er dem Diener zwischen den Kuriositäten entlang durch Räume mit makellos weißen Wänden unter türkisblauen Decken. Durch eine halb geöffnete Tür erblickte er ein Paar reglos da hockender Windhunde, der eine weiß, der andere schwarz, mit rubinbesetzten Halsbändern. Der mit Alabaster geflieste Boden des Raumes war von unten her beleuchtet, die beiden Hunde saßen herrschaftlich da, mit gespitzten Ohren, und zuckten nicht mal mit der Nasenspitze, als der junge Maler vorüberging.

– Ah, da ist er ja endlich!

– Mein Lieber, wir haben gerade über dich geredet. Wir sind schon ganz ungeduldig!

Auf den Diwanen des orientalischen Salons lagernd, umgeben von Siamkatzen mit irritierenden blauen Augen und neun schwarzen Katern, deretwegen manche die Marchesa verdächtigten, eine Hexe zu sein, rauchten Luisa und Martini Eukalyptuszigaretten, die sie in eine duftende Rauchwolke hüllten. Sobald Marinetti Platz genommen hatte, sprang ihm eine große, schokoladenfarbene Abessinierkatze auf den Schoß. Luisa, an dem Abend ganz besonders festlich gelaunt, erhob ihr Glas.

– Ich trinke auf die Künste und den Bauernstand!

Und sie tranken und parlierten. Von der Wirkung des Weins und dem Schnurren der Katzen eingelullt, entspannte Marinetti sich, und Enthusiasmus prägte das Gespräch. Sie würden die Malerei von Grund auf erneuern, ja, die ganze Welt! Im Kerzenschein wirkten sie wie wahre Revolutionäre, die ein Komplott ausheckten. Sie würden die Liebe zur Gefahr besingen, eine Poesie der Kühnheit und der Revolte begründen. Poetisch wie ein Rennwagen, auf dessen Haube dicke Rohre prangten wie Schlangen mit Feueratem … ein röhrendes Automobil, das wie ein Geschoss dahinzurasen schien, das war doch schöner als die Nike von Samothrake! Denn die Geschwindigkeit hatte alles verändert. *La velocità è bella* – Geschwindigkeit ist schön! In Marinettis Augen funkelte der Überschwang der Jugend, die bereit ist, alles für eine Idee zu opfern, einen Reim, eine Farbe, einen Kuss. Irgendwann sprang die bislang so anschmiegsame Abessinierkatze mit gesträubtem Haar und ausgefahrenen Krallen miauend auf und floh Richtung Vestibül.

– Und der Marchese Casati?

Luisa setzte sich königinnengleich in Positur und sprach affektiert:

– Mein Mann hält sich an den Ufern des Lago di Bracciano auf, wo er gemeinsam mit dem Fürsten Odescalchi Wildschweine jagt.

– Ho ho ho!

– Bitte nicht so sarkastisch, mein Mann ist Großmeister der Rennhunde, der Fox-Hounds und anderer Terrier.

– Ho ho ho!

Alle lachten laut los, den Kopf nach hinten gebogen, hielten sich die Seiten. Großmeister der Rennhunde, oh, welch großartiger Titel! Vom Wein berauscht, genießt Luisa diesen Moment fast kindlicher Freude. Sie mag reif sein, Ehefrau, Mutter, Maitresse eines Mannes von fünfzig Jahren, reich und unabhängig, aber sie ist doch erst fünfundzwanzig Jahre alt. Das ist das Alter, in dem ich mich scheiden ließ.

Ich erinnere mich ganz deutlich an den Tag, an dem mir klarwurde, dass ich auf eine Scheidung zusteuerte. Ich ging die Rue Gay-Lussac hinunter, mit dem MP3-Player meines Mannes, den ein Freund ihm zum Geburtstag geschenkt hatte. Gerade als ich bei einem Obst- und Gemüsehändler vorbeiging, wurde ich von einem fröhlichen, rhythmischen Song gepackt, der einfach Lust zu tanzen machte. Eines von diesen Liedern, die alles ringsum in ein anderes Licht tauchen, bei denen die Farben der Tomaten und des Bürgersteigs intensiver werden. Auf einmal musste ich schneller gehen. Mein Herz und mein Kopf fingen an zu wummern. Ich hätte vor Glück platzen können auf dem Fußgängerüberweg der Rue Saint-Jacques, und voller Glück begriff ich auf einmal.

Ich begriff, dass ich nicht dafür gemacht war zu weinen. Ich begriff: Das Leben war schön, und ich war jung. Ich musste von dieser Liebe weg, die mich erdrückte, von diesem Mann, der mich terrorisierte. *Verlass ihn, er macht dir doch nur Angst, mit seinen Launen, seinen Schlägen, wenn du das so weiterlaufen lässt, macht er dich noch ganz fertig. Geh und tanz das Leben, das dir die Hände reicht, umarme die Welt und hör auf zu flennen wegen eines Idioten, der dich nicht verdient.*

Als das Lied vorbei war, spielte ich es noch einmal ab und tanzte den gesamten Boulevard Saint-Michel hinunter. Bis zur Besoffenheit. Bei der Vorstellung des Glücks, das mich erwartete, wenn ich nur stark genug wäre, ihn zu verlassen, lachte ich und spürte mich wachsen. Und da wurde mir klar, dass ich es tun konnte, dass ich die dazu nötigen Ressourcen hatte, genug Freude und Lebenslust. Ich brauchte ja nur ein bisschen Musik, und schon war alles so leicht wie ein Tanz.

Möglicherweise hatte die Entwicklung schon in New York begonnen, dieser Stadt jenseits jeden Maßes, als ich zwischen den Wolkenkratzern einherging, erfüllt von dem Gefühl befreiter Einsamkeit. Fern von zu Hause, meinen Pflichten, den falschen Freunden, fern von Familienzwängen und dem tyrannischen Liebsten. Als mir wieder einfiel, dass das Leben ein Spaziergang sein müsste, das Haar im Winterwind wehend, statt dieser unendlichen Reihe von Misshelligkeiten im Gewand des Unvermeidlichen.

Als ich an dem Tag nach Hause kam, hatte ich diese Empfindung, bereits in der Zukunft zu leben, wie sie von bevorstehenden großen Veränderungen bewirkt wird. Ich war wie von der Umgebung losgelöst, alles Vertraute, Alltägliche erschien mir fremd und neu. Man sieht die Dinge anders an, wenn man weiß, dass es zum letzten Mal ist. Und die Verbindungen lösen sich auf. Im Stillen nahm ich Abschied von den Wänden, dem Parkett, dem Fenster, der Glastür. Sie gehörten bereits der Vergangenheit an. Ich musste nur noch einen guten Grund finden, um ihn zu verlassen, meinen Liebsten, meinen Mann. Einen ausweglosen Grund. Und er lieferte ihn mir bald.

Zu Beginn des 20. Jahrhunderts war Venedig ein Traum von Glanz und Dekadenz. Sein Prunk verfiel, die aus Vorzeiten stammenden, noch sehr luxuriösen Palazzi zogen zugleich Künstler und die oberen Zehntausend an.

Der Canal Grande mit der Rialto-Brücke, San Pietro di Castello, der Campanile von Torcello, die Quadriga und die Bronzepferde auf dem Markusplatz, der Dogenpalast, Ca' Foscari, die Myriaden von Tauben. Unter dem feinen, trauervollen Regen harren die auf den kleinen Wellen schwankenden Gondeln der Verliebten. Venedig ist eine magische Stadt, sie nimmt dich bei der Hand und führt dich nacheinander über all ihre Brücken.

Giovanni Boldini war ein kleines dickes Männchen von fünfundsechzig Jahren. Trotz seiner Triefaugen hinter der runden Brille, seiner ausgesprochen hohen Stirn und dem weißen Schnurrbart wirkte er wie ein etwas tapsiger junger Hund. D'Annunzio und er waren zwar nicht im engeren Sinne befreundet, einander aber mehrfach begegnet, und sie hegten gegenseitigen Respekt. Gerade an diesem Morgen waren sie an einer Straßenecke am Markusplatz buchstäblich ineinandergelaufen, und D'Annunzio hatte Boldini eingeladen, ihn am Abend auf ein Glas in seinem Hotel zu besuchen. Nebenbei hatte er angemerkt, so könne er auch seine gute Freundin, die Marchesa Casati, kennenlernen.

Luisa ließ auf sich warten. Wusste sie, während sie sich fertig machte, schon, wohin der Abend führen würde? Hoffte sie es? Giovanni Boldini war ein Porträtmaler von internationalem Ruf, alle Schönheiten träumten davon, sich von ihm in seinem Pariser Atelier am Boulevard Berthier verewigen zu lassen. Boldini liebte die Frauen, er verstand sich darauf, sie herrlich aussehen zu lassen, schön, weiß, mit bloßen Schultern. Manchmal gingen die Dekolletés fast bis zum Ansatz des Busens. Boldinis Kleider sind immer in Bewegung.

An der Bar des Hotels Danieli knackte der Maler Pistazienkerne mit der Akribie eines Schulbuben, dann leckte er sich verstohlen das Salz von den Fingerspitzen. D'Annunzio stocherte in den Oliven herum. Feine Bläschen tanzten in den Prosecco-Gläsern. Die beiden Männer waren frohgemut, das Gespräch lebhaft. Da erschien Luisa, einen nervösen Knoten im Bauch. Hochgewachsen, schmal, in ein enges schwarzes Seidenkleid gehüllt, ein immenses Perlenkollier um den Hals, so trat sie zum Tisch. Auf einmal hörte man etwas wie einen Regen von Murmeln. Der Verschluss ihrer Kette hatte nachgegeben, Hunderte Perlen hüpften und sprangen über den roten Teppich. Luisa schrie überrascht auf, musste dann aber lauthals lachen: «Meine Perlen! Meine Perlen!» Boldini sprang los, um eine davon im Flug zu erhaschen. Schon waren sie auf allen vieren. Wie Hühner beim Körnerpicken, stießen sie leise Gluckser aus. «Ah! Da ist sie ja!» – «Ich hab eine!» – «Lieber Gott, wie viele waren das bloß?» Als Luisa ein Tischtuch anhob und den Arm unter den Tisch streckte, begegnete sie Boldinis Blick. Die Bewegung des Mannes erstarrte. Er hatte das Modell seines nächsten Bildes vor sich.

Boldini lud die Marchesa ein, ihn in seinem Atelier in Paris zu besuchen. Luisas Herz schlug dermaßen laut, dass sie Angst hatte, es könne sie verraten. Lächelnd willigte sie ein, so bescheiden, wie es irgend ging. Von diesem Mann gemalt zu werden war nicht nur eine Ehre, sondern gab ihrem Leben ein neues Ziel. Wo sie schon selbst keine Künstlerin sein konnte, hatte sie sich immer mehr mit schöpferischen Menschen umgeben. Brachte ihr die Begegnung mit Boldini endlich die Gelegenheit, eine Muse zu werden? Erst hatte ich gedacht, dieser Traum könne sich dadurch erfüllt haben, dass sie D'Annunzios Geliebte war, doch Luisa war nicht dumm, für Gabriele war sie eine d'annunzianische Heldin von fünfhundert. Wenn er mit ihr schlief und dabei vor Freude schrie, wenn er sich auf seine Notizbücher stürzte, um Oden auf sie zu verfassen, dann wusste sie: So tat er es mit allen. Und selbst wenn sie ihn möglicherweise inspirierte, so weigerte sich ihr männliches Herz, nur einem einzigen Poeten zu gehören. Für Gabriele würde sie Coré bleiben, bei Boldini würde sie *La Marchesa Luisa Casati con un levriero* sein, die «Marchesa Casati mit Windspiel». Ein Kunstwerk, das würde sie werden.

Ich habe nur ein einziges Mal für Caesar Modell gestanden. Wie aus Ironie war auch das in Venedig. Als ich diesen Roman zu schreiben begann, hoffte ich, Luisa und ich würden irgendwann zueinanderfinden. Ich hätte nicht gedacht, dass das so hinterrücks geschehen würde, durch die Wiederbelebung winziger, verschütteter Erinnerungen.

Er sollte mich nackt zeichnen, wie im Film *Titanic*. Ein Backfisch als Muse. Ich sehe das über lastminute.com reservierte Hotelzimmer noch vor mir. Von wegen Kate Winsletts getäfelte Suite. Ich hatte darauf bestanden, und dieses eine Mal hatte er nachgegeben. Er hatte einen Canson-Skizzenblock dabei, seine Wachs- und Pastellstifte. Oder hatte ich selbst sie ihm in die Reisetasche gesteckt? Das sähe mir sehr ähnlich, aber ich kann mich für keine von beiden Versionen entscheiden. Die Vergangenheit entzieht sich mir, ist nicht nachprüfbar. Wir waren frisch verheiratet. Ich habe diese Zeichnung aufbewahrt. Sie ist unvollendet. Missraten. Zufällig fand ich sie bei einem der vielen Umzüge wieder, die dann folgten. Ich hatte glorifiziert werden wollen, er hatte mich hingepfuscht. Ich weiß noch, wie enttäuscht ich in dem Augenblick war. Ich glaube, gezeigt habe ich es ihm nicht. Damals wusste ich meine Gefühle sehr gut zu verbergen. Meine Umgebung hat mich viel dafür kritisiert, mir Heuchelei vorgeworfen, Falschheit, ja Lüge. Ich habe gekämpft, um diese innere Sperre zu überwinden, und es ist mir zum großen Teil geglückt. Leider.

Luisa hatte das Problem hundertmal überdacht, dann eine rasche Entscheidung gefällt. Schwarz musste sein, etwas glänzend Schwarzes. Und Violett. Zwei den dunklen Künsten liebe Farben. Sie wollte die faszinierende Hexe sein, die Zauberin. Jetzt profitierte sie von all ihren Besuchen in den Museen Europas. Luisa verfügte über einen klaren graphischen Sinn, ein Kalkül für frappierende Wirkungen. Berauscht vom Terpentingeruch, hielt sie sich reglos. Sie wollte vollkommen sein, Flammen mit den Augen schleudern, aus dem Gemälde hervortreten. Manche Damen der großen Welt wünschten mit ihren Kindern dargestellt zu werden. Luisa hatte ein schwarzes Windspiel auserwählt. Sie hielt es an der Leine, ein silbernes Band umschloss seinen rassigen Hals. Ein Hund, so feinnervig wie sie selbst. Giovanni Boldini war als Maler der Vitalität bekannt. Auf der recht großen Leinwand, 1,40 Meter breit und 2,52 hoch, befinden sich nur Gesicht und Hand im Stillstand. Alles andere ist in Bewegung, das weite, verschwommen dargestellte Kleid, und sogar der Veilchenstrauß an ihrem Gürtel scheint zu wirbeln. Doch die Klarheit des weißen Handschuhs, der die Hundeleine hält, verleiht dieser Frau eine zwingende Autorität. Das Gesicht ist schön. Boldini hat Luisa schöner gezeigt, als sie wirklich war, und auch größer, sie nimmt die gesamte Höhe der Leinwand ein. Mittels einer sehr subtilen, leicht gekippten Perspektive sorgt der Maler dafür, dass sie sich ihm und dem Betrachter entgegenneigt. Diese zurückhaltende Schräge übt eine magnetische Wirkung aus. Luisa saugt uns an.

Sie kam zu spät zu den Sitzungen. So etwas kannte Giovanni von anderen. Aber keine Frau konnte ihn mehr beeindrucken, sobald er den Stift in der Hand hatte. Seiner Pinselspitze waren sie auf Gedeih und Verderb ausgeliefert. Kaum war sie durch die Ateliertür, erging Luisa sich in atemlosen Entschuldigungen: Einen Einkaufsbummel hatte sie gemacht, der Verkehr war wieder unmöglich gewesen, sie hatte mit der Baronin Ernesta Stern zu Mittag gegessen, einer Plaudertasche ohnegleichen, hatte Cécile Sorel kennengelernt, die Actrice vom Théâtre-Français, und die Zeit aus den Augen verloren. Luisa verkehrte mit den großen Damen ebenso wie mit den Edelkurtisanen: In den Fluren des Ritz, wo sie Domizil genommen hatte, war sie mehr als einmal La Belle Otéro und Liane de Pugy begegnet. Die Tänzerinnen der Folies Bergères hingegen mochten so berühmt sein, wie sie wollten, sie interessierten sie nicht. Was der Marquise Casati über die Maßen gefiel, das war, wenn sie die Damen der feinen Gesellschaft ihren Namen murmeln hörte, die zur Tea Time fast an ihren Keksen erstickten bei der Vorstellung, dass diese reiche Ausländerin es wagte, ohne ihren Gatten im Hotel zu logieren, und schlimmer noch, sogar ohne Liebhaber.

Boldini wusste, Luisa kam mit Verspätung, weil sie begehrt werden wollte. Dies Gemälde war ihr ganzer Lebensinhalt geworden, Tag und Nacht war sie wie besessen davon. Luisa wollte ihre Seele festgehalten sehen. Unter dem riesigen Federhut kam sie vor Hitze fast um. Und diese schwarze Pelzstola, war das Fuchs, Otter, Murmeltier? Bis auf das Gesicht war kein Millimeter ihrer Haut entblößt. Sie war ganz Gewand und Gewandtheit, eingezwängt in eine Korsettjacke, dazu ein langes schwarzseidenes Kleid, und die bis obenhin weiß behandschuhten Arme in einen violetten Satinschal gehüllt. Das Fell des Hundes verschmolz aggressiv funkelnd mit dem Kleid.

Gutgelaunt wie immer trällerte Boldini vor sich hin, auf seinem Schemel sitzend, wenn er seine Stifte anspitzte und seinen großen Wanst voranschob, auf der Suche nach einem Lappen, um einen Pinsel abzuwischen. Die Arbeit nahm mehrere Wochen in Anspruch, und er weigerte sich kategorisch, ihr die Entwicklung zu zeigen. Luisa brodelte vor Ungeduld. Am Ende jeder Sitzung drehte er das Gemälde zur Wand. Manchmal konnte Luisa dank seiner ungelenken Bewegungen einen Blick auf die Veilchen oder die Kontur eines Armes erhaschen. Endlich, am letzten Tag, gestattete er ihr hinzuzutreten und das Werk zu betrachten. Der Anblick traf sie wie ein Schock. Die Frau mit ihrer machiavellischen Haltung, die vor ihr emporragte, übertraf all ihre Hoffnungen. Sofort wollte sie, dass ganz Paris das Gemälde sah. Sie flehte Boldini an, es auf dem Salon auszustellen.

Ich stelle mir Luisas Freude bei der Lektüre des Artikels vor, der voll des Lobes über Boldinis Gemälde in *Le Figaro* erschien. Jetzt erlebte sie erstmals wirklich erregende Berühmtheit. Wie eine, die eben einen herrlichen Zaubertrunk genossen hat, fühlte sie sich in Sicherheit und gab sich der Illusion hin, sie empfange mehr Liebe, als sie gab. Sie machte Überschuss. Das unerträgliche Gefühl innerer Leere wich, sie fühlte sich endlich erfüllt. Leider war diese Wirkung nur von kurzer Dauer. Sie musste alsbald ein neues Mittel finden, um die Blicke auf sich zu ziehen. Und auf ihre Weise gelang ihr das auch.

Nach der Pariser Episode ließ sich Luisa endgültig in Venedig nieder, dem Ort des Stelldicheins all derer, die aus dem Leben ein Fest zu machen verstanden, und das passte ihr ganz ausgezeichnet. Sie erwarb den Palazzo Venier dei Leoni. «Venier» nach früheren Besitzern, und «Leoni» wohl wegen der beiden steinernen Löwen, die die Terrasse zum Canal Grande hin hüten, es sei denn, in früheren Zeiten hätten gezähmte Löwen hier residiert. Die Venezianer nannten ihn den unvollendeten Palazzo, «il palazzo non finito», denn der Bau war nie weiter als bis zum ersten Stock gediehen, sodass das Gebäude, breiter als hoch, wie geköpft wirkt. Heute spazieren die Besucher hindurch und bewundern die Malereien von Pollock und Picasso: Peggy Guggenheim, eine weitere unabhängige und reiche Frau und Kunstsammlerin, hat einige Zeit nach Luisa hier gelebt und das Haus zu einem Museum gemacht.

Wie alle anderen Touristen gingen auch Caesar und ich ins Guggenheim, im feuchten Sonnenschein, in dem zu spüren war, wie die durchdringende Kühle des Wassers aufstieg, in diesem ganz speziellen Winterlicht von Venedig. Ich erinnere mich an die zahllosen Fenster zum Kanal. Die Hände im Rücken verschränkt, wandelte ich, ohne es zu wissen, auf den Spuren der Frau, die Jahre später die Heldin eines meiner Romane werden sollte. Ich wusste ja nicht einmal, dass ich überhaupt jemals Romane schreiben würde. Ich schaute mir auch das Schlafzimmer an und würde heute gern daran glauben, dass ich ein Frösteln empfand, einen Ruf, eine Vorahnung. Stattdessen erinnere ich mich ausschließlich an diese Fenster und an den lautstarken Streit mit meinem Mann hinterher. Als großer Verfechter der zeitgenössischen Kunst sagte er, ich sei ungebildet und nicht würdig, eine Meinung über diese Kunstwerke abzugeben, deren Mehrzahl mich völlig unberührt gelassen hatte. Wir konnten kein Museum besuchen, ohne am Ausgang übereinander herzufallen. Er beschimpfte mich als rückständig und schulmädchenhaft, ich fand es ungerecht, dass er an meiner Intelligenz zweifelte.

Luisa erwarb einen nicht nur unfertigen, sondern bereits wieder verfallenden Palast. Sie beschloss, das Äußere unverändert zu lassen. Die rissigen, von Efeu überwucherten Wände entsprachen ihrem romantisch-morbiden Geschmack. Das Innere hingegen gestaltete sie grundlegend um, unter reichlichem Einsatz von importiertem Marmor und Jaspis, von Handwerkern, Vergoldern und Stuckateuren. Sie gab ein kleines Vermögen dafür aus, was den Nachbarn Stoff für Klatsch und Tratsch lieferte. Nach Beendigung der Arbeiten ließ sie ihre Windspiele kommen, ihre Paradiesvögel, Zwergaffen und als Bewohner des Gartens ein Paar Geparden, die erregten sogar in Venedig Aufsehen. Mit ihren kleinen Köpfen und den schwarzen Tränenflecken neben den Augen, die das Kinn betonen wie das einer Gliederpuppe, konnten diese dunkel getupften Großkatzen mit scharfen Reißzähnen ihrer Eigentümerin keine Angst machen. Luisa umgab sich gern mit ihnen. Sie engagierte einen Gondoliere in Vollzeit und dazu einen gewissen Garbi, einen riesenhaften Nubier, neben dessen massivem Kreuz die Gestalt seiner Arbeitgeberin nur umso feingliedriger wirkte. Es war einer ihrer liebsten Zeitvertreibe, sich – gewandet in eine ihrer großartigen Roben aus grünem Damast oder johannisbeerrotem Brokat – von Garbi, dem ein Äffchen auf der Schulter saß, in der Gondel spazieren fahren zu lassen, von einem Schirm aus vielfarbigen Papageienfedern überwölbt. Wenn sie unter einer Brücke durchfuhr, klatschten die Gaffer Beifall. Luisa fand, für ihren Palazzo wäre nichts schöner als ein weißer Vogel auf seiner Sitzstange, der sich vor dem grauen Wasser des Kanals abzeichnete. Also wurde ein Angestellter eigens damit beauftragt, das Tier ununterbrochen zu füttern, damit es die gewünschte Positur beibehielt. Schließlich schaffte Luisa zahlreiche Reptilien an, insbesondere eine Boa constrictor, die sie auf den klingenden Namen Anaxaragus taufte. Indem sie sich die Schlange um Arm oder Hals wand, gelang es ihr wie der sagenhaften Medusa, ihr Publikum erstarren zu lassen. Von den vorzüglichsten Täschnern ließ sie mit Satin ausgepolsterte Kästchen herstellen, um ihre Schlangen überall mit hinzunehmen.

Diese Menagerie, halb Zirkus, halb Zoo, wirft ein spektakuläres und trügerisches Licht auf meine Marchesa. In ihrer zutiefst leeren Welt spürte sie allem nach, was ihr ein wenig Adrenalin verschaffen konnte. Sie hatte eine entsetzliche Angst, sich zu langweilen, wie damals, als sie müßig durch die Flure der Villa Amalia irrte. All ihre Launen, ihre Ausgaben, ihre Extravaganzen waren eine Art, sich die Zeit zu vertreiben. Für Luisa hatte Geld keinen anderen Zweck als den, ihre Untätigkeit zu überdecken. Sie hortete es nicht. In ihrer Kindheit hatte sie gelernt, dass der Tod jederzeit zuschlagen kann, und daher rührte ihr Entschluss, strikt nur im Heute zu leben.

Von Luisas Residenz sind nur noch die Böden aus grauem, gelbem, schwarzem und rosa Marmor geblieben. Alles ist heute aseptisch und normgemäß umgestaltet, die Wände sind eingerissen worden, um die Sonntagsbesucher frei zirkulieren zu lassen, und über den Türen blinken die Notausgang-Schilder.

Ich war wohl vierzehn Jahre alt. Das ganze Haus lag im Schlummer, nur ich konnte nicht einschlafen. So ging ich ins Badezimmer und fing an, mich zu schminken. Anfangs, um mich hübsch zu machen, doch dann trieb ich es nach und nach immer weiter, legte mehr Lippenstift auf als nötig, das Schwarz trat über die Ränder, und ich konnte mich nicht mehr bremsen, bis ich mein Gesicht mit furchterregenden Strichen bedeckt hatte. Dann zog ich mich aus, trat vor den Spiegel, griff mir mit beiden Händen ins Haar und zog die grässlichsten Grimassen, riss die Augen auf wie eine Verrückte und wackelte mit dem Kopf wie ein besessener Clown. Bis ich selbst Angst bekam. Schreckliche Angst. Zitternd nahm ich einen Waschlappen, rubbelte alles ab, ohne noch einmal hinzusehen, und ging wieder ins Bett. Man braucht immer ein Publikum.

Meine Heldin ist allein. Sie findet keinen Schlaf. Luisa ist viel zu viel allein. Sie hat bei Mariano Fortuny eine Robe bestellt. Dieser begnadete Universalkünstler hatte das Geheimnis wiederentdeckt, nach dem in früheren Jahrhunderten die Roben der Priester und Kardinäle hergestellt wurden. «Das Kleid von Fortuny, das Albertine an diesem Abend angelegt hatte, kam mir wie ein lockender Schatten jenes unsichtbaren Venedig vor.» Wie glücklich ich war, als ich entdeckte, dass

Marcel Proust ganze Passagen seiner *Recherche* den plissierten Seidenstoffen dieses Couturiers gewidmet hatte.

Die geplünderte Schachtel liegt am Boden des Schlafzimmers, das zerfetzte Seidenpapier ist über den Teppich verteilt. Denselben goldroten Stoff haben einst die Gattinnen der Dogen verwendet. Luisa schlägt die Hände vors Gesicht. Sie, die sonst so stark ist, weiß nicht mehr weiter. Was soll all dieser Prunk? Was will sie mit einer Fortuny-Robe, wenn kein Mann da ist, der sie ihr vom Leib reißen und zerknüllt ans Fußende des Betts werfen will? Was soll sie tun, wenn sie das Stück angezogen hat? Sich in diesem moirierten Leichentuch aufs Bett legen und ausharren, bis das Unverhoffte geschieht? Es ist ein dunkles, beengtes Zimmer. Der Marmorfußboden ist mit Orientteppichen ausgelegt, um für etwas Wärme zu sorgen, die kleinen Lampen in allen vier Ecken verströmen gedämpftes Licht. Das Zimmer möchte gemütlich wirken, in Wahrheit jedoch schreit es Einsamkeit hinaus. Luisa denkt an ihre Kindheitsträume, in denen sie sich mit Tausenden Freunden umgab. Die Vögel in den Bäumen ihres Gartens sind verstummt. Nie im Leben wird sie einschlafen können. Braucht sie einen Mann? Einen Mann, der sie begehrt? Was wäre ihr die Liebe eines Einzelnen wert? Wohlbedacht hat sie nie die Vertrautheit mit einem Seelenverwandten gesucht, stets nur die Bewunderung vieler. Vieler undeutlich erkennbarer Freunde, die hinter Luisas Geheimnis und ihrer Aura verschwinden. Hätte sie die Wahl zwischen einem Liebhaber, der sie aus der Robe kleidet, und … Entschlossen steht sie auf und ruft nach Garbi.

Noch ist sie nicht entdeckt worden. Sie hört hastige Schritte, das Rascheln eines Unterrocks, Flüstern und den fernen Gesang eines Betrunkenen, der übers Pflaster wankt. Und auf einmal halten alle inne. Luisa weiß: Unter den Arkaden des Markusplatzes bietet sie einen Anblick wie eine Fata Morgana. Im Schatten sieht sie Augen funkeln, der Riese Garbi beleuchtet ihren Weg, indem er einen zwölfflammigen Kandelaber vor sich herträgt. Ihre golden-granatrote Damastrobe schillert in der Dunkelheit. Die Stoffbahnen werfen irreale Schatten auf die Stufen des Dogenpalastes. In ihren Chinchilla-Pantoffeln mit langsamen, stolzen Schritten einherschreitend wie eine Königin zum Opferplatz, wie eine Hexe, die unerschütterlich zum Schafott geht, führt sie ihre Geparden an der Leine. Die großen Katzen schleichen geschmeidig vor ihr her wie zwei aus der Antike aufgetauchte Sphingen. Die Venezianer trauen ihren Augen nicht. Wer ist diese Geistererscheinung? Wer ist diese Frau? Das Herz der Marchesa schlägt heftig. Sie fühlt sich lebendig. Am nächsten Morgen werden alle herumerzählen, was sie gesehen haben. In dieser Nacht gaben sie ihr einen neuen Namen; Luisa wurde «die Casati».

Luisa liebte Feste, und Venedig erlaubte ihr, auf diesem Terrain zu brillieren. Sie wählte erlesene Gäste aus, Künstler, Maler, Dichter, Tänzer – Isadora Duncan und Nijinsky, um nur diese beiden zu nennen, improvisierten einen Pas de Deux für sie. Sie mischten sich unter Aristokraten, Botschafter und andere begüterte Persönlichkeiten, die aus ganz Europa in diese kosmopolitische Stadt strebten. Etliche Stiche zeigen Luisa ganz in Weiß gekleidet, als Vestalin, eine Kerze in der rechten Hand, in der Linken die türkisblaue Leine eines ihrer Geparden. Wahrscheinlich, denke ich, empfing sie so ihre ekstatischen Gäste. Bisweilen veranstaltete sie Gondelausflüge allein für D'Annunzio. Sie ließ den Boden des Bootes mit Orchideen bedecken, und so liebten sie sich auf dem weißen Blütenbett, unterm Mondschein, schreiend wie Besessene. Sie ging weiterhin nachts in Gesellschaft von Garbi und ihren Tieren aus, um die Bewunderung der Passanten wachzuhalten. Die irrsten Gerüchte über sie liefen um, und La Casati nährte sie entzückt. Sie durfte ihr Publikum nicht enttäuschen. Allzu viele Frauen trugen jetzt die außergewöhnlichen Roben von Fortuny, also wandte sie sich an den berühmten Kostümbildner der Ballets Russes, Léon Bakst.

Die langjährige Zusammenarbeit von Luisa und Bakst wurde durch ein weißes Harlekins-Kostüm besiegelt, das sie für einen der ersten Bälle bestellte, die sie im Palazzo dei Leoni organisierte, einen Renaissance-Ball. An dem Abend wurden Fotos gemacht, absolut spektakuläre, die beweisen, dass die Gäste die Kunst der Verkleidung nicht auf die leichte Schulter nahmen. Auch später sollte Luisa sich häufig als Mann verkleiden. Sie wäre so gern eine Femme fatale gewesen, wenn sie denn gekonnt hätte, doch war sie dafür nicht genug Frau. Zu frei und unabhängig war sie dafür, zu exzentrisch, zu mager. Eine Zauberin, das ja, allenfalls ein Vamp. Keine, für die die Männer mit Dolchen aufeinander losgehen. Wo sie nicht geliebt wurde, genügte es ihr, gefürchtet zu sein und gesehen zu werden. Bemerkenswert ist, dass sie sich nicht nur für ihre Gäste so restlos extravagant anzog, sondern auch, wenn sie allein war. Die Verkleidung wurde ihr nach und nach zum Alltag, zur Normalität. Ihr Exhibitionismus wurde grenzenlos, jede Gelegenheit, sich zu entblößen, war ihr recht. Einer ihrer Gäste berichtet, wie sie eines Abends, als ihr zu warm wurde, ein Messer hernahm, ihr Kleid von oben bis unten aufschlitzte und die Konversation da fortführte, wo die verblüfften Gäste sie unterbrochen hatten. Manche Leute hätten viel darum gegeben, zu einem ihrer Empfänge geladen zu werden, andere wiederum weigerten sich hinzugehen, meist Frauen. Die Aussicht, dass ein Gepard ihren Unterrock zerreißen könnte, oder die Vorstellung, sich der stets um den Hals ihrer Herrin geschlungenen Boa constrictor gegenüberzusehen, ließ sie davon Abstand nehmen. Und tatsächlich war Luisa immer nur von Männern umgeben. Manche sagen, sie hätte die Gesellschaft von Frauen nicht gemocht, ich denke, sie hatte einfach Angst, es könnte sie eine übertreffen. Meine Luisa fand sich nicht hübsch.

Bälle und Festivitäten folgten einander dichtauf, und die Gesellschaftskolumnen der Zeitungen in aller Welt berichteten von den Großtaten der Marchesa Casati. Ihr Leben war ein Wirbel aus Bestellungen, unglaublichen Roben, riesenhaften Schmuckstücken und Tänzen bis zum Schwindeligwerden. Ihre hohen Absätze klackerten zum Klang der Geigen, und ihr langer, schmaler Körper ernährte sich nur noch von Champagner und Likören. Ihr Mann begleitete sie nie, ihr Liebhaber immer seltener, sie war eine alleinstehende Frau, eine freie Frau. Bei den Festen, die sie selbst gab, waren ihr Einfallsreichtum grenzenlos und ihr Budget unerschöpflich. Einmal organisierte sie einen persischen Ball. Léon Bakst entwarf ihr zu der Gelegenheit eine «indo-persische» Robe wie aus Tausendundeiner Nacht, mit geschlitzten Hosenbeinen und einem Umhang aus Goldlamé und blauem Stoff, vergoldeten Wildlederpantoffeln, Halskette und Armbändern aus Perlen, Perlen auch am Gürtel. Perlenstickereien. Die am Rande perlenbesetzte Mitra verlieh ihr das Gepränge einer orientalischen Päpstin. Ein ziemlich außergewöhnliches Foto zeigt Luisa als Scheherazade mit den Malern Paul-César Helleu und Giovanni Boldini, Helleu als Großtürke verkleidet mit langem weißem Bart, auf dem Kopf einen Turban, gebläht wie eine gigantische Wolke aus Schlagsahne. Kleiner denn je zwischen diesen beiden hochbehuteten Wesen, steht Boldini auf einem Säulenstumpf. Mit schwarzem Anzug und Krawatte wirkt er neben diesen beiden Gestalten äußerst nüchtern. Das Foto hat Mariano Fortuny am Nachmittag vor dem Fest aufgenommen.

An diesem Abend hatte Luisa am Eingang des Palastes zwei nackte Gongschläger postiert, doch der Clou des Spektakels waren die beiden Männer, die hinter ihr standen.

Auch sie waren ganz und gar nackt, und Luisa hatte darauf

bestanden, sie mit einer Farbe aus echtem Gold anzumalen. Die Ärmsten reagierten mit einem schrecklichen Juckreiz und wären um ein Haar an einer Vergiftung gestorben, jedenfalls wurde das nach dem Abend kolportiert. Die Casati fachte das Gerücht wieder einmal nur zu bereitwillig an.

Um ihre Berühmtheit zu vervollkommnen, hatte Luisa eine grandiose Idee. Der Grande Ballo Pietro Longhi fand im September 1913 statt. In den Annalen von Venedig stellt er eine Art Apotheose dar. Der Casati gelang es, Bürgermeister und Polizeipräsident dazu zu überreden, dass sie ihr den Markusplatz überließen: Ein Tanzboden von vierzehntausend Quadratmetern. Spezialkräfte der Carabinieri bildeten einen Kordon um die Gäste.

Dem Thema der Maskerade folgend, dem 18. Jahrhundert, empfingen zweihundert schwarze Domestiken in Livreen mit Zierschnüren und gepuderten weißen Perücken die Auserwählten. Im Zentrum des Platzes umgrenzten zwölf weitere, mit Ketten verbundene Diener in purpurroter Seide, blaue Kristallkugeln in der Hand, einen den Ehrengästen vorbehaltenen Bezirk. Überall standen Vasen voller Aromaten und schwängerten die Luft mit ihren schweren Düften. Auf den weiß gedeckten Buffets häuften sich Berge von exotischen Früchten, Granatäpfel drängelten sich und Koloquinten, und alle, Marchesi und Grafen, Botschafter und Tänzerinnen, stopften sich bereits mit Johannisbeeren und Trüffelpastetchen voll. Über ihren Köpfen schwankten silberne Girlanden in der sachten Brise. Die Venezianer vermieteten ihre Balkons an die Schaulustigen, die aus der ganzen Welt gekommen waren, um dem Schauspiel der Krinolinen und der alsbald berauschten Harlekins beizuwohnen. Die Nacht war von Gelächter erfüllt, der Himmel schien maßlos hoch, da erklangen auf einmal Trompeten, und blendendes Licht ließ alle die Köpfe wenden. Auf dem Kanal glitt eine von Hunderten chinesischer Lampions beleuchtete Gondel heran, auf ihr Luisa, ganz in Gold gewandet. Die Marchesa hätte gern die Glocken des Campanile läuten lassen. Jede der fünf erfüllte einen bestimmten Zweck, und die Casati wollte, dass die *Malefico*, die «Unheilvolle», die sonst Hinrichtungen ankündigte, bei ihrer Ankunft erklänge. Diesmal aber hatte der Polizeipräsident sich nicht breitschlagen lassen. Dessen ungeachtet war der Markusplatz von donnerndem Applaus erfüllt, und die Casati wurde zur Göttin, zur absoluten Königin ihres eigenen Unmaßes und der Dekadenz aller.

Luisa wollte den Köpfen ihren Stempel aufprägen und auch ihrer Zeit. Eine wilde Lust am Repräsentieren ergriff sie. Sie suchte nach neuen Künstlern und gab bei ihnen unsterbliche Werke in Auftrag, die sie selbst durch die Zeiten bewahren und auf ewig festhalten würden. Oder nein, ein einziges Werk, ihr Porträt. Während der Zeit in Venedig, 1910 bis 1913, wurde sie von dem berühmten Illustrator Roberto Montenegro vor Jugendstil-Hintergrund gezeichnet, von Umberto Brunelleschi maskiert und nackt mit blauen Strümpfen, die ihr bis auf den halben Oberschenkel reichten. Giovanni Boldini schuf ein zweites Porträt im Profil, auf dem sie Pfauenfedern im Haar trägt. Georges Goursat, besser bekannt unter seinem Pseudonym Sem, karikierte sie als Walzer tanzende Riesin, einen kleinen, ihr nur bis zur Hüfte reichenden Boldini im Arm. Auch Giulio de Blaas malte sie mehrfach. Ein Ölgemälde von Elizabeth Grandin, ein Pastell von Gustav-Adolf Mossa, eine Tuschzeichnung von Alastair. Dazu Skulpturen von Renato Bertelli und dem russischen Fürsten Pawel Trubetzkoy. Mit Alberto Martini schloss sie einen auf zwanzig Jahre Dauer angelegten Vertrag, nach dem sie ihm jährlich eine Pension ausschüttete, gegen eine bestimmte Anzahl von Porträts. Die meisten davon sind verlorengegangen, doch blieb immerhin ein Dutzend erhalten, darunter das berühmte *Langsames Erwachen nach so mancher Seelenwanderung*. Dieser Vers von Verlaine illustriert eine Luisa in Metamorphose, halb Frau, halb Schmetterling. Alberto Martini berichtet in seinen Memoiren, dass Luisa während einer der zahlreichen Sitzungen sagte: «Mal mir einen Löwenkopf, ich fühle mich heute als Löwin»; sie sei jeden Tag ein anderes Tier gewesen. Seit ihrem Pariser Erfolg mit dem ersten Boldini hatte Luisa sich verändert. Sie verweigerte Martini das Recht, seine Bilder von ihr in Galerien zu zeigen, da «nichts mit der Würde der Kunst vergleichbar» sei. Der in ihrem Sold stehende Künstler tobte, aber er fügte sich.

Und schließlich ließ Luisa sich fotografieren. Die 1912 gemachte Aufnahme des international renommierten Barons Adolf de Meyer reiste um die ganze Welt. Die Marchesa blickt unverwandt ins Objektiv, eine Perlenkette um die Handgelenke geschlungen, das Kinn auf die verschränkten Arme gestützt. Ihre Pupillen, die sie jetzt täglich mit ein paar Tropfen Belladonna weitete, trotz der Erblindungsgefahr, hypnotisieren den Betrachter. Derselbe Blick, den man von verschiedenen Gemälden kennt, denjenigen, die sie zeigen wollte, nicht der einer Löwin oder Tigerin, sondern einer mysteriösen und erbarmungslosen Frau. Luisa wollte ihr Bild kontrollieren. Im Grunde nahm sie sich sehr ernst. Verrückt, wie sehr sie auf diesem Foto meiner Freundin Esther gleicht. Esther hat von den Frauen, die ich kenne, am meisten Klasse und die größten Augen.

Während der vier Drehtage durfte ich in Esthers kleinem Apartment in Brooklyn wohnen. An diesen kurzen Aufenthalt in New York habe ich extrem deutliche, allerdings unzusammenhängende Erinnerungen. Sie kommen stoßweise, es fällt mir schwer, sie zu entziffern. Ich erinnere mich an den Moschusduft in dieser Wohnung und an das Klappern der Metallringe, wenn man den Duschvorhang vorzog, einen dicken, starren und durchsichtigen Vorhang. Ich fand es eine bezaubernde Behausung. Draußen war es so kalt, doch hier drinnen herrschten ungewöhnliche Milde und Gemütlichkeit. Die Zimmer entzogen sich jeder Logik, waren eines hinter dem anderen angeordnet, nicht sehr praktisch. Im Badezimmer, einem winzigen Verschlag, thronte eine auf Füßen ruhende Badewanne, die Zähne musste man sich in der Küche putzen. Über der Spüle hingen ein Spiegel an einem Nagel und ein Kulturbeutel neben dem Abtropfgestell für das Geschirr. Das Ganze erinnerte an eine möblierte Wohnung aus den dreißiger Jahren. Es gab einen alten Tellerschrank, die Wände des Schlafzimmers waren puderrosa gestrichen. Ich erinnere mich an den apricotfarbenen Lehnsessel im Wohnzimmer, das vor allem als Bibliothek und Gästeschlafraum diente. Ich lag auf einer zweikammerigen Luftmatratze, die sich automatisch aufblies. So etwas hatte ich noch nie gesehen.

Nach der Landung meines Flugzeugs war ich in Esthers Büro gefahren, um meinen Koffer abzustellen. Der Taxifahrer war ein großer Schwarzer mit gutmütigem Lächeln. Nach der Ausfahrt aus dem Holland Tunnel hatte er nur mit Schwierigkeiten die Adresse gefunden; als ich ihm den Fahrpreis gab, zählte er die Geldscheine und sagte liebenswürdig: «*This is America, we tip here.*» Ich war wohl gekränkt, dass ich das nicht wusste, und ein wenig brüskiert, weil er es wagte, ein Trinkgeld zu fordern. Also bedeutete ich ihm, er bekomme keinen Cent mehr. Sein Lächeln fror ein. Wenn ich heute dran denke, zieht sich mir das Herz zusammen, ich nehme es mir immer noch übel.

Am ersten Drehtag war nichts fertig. Ich war in weißem Kleid und weißen Stiefeln im Courrèges-Pop-Stil gekommen, aber Henry meinte, ich bräuchte noch Accessoires, und schickte mich zu zwei Adressen am entgegengesetzten Ende der Stadt. Freudig brach ich zu meiner Federboa-Mission in die Kälte auf. Der erste Laden verkaufte horrend teure Klamotten, aber keine Federboas, nichts als mottenzerfressene Nerz- und Hermelinstolas. Ich begriff nicht, warum er mich dorthin geschickt hatte. Lange suchte ich auf dem Weg zum zweiten Laden einen Burger King. Ich liebe Burger Kings, schon zum Frühstück könnte ich einen Whopper essen. Dann gelangte ich in einen riesigen Kurzwarenladen mitten in Chinatown, wo es alles en gros gab, Knöpfe, Bänder, Reißverschlüsse – und alle Federboas der Welt. Ich wusste nicht, welche kaufen, und rief Henry an, er sollte entscheiden. Er kam mit dem Taxi und wählte eine zum Fell des Hundes, mit dem ich auftreten sollte, passende Boa aus. Dann fuhr er wieder weg. Von dieser Reise quer durch die Stadt im eiskalten Wind bleibt mir eine verschwommene Empfindung von Freiheit. Eine Frau, allein in der fremden Stadt.

Auf Henrys Order ließ ich mich von einer Maskenbildnerin schminken. Als ich bei ihr herauskam, sah ich aus wie ein Clown. Ich hätte gedacht, sie würde mich in eine Schönheitskönigin verwandeln, und jetzt war ich eine Cruella de Vil, die es mit dem Eyeliner übertrieben hat. Zu meiner großen Erleichterung missfiel Henry das Ergebnis, er sagte, an den folgenden Tagen solle ich mich selbst schminken.

Esther fand es ganz großartig, dass ich in New York einen Film drehte. Meine Enttäuschung über das amateurhafte Studio und das nicht vorhandene Budget hatte ich ihr verschwiegen. Damals dachte ich sowieso noch, es handele sich ja nur um einen Anfang, mir war noch nicht klar, dass diese Rolle die einzige meiner gesamten Karriere beim Film bleiben würde.

Über den Film selbst braucht man kein Wort zu verlieren.

Cristina, ihre Tochter, hatten Camillo und Luisa in ein katholisches Internat nach Frankreich geschickt. Nicht einmal während der Schulferien mochten sich die Eltern um sie kümmern. Sie blieb mit ihrem deutschen Kindermädchen in der Villa in Cinisello Balsamo, manchmal nahm ihre Tante Francesca sie mit nach Rom. Die beiden Schwestern waren sich nach ihren jeweiligen Hochzeiten nähergekommen, hatten sich dann aber nach und nach voneinander entfremdet. Nachdem Francesca sich eine Hirnhautentzündung zugezogen hatte, die sie teilweise entstellte, lud Luisa sie nicht mehr zu ihren Empfängen ein. Rächte sie sich so für ihre Teenagerkomplexe gegenüber der von allen bevorzugten hübscheren Schwester? Die Casati konnte grausam sein, und ihre Schwester langweilte sie. Diese nette dumme Kuh, die sich damit zufriedengab, ordentlich ihre Rolle zu spielen und ein ruhiges Familienleben zu führen, ödete die Jüngere an.

Häufig verließ die Marchesa Venedig und mietete sich für einige Zeit in Paris im Ritz ein. Hier, in der Stadt der Exzentrizitäten, wo Kurtisanen und Prinzessinnen miteinander wetteiferten, amüsierte sie sich enorm. Luisa wusste, verglichen mit den Königinnen der *Ville des lumières* war sie nicht hübsch, aber dank ihrer Theatralik wirkte sie stärker als jedes Puppengesicht oder kunstvoll enthüllte Füßchen.

Eines Abends verschaffte sie sich einen großen Auftritt in

der Oper. Sie trug eine durch Lady Macbeth inspirierte Robe – nach John Singer Sargents Gemälde –, ein langes, welkgrünes Gewand, goldbestickt und blutbefleckt. Ihr Fahrer hatte für die Gelegenheit ein Huhn zur Ader lassen müssen, und sie hatte sich lachend besudelt. Vor allem aber hatte sie sich einen Halsschmuck besorgt, der sie alle zum Erstarren bringen würde.

Die große Treppe war verlassen, man begab sich bereits in den Saal und wartete unter dem funkelnden Kronleuchter auf den Beginn der Vorstellung. Während sie die Stufen hinanschritt, hörte sie schon die vertrauten Töne des stimmenden Orchesters, kratzende Geigen, Trompetentöne und die verführerische Tonleiter einer Flöte über dem Lärm der Menge, die sich geräuschvoll auf den Klappsitzen niederließ. Die traumhaften Mädchen des Zwielichts beugen ihre Nacken und neigen sich über die Balkonbrüstungen. Ihre hellen Schultern streifen erschauernd den roten Samt, die goldgerahmten Spiegel vervielfachen die Blondlocken und mahagonibraunen Chignons ins Unendliche. Im Parterre blinzeln die geblendeten Studenten schmachtend zu den Logen hoch, die eine berühmte Gräfin fest gemietet hat oder eine russische Prinzessin mit schwarz behandschuhten Armen, manche in der wahnsinnigen Hoffnung, in den Augen einer dieser Göttinnen, die mit Pfauenfederfächern über dem Publikum herumwedeln, einen Funken von Liebe zu entzünden. Manche der Logeninhaberinnen haben Zuflucht an der dunklen Wand gesucht und bleiben unsichtbar. Alte Herren in Anzug und Hemdbrust äugen wachsam durch ihre Lorgnons. Als die Marchesa Casati erscheint, konzentriert sich das Stimmengewirr zu einem einzigen halblauten Murmeln. Hat man dieses Kostüm nicht schon mal irgendwo gesehen? Ach ja, es ist das von Lady Macbeth. Diese roten, fast schwarzen Flecken, man könnte sie fast für … fast für … Und da hebt die Casati den Kopf und zeigt ihren Hals, im Würgegriff einer blutigen Hand, und das Murmeln erstarrt zu Stille. Mit raschelnden Taftroben fallen mehrere Damen in Ohnmacht. Steif und triumphierend nimmt Luisa Platz. Drei Schläge ertönen. Die Vorstellung beginnt.

Wenn es darum ging, sich selbst zu inszenieren, kannte Luisas Phantasie keine Grenzen. Sie ließ sich eine Perücke aus ausgestopften Schlangen anfertigen, trug eine geschlagene Woche lang eine Augenklappe wie ein Pirat, tauchte mit einem Seidenäffchen bei gesellschaftlichen Anlässen auf und flanierte unter den Arkaden der Rue Royale einher, ein Krokodilbaby an der Leine. Für das Pferderennen in Vincennes färbte sie ihr Windspiel knallblau, passend zu den Federn ihres Hutes. Die Princesse de Polignac, Liane de Pougy, La Belle Otéro und ihresgleichen mit ihren rosa Rüschen ließ sie weit hinter sich. Luisa fehlte es weder an Esprit noch an Humor, sie war eine der wenigen Frauen, die Zutritt zum Kreis um Robert de Montesquiou hatte. Dieser homosexuelle, ultramondäne Dandy entschied darüber, wer in der französischen Hauptstadt etwas galt und wer nicht. In den Memoiren seiner Zeitgenossen ist zu lesen, dass niemand es wagte, seine Abendgesellschaften als Erster zu verlassen, weil man dann damit rechnen musste, von den Zurückgebliebenen durchgehechelt zu werden. Luisa war über jeden Ruf erhaben. Und sie war derart unkalkulierbar, dass sie sich beinahe mit dem Duc und der Duchesse de Gramont entzweit hätte.

Als der Majordomus von Madame la Duchesse die Tür öffnete, bemerkte er zunächst nichts. Die Ähnlichkeit war ja derart vollkommen. Nur die Sänfte hätte ihn verwundern können, aber die Freunde von Madame hatten öfter skurrile Einfälle. Im dunklen Vestibül stellten die Träger das Teil ab und hoben die Marchesa heraus. Sie blieb auf ihren Händen sitzen. «Wo sollen wir sie hinstellen?», fragte der erste Träger tiefernst. Da erst begriff der arme Edgar. Er betrat den Salon und bellte: «Die Puppe der Marquise Casati!»

Nachdem man sie abgemalt hatte, wollte Luisa auch abgegossen werden. So hatte sie einen Gipsabdruck ihres Körpers nehmen und darin eine Wachspuppe formen lassen, die vollendete Replik ihrer selbst. Um die Ähnlichkeit perfekt zu machen, hatte sie ihre abgefallenen Wimpern gesammelt und sich die Haare geschnitten und die Puppe damit ausstaffiert. Danach hatte sie bei Paul Poiret, ihrem neuen Hofschneider, Doppel zu sämtlichen Kleidungsstücken bestellt, und jetzt kleidete sie die Wachspuppe allmorgendlich als ihren Zwilling ein, nahm sie zum Einkaufen mit und saß so reglos wie möglich neben ihr im Fond der Limousine, während sie sich im Rückspiegel betrachtete. Die schönste Wirkung hatte sie erzielt, als sie sie bei einem Empfang zum Diner am anderen Kopfende des Tischs sich gegenüber platzierte. Die Gäste waren starr gewesen. Aber ihr Double jetzt hierherzuschicken, zu den Gramonts, ah, das war einfach zu ulkig. Sie hatte ihren Dienern befohlen, sie auf einen Sessel inmitten der Gäste zu setzen und um Mitternacht wieder abzuholen. Sie amüsierte sich schon vorher köstlich, allein bei dem Gedanken. Fortan würde sie so verfahren, wenn ein Empfang sie langweilte. *Che idea geniale!*

Edgar schmeichelte sich, ein Mann zu sein, der sich schwerlich aus der Fassung bringen ließ. Das hier war nicht die erste Extravaganz der Freunde seiner Dienstherrschaft. Angesichts der Stille, die auf seine Ankündigung folgte, war er sicher, das Richtige getan zu haben, und war mit sich zufrieden. Professor Granger vom Collège de France, ein zutiefst seriöser Mann und glänzender Hellenist, rückte sein Monokel zurecht und betrachtete den Gegenstand des Anstoßes. Nelly Melba, die große Schauspielerin, auf deren Namen ein Pfirsich getauft worden war, begnügte sich damit, entzückt den verwirrten Ausdruck zu verfolgen, der sich auf dem Gesicht der Duchesse de Gramont abzeichnete. Der uneheliche Sohn des Fürsten de la Moscowa, der derzeit in der Gesellschaft groß herauskommen wollte, versammelte seine ganzen Kräfte auf der Suche nach einem Bonmot, das anderntags in den Pariser Salons von Mund zu Mund gehen würde. Man konnte sich so schnell einen Namen machen … Gerade hatten sie Montesquious jüngste Spitze kommentiert, die er einem seiner Freunde serviert hatte, als der ihn bat, ihm Zugang zu einem «exklusiven» Salon zu verschaffen: «So etwas werden Sie nie kennenlernen, sobald Sie dort auftauchen, ist er nicht mehr exklusiv …»

Die beiden Diener traten vor, umrundeten die Comtesse Vera de Talleyrand, die ihre schönen Augenbrauen hochzog, und setzten ihre reglose Herrin in ein mit granatrotem Samt bezogenes niedriges Lehnsesselchen. Die Puppe der Marchesa Casati schien sie alle miteinander kritisch zu mustern. Ein Mann räusperte sich, eine Dame wedelte hektisch mit dem Fächer, da schlug Arthur Meyer zur großen Erleichterung aller den richtigen Ton an. «Also wirklich! Wie amüsant!» Der Pressezar hatte als Sekretär von Blanche d'Antigny begonnen, die dem Gerücht nach täglich ein Champagnerbad nahm. Es gab nichts, was er nicht schon gesehen hätte, und er wusste, Lachen ist die beste Art, mit Peinlichkeiten umzugehen. Seine Verblüffung zu erkennen geben, das hieße ja sich zu entblößen, und niemand wollte als Spielverderber dastehen. Also stattete jeder der unkalkulierbaren, unbezahlbaren Marchesa sein Kompliment ab. Als Edgar hinter den beiden Trägern die Tür schloss, spürte man geradezu greifbar, wie lächerlich diese geheuchelte Leichtigkeit war. Wieder einmal hatte Luisa sie alle zum Narren gehalten.

Am allerliebsten frühstückte Luisa im Bett. Tief in die Kissen gekuschelt, rief sie «Herein!», als das Zimmermädchen dreimal zaghaft an die Tür ihrer Suite klopfte. Auf der Auslegeware lagen ihre jüngst erworbenen Schühchen mit den hohen, diamantenbesetzten Absätzen nachlässig hingeschleudert. Sie hatte am Vorabend getanzt. Das große Silbertablett: «Wohin wünschen Sie es, Madame?» Gebieterisch deutete sie auf das zerknitterte Laken am Fußende ihres Bettes. «Dahin! Danke.» Klirren des Porzellans und des Glases mit dem frischen Obstsaft. Kurz drohte alles überzuschwappen, dann nahm es wieder die perfekte Positur an, die Rose in der Miniaturvase, die brühheiße Teekanne, die in der steif gestärkten Serviette warm gehaltenen Röstbrotscheiben, der kleine Buttertopf und die Aprikosen- und Erdbeermarmelade, die Luisa als zu süß verschmähte, ohne sie je gekostet zu haben, die Zeitung, die ewig ungelesen unter dem Korb mit den Plunderteilchen gefaltet lag. An diesem Morgen verspürte Luisa einen Bärenhunger. Bestellte sie sich ein gekochtes Ei? Sie streckte den Arm nach dem Telefonhörer aus. Beim Room Service nahm niemand ab. Hatte sie sich verwählt? Luisa setzte sich zurecht, lehnte den Kopf bequem an und wählte noch einmal. Wieder keine Antwort. War etwa das Telefon defekt? Unmöglich. Luisa wählte erneut. Nach zehnmaligem Klingeln wurde abgehoben. Sie hörte nur ein

Stimmengewirr. «Hallo! Hallo?» Gleich wurde sie aber böse. Das Personal des Ritz kannte und fürchtete ihre Zornausbrüche, gerade vorige Woche hatte sie ihren Schmuck aus dem Fenster geworfen. Die Angestellten waren auf die Place Vendôme hinausgestürzt, um die Ohrringe und Armreifen aufzusammeln und einen Aufruhr sowie, wichtiger noch, den Skandal zu vermeiden.

«Hallo!» Ein Klicken, dann nichts mehr. Vor der Nase aufgelegt. Die Marchesa schnaubte. Sie packte den Hörer und läutete bei der Rezeption an. Kein Freizeichen. Nackt sprang Luisa aus dem Bett. Dass man sie warten ließ, war sie nicht gewohnt. Sie schlüpfte in einen Morgenmantel aus schwarzem Samt, dachte immerhin daran, den Gürtel zu verknoten, dann in ihre Schwanenfederpantoffeln, und stürmte aus ihrem Zimmer. Spät am Morgen des 3. August 1914 lag der Flur verlassen da. Kein Mädchen, einen Stapel Handtücher im Arm, kein Pakete tragender Bote. Dabei waren doch fern Stimmen zu hören. Sie eilte die Treppen hinunter, die langen Schöße des Morgenmantels wehten, ihre alabasterweißen Beine entblößend. Der Lärm wurde immer stärker und unentwirrbarer. In der Eingangshalle traf sie zu ihrer Überraschung auf ein fieberhaftes Durcheinander. Die Damen hatten ihre Taschentücher gezückt, Koffer stapelten sich zu chaotischen Haufen. Eine Rezeptionistin mühte sich, einem dicken Asiaten gut zuzureden, der offensichtlich keine der Sprachen sprach, die sie verstand, der Portier wedelte mit den Armen. Luisa fing im Vorübereilen einen kleinen Liftboy ein, einen rothaarigen Jungen von vielleicht vierzehn Jahren. «Heh! Was ist denn los? Ich will den Direktor sprechen! Mein Telefon geht nicht, ich will sofort mein Frühstück!» Beim Anblick der Marchesa verblassten seine Sommersprossen, er zog verzweifelt die Augenbrauen hoch und stotterte:

«Sofort? Aber Madame, der Direktor ist sehr beschäftigt …» Luisa war empört. «Holen Sie den Direktor, sagen Sie ihm, Marchesa Casati verlangt ihn auf der Stelle zu sehen!» Ein Koffer schepperte zu Boden, eine Frau stieß einen Schrei aus. «Mein Gott, was soll denn dieser ganze Aufruhr? Was ist nur los?» Der Rotschopf wirkte wie gelähmt. «Aber Madame … aber Madame … Krieg!» Luisas große grüne Augen erstarrten. «Krieg?»

«Ja, Deutschland hat Frankreich den Krieg erklärt, Madame la Marquise.»

ZWEITER TEIL

Auch ich will
der Welt eine Narbe zufügen.

Anaïs Nin

Dir fällt das leicht, du bist immer reich gewesen.»

Er langweilte sie. «Großzügigkeit ist doch keine Frage der Mittel. Ich pfeife auf Geld, ich könnte problemlos ohne leben.»

«Könntest du nicht. Dazu liebst du den Luxus viel zu sehr.»

«Das stimmt nicht, wichtig ist doch nur, sich zu amüsieren.»

Er stieß einen langen Seufzer aus. «Natürlich.» Sie sah nicht, wie er die Augen gen Himmel verdrehte. Der Undankbare kuschelte die Wange in eines der üppigen Kopfkissen seiner Geliebten. Er war doch derjenige, der an nichts dachte als an Geld. Und das nach all dem, was sie für diesen miesen kleinen Maler getan hatte. Diesen kleinen Holländer. Aber Luisa war großmütig und nicht nachtragend. Wenn sie liebte, gab sie alles. Sie machte keine Geschenke, um geliebt zu werden, das Schenken an sich war ihr ein Vergnügen, das sie vollauf zufriedenstellte. Vor einigen Monaten hatte sie dafür gesorgt, dass dieser Kees van Dongen mit ihr bekannt gemacht wurde. Wegen seiner lebhaften Farben wurde er in der Nachfolge von Matisse und Braque zu den Fauvisten gerechnet, und dank seiner Porträts von Pariserinnen und Prostituierten galt er als Frauenmaler. Sein Durchbruch stand aber noch bevor. Attraktiv gefunden hatte sie ihn bei der ersten Begegnung nicht gerade. Eine dicke Nase, die ständig zu einer herablassenden Schnute verzogenen Lippen, ein seltsamer Haaransatz und der schüttere Bart ließen diesem Mann von durchschnittlicher Intelligenz, der über keinen Funken vergnüglicher Verrücktheit verfügte, wenig Chancen, unsere Marchesa zu faszinieren. Was der Casati aber gefallen hatte, war der Blick aus den blauen Augen des Malers, der sich an sie geheftet hatte. Aus ihm sprachen eine Lust, eine kindliche Neugier, so ganz anders als das halb furchtsame – bei den Kühnsten auch halb mokante – Interesse, das sie bei den Männern sonst hervorrief. Kees wollte sofort ein Stück von Luisa für sich, und zwar ganz unverhohlen. Dieser offenbar völlig unstrategische Appetit hatte die Frau verführt, die Unverstelltheit des Begehrens gefiel ihr einfach. Allerdings übersah die Marchesa dabei, dass Kees – mit vollem Namen Cornelis Theodorus Maria van Dongen – vor allem von ihrem Vermögen fasziniert war. Nun mochte das Interesse des armen Malers an der reichen Erbin nicht uneigennützig sein, aber ernst empfunden war es doch. Luisa hatte ihn aus dem Bateau-Lavoir geholt, jenem verkommenen Atelierhaus oben auf Montmartre, in dem Kees sein trockenes Brot mit seinem Freund Pablo Picasso teilte, einem anderen im Exil lebenden Maler, und hatte ihn in einem geräumigen zweietagigen Haus in der Rue Denfert-Rochereau 33 untergebracht. Sieben Porträts hatte sie bei ihm bestellt, ein gewaltiger Auftrag für einen, der, wenn er nicht gerade für ein paar Münzen Porträts anfertigte, zum Überleben auf dem Rummel Buden baute. Er war auch bei Schaukämpfen aufgetreten, hatte als Zeitungsverkäufer oder als Führer bei der Weltausstellung gearbeitet. «Oh, so ein Zufall, da hätten wir uns begegnen können, ich war dort auf meiner Hochzeitsreise», das hätte Luisa wohl mit ihrem natürlichen Enthusiasmus gerufen, wenn sie es denn erfahren hätte. Und Kees hätte sich auf die Lippen gebissen, um nicht zu sagen, nein, sie wären sich ganz sicher nicht begegnet. Die große Dame mit ihrem Federhut hätte keinen Blick gehabt für den armen Schlucker in dunkelblauer Uniform und mit schief sitzender Kappe. Sie war immer ganz oben auf der gesellschaftlichen Leiter gewesen, er ganz unten. Und dank dieser unvergleichlichen Gönnerin sollte dem Undankbaren ein steiler Aufstieg beschert werden.

Die Marchesa machte ihn mit der High Society bekannt, und so wurde Kees van Dongen der Porträtist der besseren Pariser Gesellschaft. Sie verlangte nicht, die Einzige zu sein, der er seine Gunst erwies, im Gegenteil, entzückt vernahm sie, dass er sich mit Jasmy Jacob zusammentat, genannt «la Divine» – die Göttliche. Sie war intelligent, attraktiv, ehrgeizig und teilte mit van Dongen die Liebe zum mondänen Leben; er konnte hemmungslos das Dasein genießen, das sein Status als angesagter Maler ihm erlaubte. So wurde er, mit den Worten von Paul Gsell, zum «Maler der eleganten Neurosen». Van Dongens fauvistische Periode war vorüber. Seine Porträts waren frei von jedem Psychologisieren. Zynisch-selbstgefällig pflegte er zu sagen: «Frauen muss man größer darstellen, als sie sind, und vor allem dünner. Dann braucht man nur noch ihren Schmuck dicker zu machen, und schon sind sie zufrieden.»

Während also van Dongen die Großbürgergattinnen auf seinen Bildern idealisierte und Luisa seinen Erfolg mit Champagner feierte, nahm der Erste Weltkrieg seinen Lauf. Die Casati lebte fern der Welt. Die Soldaten im Schlamm der Schützengräben waren ihre allerletzte Sorge. Dabei hatten etliche ihrer Freunde Paris verlassen, Boldini ging nach Nizza, Poiret hatte sich freiwillig gemeldet, Sem, der Karikaturist, der Luisa so amüsiert hatte, war als Kriegskorrespondent an der Front. Was unsere Heldin im Jahre 1914 neben der Liaison mit Kees bewegte, das war die Auflösung ihrer Ehe, ein Akt, der lange bestehende Tatsachen besiegelte. Für sie bedeutete das alles andere als Schmerzen, sondern nichts als Sieg und Anlass zum Stolz. Ich weiß nicht, wie Camillo reagierte, aber im Lauf all der Jahre hatte er sich gewiss schon an die Vorstellung gewöhnt. Auch er zog in den Krieg. Nachdem der Marchese Casati Stampa di Soncino so viele Jahre lang auf Füchse geschossen hatte, schoss er jetzt auf Menschen. Kurz, er «zeichnete sich im Kriege aus». Ihre Tochter Cristina wurde aufgefordert zu wählen, welches Elternteil das Sorgerecht erhalten sollte. Die junge Frau entschied sich für die Mutter und bat, ihr Studium in Oxford fortführen zu dürfen, was die Marchesa unter der Bedingung akzeptierte, dass ihre Tochter unter Aufsicht einer Gouvernante fern der anderen Studenten und abseits des Campus lebte. Immer wieder erstaunlich, dieser Widerspruch zwischen dem lockeren Leben mancher Eltern und ihren strengen Vorstellungen bezüglich der Erziehung ihrer Kinder. Sah Luisa sich selbst als schlechtes Beispiel? Sie, die als Heranwachsende so sehr unter der ihr vorenthaltenen menschlichen Nähe gelitten hatte, reproduzierte das ihrer Tochter gegenüber jetzt haargenau. Und wo sie sich schon nicht geliebt wusste, machte Cristina auf der anderen Seite des Ärmelkanals wenigstens Fortschritte im Englischen.

Gabriele D'Annunzio war voller Kriegsbegeisterung, aber über fünfzig, also weigerte man sich, ihn zu mustern. Um wenigstens auf literarischem Wege am Krieg teilzunehmen, veröffentlichte er Schmähreden und lyrische Anfeuerungen, die ihm große Erfolge einbrachten. Dann wurde er als Spezialkraft eingesetzt: Ob bei den Land- oder den Luftstreitkräften oder bei der Marine, überall wusste er seine Bekanntheit und sein Rednertalent geltend zu machen.

Es war ein Abend im Juni 1915. Nach einem Reinigungsbad, in das sie ein paar Handvoll grobes Salz gegeben hatte, gewandete Luisa sich ganz in Schwarz, denn sie plante ein Beschwörungsritual mit ihrem Freund D'Annunzio an der Via Appia, eine Idee des Poeten, der die Heroen der Antike anrufen wollte, Italien zum Sieg zu führen. Da er sich mit den okkulten Wissenschaften nicht auskannte, hatte er Luisa gebeten, die Zeremonienmeisterin zu spielen. Sobald es um eine Voodoo-Veranstaltung unterm Sternenhimmel ging, interessierte Luisa sich brennend für den Krieg. Sie wollte über alles lachen. Wenn die beiden Liebesleute einander trafen, war die Luft elektrisch und erotisch hoch aufgeladen. Gabriele hinterließ große violette Flecken an ihrem Hals, und Luisa trug möglichst tief ausgeschnittene Kleider, um die Liebesmale wirksam zur Schau zu stellen. Trotz ihrer jeweiligen Liebeleien waren sie füreinander voller Respekt und Bewunderung. Sie stellten Freiheit, Genuss und ihre wahnsinnige Freude aneinander über alles, und so war für Kleinlichkeit, Eifersucht und Besitzdenken zwischen ihnen kein Platz.

Auf Luisas Anweisung hin hatten sie eine Vollmondnacht abgewartet. Die zahlreichen Gräber ringsum verliehen dem Ort ein zugleich makabres und friedvolles Gepräge. Bei einem Antiquitätenhändler hatte sie einen Athamé gefunden, einen rituellen Dolch, der dem Hohepriester der Göttin Isis gehört hatte, dreitausend Jahre vor Jesus Christus. Sie nahm den schwarzen Griff in die Hand und zeichnete einen magischen Kreis in die Luft. Dann goss sie Rotwein in ihrer beider Kelche und murmelte Beschwörungen. Indem sie das Glas zum Munde führte, betrat sie den verzauberten Bereich und forderte den Poeten auf, sich zu ihr zu gesellen.

Sie nahm den Pinienzweig und die Myrrhe und begann, in einem italienisch gefärbten Latein zu singen. Sie rief den König der dreifachen Rückkehr an, und der Wind ließ die Wipfel der Zypressen aufrauschen. Mit zum Himmel erhobenen Augen rief sie Samael herbei, den Dämon der Lüfte. Gabriele fand sie wunderschön, wie sie aufrecht im weißen Mondlicht stand. Sie rief Abigor, den Dämon, welcher die Kriegskünste lehrt, und Asmodäus, den mörderischen Dämon des Zorns. Entrückt lächelnd, schwenkte sie ihre Arme über dem Kopf und rief dann Beleth, den Todesfürsten. D'Annunzio reichte ihr die Hand. Der laue Wein hatte ihre Münder gewürzt. Sie umarmten sich und drehten sich umeinander. Sie sang uralte Hymnen, und er rezitierte Verse aus Dantes *Inferno*. Sie verspürten grenzenlose Freude, die Dämonen wachten über sie. Gabriele küsste Luisa leidenschaftlich; lange würde sie ihn nicht mehr zurückhalten können. Also löste sie sich aus der Umarmung und kniete sich ins trockene Gras, wo sie in einem kleinen Kelch Sandelholz, ein paar wilde Kräuter und Weihrauch abbrannte. Sie betrachtete ihren Geliebten mit ihrem Sphingenblick. Der Moment war gekommen, die Geister der Helden herbeizurufen. Zitternd vor Lust auf die Frau zu seinen Füßen, beschwor D'Annunzio sie einen um den anderen, Patrokles, Herkules, Achill, Cäsar! Sein Herz pochte, sein Mund war trocken. Langsam schüttete sie die Asche in ein Stück weißes Leintuch, reichte es ihm und gebot ihm majestätisch, ganz Königin des Sabbats: «Verstreue dies aus deinem Flugzeug im blauen Himmel über Italien, und wir werden siegreich sein, mein Liebster!» Da hob er sie hoch, umarmte sie wie von Sinnen vor Gier und bettete sie keuchend ins sonnenverbrannte Gras.

Im Januar 1916 verlor D'Annunzio bei einer Notlandung das rechte Auge und einen Teil des linken. Die Ärzte verordneten ihm Bettruhe bei völliger Dunkelheit. Für seine Rekonvaleszenz begab er sich in die Casetta Rossa, ein kleines Haus am Canal Grande direkt gegenüber dem Palazzo Venier dei Leoni. In den Archiven fand ich Hinweise darauf, dass Luisa sich zur selben Zeit in Rom den Arm brach und zur Erholung ebenfalls nach Venedig kam. Der Krieg hatte die Stadt geleert. Ich stelle mir vor, wie die beiden kranken Liebesleute sich per Gondel kleine Briefchen über den Kanal schickten. Zu dieser Zeit schrieb D'Annunzio *Notturno*, in dem er die Erinnerung an die strahlenden Feste seiner Coré beschwört.

Luisa pflegte weiter ihre Beziehungen zu den Futuristen, zu Marinetti sowieso, außerdem Boccioni, Aleksandr Archipenko und Giacomo Balla. Sie bestellte Arbeiten bei ihnen, ihr Porträt, doch auch zum ersten Mal Skulpturen und Gemälde, die nicht sie selbst zeigten. Stets auf neue Künstlerbekanntschaften begierig, lud sie Picasso zum Diner ein, konnte sich jedoch nicht für die kubistischen Frauenbildnisse des Spaniers begeistern. Sie empfing auch Isadora Duncan, die gegenwärtige Geliebte D'Annunzios.

Als gewissenhafte Biographin habe ich in Paris die Duncan-Retrospektive besucht. Auf einer Holzbank sitzend, blickte ich die Flucht der menschenleeren Museumssäle hinunter. In der Broschüre hieß es, sie sei die Begründerin des modernen Tanzes. In einem nur knapp einminütigen Stummfilm sah man sie, wie sie sich sacht in einem zu weiten Umhang drehte, die Arme gen Himmel erhoben. Ein kleiner polytheistischer, hüpfender Tanz, ein ruckartiges idyllisches Gebet. Im Hintergrund waren auf dem schwarz-weiß gestreiften Bildschirm verschiedene Herren mit Hut und Handschuhen zu sehen, die sich mit Kennermiene die Schnurrbärte strichen. Der Besuch dieser Ausstellung irgendwo tief im fünfzehnten Pariser Arrondissement sollte mir dazu dienen, war meine Absicht, den Unterschied zwischen Isadora Duncan und Luisa zu fassen zu bekommen, den Ruhm der einen zu begreifen und das Vergessensein der anderen. Was hatte die Duncan zu einer so außerordentlichen Muse gemacht, während meine Marchesa immer hatte bezahlen müssen, um die Künstler zu interessieren? Ich war enttäuscht und vor allem ratlos. Eine unscheinbare kleine Frau, barfuß, mit schlenkernden Armen, von allen vergöttert, und meine Casati, so groß, so schlank, so originell, auf die Rolle einer «Exzentrikerin» festgelegt. Es half nichts, ich musste mich den Tatsachen fügen, ich hatte nichts von der Ästhetik des frühen 20. Jahrhunderts begriffen.

Der Krieg war vorüber. Hatte Luisa überhaupt etwas von ihm mitbekommen? D'Annunzio seinerseits beschrieb den «verstümmelten Sieg» seines Landes. Zwar gehörte Italien zu den Gewinnern des Ersten Weltkriegs, doch wollten ihm seine amerikanischen, französischen und britischen Alliierten nicht die Gebiete zuerkennen, auf die es Anspruch erhob. Der Poet machte sich auf, Fiume zu belagern, die Stadt an der Grenze zu Istrien, und fand sich unversehens im Rang eines Operettendiktators wieder. Zunächst wollte er seine Eroberung Italien schenken, doch dessen Regierung lehnte ab. Gekränkt besetzte er die Stadt ab September 1919. Diese Münchhausiade endete, als D'Annunzio Italien den Krieg erklärte. Im Dezember 1920, nach einem Bombenangriff der italienischen Marine, musste die Stadt sich ergeben. Nach diesem Abenteuer lag der Regierung daran, den Unruhestifter ruhigzustellen, ohne ihn zu beleidigen, und sie brachte den Poeten dazu, sich in eine prunkvolle, am Gardasee gelegene Villa zurückzuziehen, die er später *Vittoriale degli Italiani* nannte, das «Siegerdenkmal der Italiener», heute noch als Museum ein Tempel der D'Annunzio-Jünger.

Unterdessen gab Luisa weiter ihr Geld aus. Vielleicht aus Gewohnheit, vielleicht, weil sie es nicht anders konnte. Im Jahre 1919 gab sie zwei weitere Werke in Auftrag: eines beim Bildhauer Jacob Epstein, der Oscar Wildes Grabmal auf dem Pariser Friedhof Père-Lachaise geschaffen hatte, das andere beim Maler Ignacio Zuloaga y Zabaleta.

Im Februar lernte sie bei der Duchesse de Gramont den Maler Augustus John kennen. Die mondäne Gesellschaft ist nicht nachtragend, dafür ist sie viel zu sensationslüstern. Cécile Soirel, Paul Poiret, Baron und Baronin Adolf de Meyer – die üblichen Stammgäste, alle waren sie mit von der Partie. An diesem Tag trug Luisa, die sich das Haar jetzt platinblond färbte, fünf Zentimeter lange künstliche Wimpern, das war ihr jüngster Spleen. Ich sehe, wie sie hintersinnig lächelnd zwischen den Gästen einherschlenderte, auf langen Beinen, im Rhythmus eines Stabes, der ebenso groß war wie sie. Kaum eingetroffen, ließ sie sich in einen Sessel fallen, schraubte den kristallenen Knauf des langen Holzstocks ab und goss sich einen großen Schluck Absinth ein. «Ja! Das ist mein eigener Pilgerstab!», warf sie zur allgemeinen Belustigung hin. Die von der Gastgeberin servierten Liköre waren ihr zu schwach. Luisa war jetzt achtunddreißig Jahre alt, sie konnte sich auf vertrautem Gelände solche Streiche erlauben. Je älter sie wurde, desto sicherer trat sie auf.

Augustus John war berühmt als Maler und als Schürzenjäger. Am Ende des Diners bestellte sie ein Bild bei ihm, tags darauf wurde sie seine Geliebte. Ein erstes Bild, dann ein zweites. Es mag wirken, als würde Luisa mit den Männern umgehen wie mit ihren Kleidern, sie liebte sie wie wahnsinnig, verstaute sie dann aber bald ohne längeren Prozess im Schrank. Ich weiß nicht recht. Ihr Mann, Gabriele, Kees, dann Augustus, dazu vielleicht noch ein, zwei andere Künstler. Für eine unabhängige Frau, deren Leben aus Festen und Orgien bestand, zu einer Zeit, da die bessere Gesellschaft unglaublich lose Sitten besaß, ist das eine etwas spärliche Jagdstrecke. Es wäre ein Irrtum, die Casati als Femme fatale hinstellen zu wollen; Luisa war vor allem unendlich einsam. Eine zu extravagante, zu rauschhaft lebende Frau, als dass man sie liebte. Sie erkaufte sich Aufmerksamkeit und Freunde mit ihren glanzvollen Festen, erwarb Blicke mit spektakulären Ausstaffierungen und die Inspiration der Künstler mit klingender Münze.

Allein für das Jahr 1920 ist belegt, dass sie in Schottland Forellen angelte, in Ungarn Wölfe jagte, in Polen tanzte und in Indien Yogis befragte. Hatte sie Liebeleien, Abenteuer für die Dauer einer Nacht im Schlafwagen? Gab es Bälle, die auf einem Kanapee endeten, sahen die Ufer der Donau sie, die Beine in die Luft gereckt? Gekonnt hätte sie es. Mit achtunddreißig war meine Marchesa ungebunden und groß, groß und ungebunden, sie schleppte in ihren Schrankkoffern die gesammelten Porträts ihrer Einsamkeit mit durch die Welt.

Dabei fehlte es ihr nicht an Zerstreuungen; überall, wohin sie ging, wurde sie eingeladen. Sie kannte die oberen Zehntausend der ganzen Welt, doch wirkliche Freunde hatte sie nicht. Und keine Familie mehr. Die erwachsen gewordene Cristina suchte keinen Kontakt zu ihrer Mutter, und Francesca, die Schwester, die sie schon lange nicht mehr gesehen hatte, starb in diesem Jahr an der Spanischen Grippe, an der durch Europa tobenden Pandemie, die auch Guillaume Apollinaire, Edmond Rostand und Egon Schiele dahinraffte. Fürchtete Luisa sich vor der Krankheit? Luisa war unbesiegbar. «Dir fällt das leicht, du bist immer reich gewesen.» Kees van Dongen hatte recht – wenn ihr Geld nicht wäre, wer würde sich dann noch um sie scheren? «Das stimmt nicht, wichtig ist doch nur, sich zu amüsieren.» Doch konnte Luisa sich amüsieren, ohne es sich zu erkaufen? Sie kaufte Papageien, Zugbilletts, Kunstwerke, sie kaufte Liebe. Dumm war sie dabei nicht, sie wusste genau, dass Augustus John sie nicht mehr liebte als Kees van Dongen vor ihm. Augustus trug vor allem dafür Sorge, dass Luisa und die Duchesse de Gramont, alle beide seine Geliebten, sich nicht in der Ateliertür über den Weg liefen. Nicht, dass die eine auf die andere eifersüchtig gewesen wäre, aber die Duchesse zahlte ihm die Miete, und Augustus wollte nicht riskieren, dass ihm der Geldhahn zugedreht wurde.

Ohne selbst eine Künstlerin zu sein, wusste Luisa, dass die erotische Spannung zwischen einem Maler und seinem Modell nichts Gefühlhaftes an sich hat. Jede Form von Kreativität geht mit einem Bedürfnis nach sexueller Befriedigung einher. Als müsste man einen Überschuss an Energie loswerden, sich aus hygienischen Gründen entladen, den Körper befrieden, damit die Geisteskräfte sich frei entfalten können. Ein Maler, der mit seinem Modell schläft, begehrt es nicht, er entledigt sich einer Ablenkung, die ihn daran hindern würde, sich voll und ganz seiner Kunst zu widmen, er ermüdet seinen Körper, damit sein Willen sich endlich den eigentlichen Dingen widmen kann. Augustus' erstes Porträt von Luisa war als eine Art Anti-Gioconda gedacht, in derselben Haltung, jedoch spiegelverkehrt, das linke Profil vor einer ganz ähnlichen Landschaft mit gelblichen Bergen. Er hasste das Ergebnis. Dennoch schickte er es Luisa, die sich zu zahlen weigerte, paradoxerweise aber das Bild sogleich weiterverkaufte. Das zweite war gelungener. Heute hängt es in der Art Gallery of Ontario, versehen mit der Bemerkung «Ein Meisterwerk unserer Zeit». Luisa ist darauf mit rotem Haar zu sehen, ihre Augen sind schwarz und tiefgründig. Unverkennbar. Dieses Porträt inspirierte später dann einen anderen Künstler, über dessen Schreibtisch im Postkartenformat es hing, Jack Kerouac. Er widmete ihm 1954 das Gedicht *San Francisco Blues*. Auch über meinem Schreibtisch hängt es. Aber ich bin nicht Jack Kerouac. Ich bin nur ein kleines Schreiberlein.

Ich verkörperte also Geneviève, eine jugendfrische, durchgedrehte französische Schauspielerin, die ohne Unterlass plapperte. Der vollkommen unzusammenhängende Text war schwer zu lernen gewesen. Manche Sätze sagte ich, ohne sie zu verstehen, *«mink Gucci dog bed»* war auch dabei. Die Szene war sehr lang, zehn Minuten, und Henry wollte sie in einer einzigen Einstellung drehen, ohne einen Schnitt. Beim kleinsten Fehler mussten wir alles von vorn beginnen. Die Szene bestand aus einem Interview. Der Journalist wurde von einem rund siebzigjährigen Mann gespielt, sein Lächeln grellweiß, seine Augen von alles durchbohrendem Blau. Mit seinem tadellosen weißen Bürstenschnitt sah er aus wie direkt dem *Denver Clan* entsprungen. Später erfuhr ich, dass er tatsächlich jahrelang bei einer ganz ähnlichen Soap Opera mitgewirkt hatte. Eine junge Inderin mit extrem feingliedrigen Händen und ausgesprochen affektierten Bewegungen hatte die Rolle der Assistentin des texanischen Journalisten übernommen. Sie sollte uns Kaffee und Macadamia-Nüsse servieren. Stumm wartete sie auf den entsprechenden Wink und trug dann mit kleinen Schritten ein Silbertablett herbei, gesenkten Kopfes, als handele es sich um Opfergaben und wir wären Götter. Sie lernte im Actors Studio. Zwei Tage lang brachte sie uns das Tablett mit derselben Hingabe, ohne mit der Wimper zu zucken. Wir waren also drei Schauspieler, und Henry war Regisseur, Kameramann, Toningenieur und Beleuchter in einer Person. Zwischen zwei Aufnahmen mussten wir jedes Mal lange warten.

«Lights!» Es war heiß unter den Spots, wir waren überbeleuchtet. *«Camera!»* Ich erinnere mich an das Geräusch des abspulenden Films, ein mechanisches Schnurren. Wie Atemzüge. *«Action!»* In einem «Studio» von zwanzig Quadratmetern mochte das alles lächerlich wirken, doch gemessen an dem Feuereifer des Regisseurs war in diesen Momenten die Metro-Goldwyn-Mayer zum Greifen nah. Wir glaubten alle daran, der alte Beau aus *Schatten der Leidenschaft*, die Studentin mit ihren Kaffeetassen und ich, die ich mir vorkam wie Grace Kelly und Ingrid Bergman in einer Person.

Nach jedem Take schloss Henry sich in seinem Badezimmer ein, um die belichteten Filme umzuspulen. Zwischen Toilette und Badewanne hatte er eine behelfsmäßige Dunkelkammer eingerichtet. Er war unterfinanziert und hoch motiviert.

Ich weiß nicht mehr, wie oft wir diese verfluchte Szene gedreht haben. Mal entfielen dem Journalisten seine Fragen, mal sprach ich zu schnell, mal wollte Henry die Szene noch einmal auf Französisch drehen. Bei diesem Vorschlag wurde der alte Schauspieler blass, denn um die Rolle zu ergattern, hatte er seine Sprachkenntnisse reichlich übertrieben dargestellt. Sein Französisch beschränkte sich auf «Bonjou mademouizel j'aiime Pawis et la Mouline Wouge». Also meinte Henry, die Fragen sollten englisch bleiben, die Antworten in einem etwas hysterischen Französisch gehalten sein. Kurz, es war ein einziger großer Blödsinn.

Und dann war da der Schoßhund. Ein winziger Malteser. Henry hatte in sämtlichen Zeitungen Anzeigen geschaltet und eine Wahnsinnszeit damit verbracht, dieses seltene und selten dämliche Vieh aufzutreiben. Der Gewinner des Castings war ganz besonders klein, schneeweiß und weich wie ein Plüschtier, sein Frauchen eine platinblonde Tussi, die dem Hündchen unerhört viel Zeit und eine krankhafte Liebe widmete. Sie redete über ihn und sich wie über ein Ehepaar und stellte all ihr Tun und Lassen auf die angeblichen Bedürfnisse des Wauwaus ab, dem das vollkommen schnurzpiepe war. Es wäre Henry lieber gewesen, sie hätte uns in Ruhe arbeiten lassen, doch da der Hund ganz sicher in Tränen ausgebrochen wäre beim Anblick, wie sie fortgeht, hatte sie ihre Anwesenheit während der gesamten Dreharbeiten zur Bedingung gemacht. Sie bezweifelte sogar stark, dass Tchitchi bereit wäre, auf meinem Schoß zu sitzen, und als sie mit ansehen musste, dass das dem Hund genauso egal war wie sein erstes Flohhalsband, glaubte ich, gleich würde sie losheulen. Sie verlangte Drehpausen, damit das Tier sich ausruhen konnte. Tchitchis Rolle bestand darin, während des Interviews still auf dem Sofa zu sitzen. Kaum kam das Tablett zum ersten Mal, da machte er sich darüber her, ohne dass wir es bemerkten, und wäre fast an einer Macadamia-Nuss erstickt. Die Besitzerin schrie los, wir brächten ihren Tchitchi um, und noch einmal mussten wir von vorn anfangen. Henry selbst musste sie in den Arm nehmen, um sie zu beruhigen. Ich mache Witze, dabei wäre uns der idiotische Kläffer um ein Haar tatsächlich gestorben. Als Hommage an die Marchesa Casati war Henry auf die Idee verfallen, den Hund ans Ende der Boa zu tun, wo er mit den Federn verschmelzen und sie irritierend lebendig wirken lassen sollte. Diesmal hatten wir fast die gesamte Szene im Kasten … Ich konzentrierte mich auf meinen Text und achtete nicht weiter auf Tchitchi, da rief ein gellender Schrei uns in die Realität zurück. Vor lauter Langeweile hatte der Köter nichts Besseres zu tun gehabt, als die Boa anzugreifen, und jetzt drohte er tatsächlich an einer Feder zu ersticken. Die Blondine sprang ins Bild und rettete ihren Liebling aus letzter Todesnot, sodass dieser Drehtag mit Geschrei und Geheule endete.

Den Film habe ich nie gesehen. Ich weiß nicht einmal, ob Henry ihn überhaupt fertiggestellt hat.

Am letzten Tag lud Henry mich zum Essen ins Restaurant ein, es war ganz mit weißem Holz eingerichtet, die Vorhänge waren grün gestreift. Ein sehr sauberer, sehr freundlicher Ort, wo man sofort nach Ankunft große Gläser mit eiskaltem Wasser vorgesetzt bekam und die Teller von Rührei, Pancakes und knusprig gewelltem Bacon nur so überquollen. Eine Kellnerin trug einen Teller mit etwas vorbei, das von fern aussah wie das riesige Stück von einem gelben Kuchen, ich zeigte darauf und rief: «Oh, das will ich auch!», und Henry lachte, denn es war ausgerechnet *French Toast.* Allerdings hatte dieser Arme Ritter nichts mit den getoasteten, in Eiermilch getauchten Brotscheiben gemeinsam, die meine Schwester und ich uns immer am Weihnachtsmorgen machten.

Henry nahm mit bebender Kraft meine Hände zwischen seine und wiederholte unentwegt meinen Vornamen. Als Echo, aber in scherzhaftem Ton, antwortete ich: «Oh! Henry! Henry! Henry!» Ich wusste, dass ich nichts riskierte. Es ist schwierig, jemanden zu verführen, wenn er so tut, als würde er sich nicht für einen interessieren. So nahm der Abschiedsbrunch eine lächerliche Wendung. Es tat mir für ihn leid, ich wollte schnellstmöglich weg. Als Rettungsmanöver erzählte er von seiner *Girlfriend*, einer Asiatin, Schauspielerin / Top-Model / Kampfkunst-Meisterin, die fünf Sprachen sprach und die er mir als *totally fascinating* hinstellen wollte. Der arme Alte.

In meinem Tagebuch von 2005 sage ich zu all dem nichts. Mir fehlt die Kraft, um es heute ganz zu lesen, ich habe nur die New Yorker Episode und ein paar Tage darauf nachgeschlagen, um sicherzugehen, dass ich nichts vergessen hatte. Dabei musste ich feststellen, dass ich eine ganze Woche geblieben war, nicht nur vier Tage, wie ich dachte. Am 7. Dezember kam ich an. Offenbar enttäuschte mich der Nebel, denn er verhüllte die Wolkenkratzer, und bekanntlich ist New York ohne Wolkenkratzer öde. Ich berichte von der Suche nach der Federboa und der Pause im Burger King, ich schreibe: «Ich bin mutterseelenallein und gehe der Nase nach.» Den Abend verbrachte ich mit dem Bruder meines Mannes und seiner Freundin, ich bemerke, sie sei «sehr nett und sehr hässlich» und ich hätte «einen schönen Abend» verbracht, was mich überrascht, denn ich konnte ihn nicht ausstehen. Mit gar nicht wenig Begeisterung beschreibe ich einen Probentag. Dann, am 11. Dezember: «Erster richtiger Drehtag, völlig danebengegangen.» Henry sei die ganze Zeit mit Einstellungen beschäftigt, «das Frauchen von dem Leihhund ist komplett durchgeknallt», «Henry verdreht unablässig die Augen gen Himmel und schwört, ich sei genial». Das ist alles. Nun habe ich mein Tagebuch aber nie genutzt, um tiefschürfende Betrachtungen anzustellen. Ich berichte, dass ich den letzten Tag mit Weihnachtseinkäufen verbrachte. Auch das hatte ich vergessen. Jetzt fallen mir die Ohrringe für meine Mutter wieder ein, die ich im Laden des MoMA gefunden hatte. Sie hat sie mittlerweile verloren.

Bei der Rückkehr stellte ich fest, dass ich müde war und wegen des Jetlags einen üblen Geschmack im Mund hatte.

Am ersten Abend zu Hause ging ich in die Schauspielschule, den Cours Florent, um weiter an meine Zukunft zu glauben. Offenbar geschah es just an jenem Tag, dass mein Verleger mir ankündigte, der Starmoderator Patrick Poivre d'Arvor habe mich in seine TV-Sendung eingeladen und wolle positiv über mein Buch sprechen. Freude und Hysterie seitens meiner Mutter, die meinen endgültigen Durchbruch gekommen sah. Endlich lief es gut für mich, und ich hatte den verdienten Erfolg. Natürlich musste Caesar am nächsten Tag eine Krise hinlegen. Natürlich. Schreie und Tränen, wie ein Kind. Ich war mit meiner Mutter verabredet, aber er erklärte, dass ich mich nicht genug um ihn kümmerte. Um ihn zu beruhigen, musste ich nachgeben. Meiner Mutter sagte ich ab.

Nach diesem Eintrag hörte ich auf, ich hatte keine Lust weiterzulesen. Wieder einmal hatte er mir eine Freude verdorben. Er konnte sich nie mit mir freuen. Er ertrug es nicht, dass ich es geschafft hatte, ein Buch zu schreiben, und dafür anerkannt wurde.

Axel Munthe, ein bereits etwas schlaff gewordener vierzigjähriger Arzt aus Schweden, war vor ein paar Jahren für einen Aufenthalt nach Capri gekommen und hatte die Insel nie wieder verlassen. Er bewohnte ein luxuriöses Haus und hatte ein zweites erbauen lassen, das er wochen- oder monatsweise vermietete. Die aufs makellose Meer blickende Villa San Michele war ein extrem raffinierter Hafen des Friedens, durch dessen zahllose Fenster strahlendes Licht hereinströmte.

Luisa hatte von dieser Villa gehört und sich schriftlich angemeldet. Axel Munthe war einverstanden gewesen, doch bald, alarmiert von dem rasanten Ruf der Marchesa, besann er sich anders und teilte ihr in einem unbeholfenen Brief mit, die Villa San Michele stehe in diesem Monat doch nicht zur Miete. Und was tat die Casati? Sie fuhr einfach trotzdem hin, was sonst.

Eines Morgens im Mai 1920 las Munthe am Tresen seiner Stammbar an der Piazzetta zum Kaffee die Zeitung. Das Blatt brachte bunt durcheinander tragische Ereignisse und banale gemischte Nachrichten. Die Titelseite war der achten Ausgabe des Giro d'Italia gewidmet. «2634 Kilometer!», so lautete die Schlagzeile, unter der begeistert die Leistungen von Gaetano Belloni beschrieben wurden, Sieger auf drei von zehn Etappen. Munthe war nicht besonders sportbegeistert, er blätterte weiter. Italien wurde zu der Zeit von einer beispiellosen wirtschaftlichen und sozialen Krise erschüttert. Generalstreik in Turin, anarchische Aufläufe von über einhunderttausend Menschen, bei denen die Polizei in die Menge schoss und ein Blutbad anrichtete. D'Annunzio in Fiume. Die Regierung machtlos. Auf einer vollen Seite wurde vom zweiten Kongress der *Fasci Italiani di Combattimento*, der Italienischen Faschistischen Kampfbünde und Vorläufer des *Partito Nazionale Fascista*, berichtet, der in der Oper von Mailand stattfand. Ein Foto mit sich viril gebenden Männern im Schwarzhemd illustrierte den Artikel. In der Mitte der junge Benito Mussolini, der viel von sich reden machte. Munthe interessierte sich nur mittelprächtig für Politik. Capri schien so weit entfernt von den Kämpfen und Debatten, die den Rest der Welt erregten. Gelassen die Ellbogen auf den Tresen gestützt, blätterte er nonchalant in seiner Zeitung und ließ den Blick auf dem Dekolleté der Wirtin ruhen, einer gutaussehenden Brünetten mit olivfarbenem Teint. Sein Gärtner schreckte ihn jäh aus dieser träumerischen Betrachtung:

«Signor Munthe! Signor Munthe! Kommen Sie schnell!»

Ganz außer Atem, berichtete der Mann mit großen Gesten, wie die Marchesa Casati am Tor der Villa San Michele geläutet hatte, ihre vierundfünfzig Koffer, den blauen Papagei, den Riesen Garbi und ein knappes Dutzend Bedienstete im Schlepptau. Auf ihr Kommen nicht vorbereitet, hatte er das Tor nach bestem Vermögen gehütet, doch angesichts dieser energischen und beharrlichen Frau waren ihm bald die Argumente ausgegangen. «Signor Munthe! Diese Frau ist sehr … sehr … wie soll ich sagen? Sehr entschieden.» Munthe traute seinen Ohren nicht. War sie doch gekommen, trotz der expliziten Absage des Vermieters! Was die sich erlaubte! Man hatte ihm nicht zu viel erzählt, diese Frau war zu allem imstande. «Soll sie eben ins Hotel Quisisana gehen oder ins Paradiso!», warf der Schwede hin. Der Gärtner seufzte. «Kommen Sie nicht?» – «Warum denn, und wozu? Um ihr zu sagen, sie soll ins Hotel gehen?» Munthe setzte eine gespielt gutmütige Miene auf. «Dazu brauchen Sie mich doch nicht, mein Bester. Sagen Sie ihr, das Hotel Quisisana verfügt über allen modernen Komfort.» Dann drehte er ihm den Rücken zu und griff mit der Befriedigung dessen, der eine Sache schnell geregelt hat, zu seiner Zeitung, fügte dann noch, um zu zeigen, dass das Thema damit für ihn erledigt war, kühn hinzu: «Und dass sie sich bloß nicht wieder bei mir blicken lässt, die Hexe!»

Der Gärtner ging unter dunkler werdendem Himmel zurück. Und ein fürchterliches Gewitter brach los. Früh am Nachmittag, immer noch regnete es in wahren Sturzbächen, stand eine bis auf die Knochen durchweichte junge Frau vor Munthes Haustür. Am Rande der Hysterie erklärte sie dem Arzt, die Marchesa Casati schicke sie. Die Koffer, für die sie offenbar verantwortlich war, stünden immer noch vor der Villa San Michele und regneten voll. Sie flehte ihn an, ihre Dienstherrin in sein Haus zu lassen. Die Casati stelle das Hotel Paradiso auf den Kopf, tyrannisiere das gesamte Personal, und es werde ganz sicher furchtbar enden. Hätte es nicht derart geregnet, Munthe hätte meinen können, die junge Frau weine. Dieser Auftritt überzeugte ihn vollends, dass es sich bei Luisa um eine gefährliche Verrückte handelte, die er keinesfalls als Mieterin haben wollte. Entschlossen schickte er das triefende, magere Mädchen weg, ging zu seinem Sessel und seiner Pfeife zurück und meinte, sich das Problem nun endgültig vom Hals geschafft zu haben. Viel später am Abend wurde erneut geläutet, diesmal war es der Direktor des Hotels Paradiso höchstpersönlich. Mit pathetischer Miene klagte er: «Meine Schwiegermutter ist heute verstorben!» Munthe wusste nicht recht, was er mit dieser Mitteilung anfangen sollte, setzte aber ein dem Anlass gemäßes Gesicht auf: «Mein Beileid.» – «Ich erlaube mir, Sie zu so später Stunde noch zu stören, denn es bleibt mir keine andere Wahl, ich muss Sie beschwören, Sie anflehen, mir Gehör zu schenken!» Der Direktor atmete tief ein und sprach mit bebender Stimme weiter: «Weil doch meine Schwiegermutter heute verstorben ist … Meine Frau und ich … wir müssten alle … Sie begreifen gewiss, wir alle müssten uns an diesem Trauertage innerlich sammeln, aber diese Marchesa, Signore, diese Marchesa lässt uns nicht zur Ruhe kommen! Sie schreit, sie tobt, sie … wenn Sie nur wüssten, Signore!»

Munthe erstarrte; diese Beschreibung der tobenden Casati diente dem Zweck des Hoteliers durchaus nicht. Dennoch schilderte der Ärmste ihm die Kapricen dieser Frau, deren Gipfel darin bestand, dass sie eine Schlange aus einem Koffer holte und sie durch die Hotelhalle kriechen ließ, was allgemeine Panik hervorrief. Kurz und gut, sie wollte keinen Frieden geben, solange Munthe sie nicht in die Villa San Michele einlasse. Flehentlichen Blicks bettelte er ihn an, den Mann mit Herzensbildung, den Gentleman: «Nur für eine Nacht, Signor Munthe! Gleich morgen reist sie nach Rom zurück! Ich gebe Ihnen mein Wort darauf!» Von der Verzweiflung des Mannes gerührt, gab Munthe gegen alle Erwartung nach: «Aber nur, wenn sie wirklich morgen wieder abreist!» – «Oh, danke, Signore!» – «Und wenn sie ihre Koffer außerhalb des Grundstücks lässt!» – «Haben Sie unendlichen Dank, Sie retten uns!» Die Männer schüttelten sich wärmstens die Hand, und Munthe legte sich schlafen.

Natürlich hielt Luisa kein einziges der Versprechen, die

man in ihrem Namen gemacht hatte. Einmal in der Villa, ließ sie Munthe in einem ausgesprochen scharfen Brief wissen, dass das italienische Gesetz sie schütze und sie ihre Anwälte bereits informiert habe: Da sie einen ersten Brief in Händen habe, laut dem sie in der Villa erwartet werde und Munthe sie nunmehr eingelassen habe, habe sie das Recht, so lange zu bleiben, wie sie nur wolle. Der Schwede war ihr gehörig in die Falle gegangen. Und zur Strafe für diesen Tag voller Demütigungen sollte Luisa ihm keinen einzigen Centesimo Miete zahlen. So großzügig, ja verschwenderisch sie auch sein konnte, manchmal war sie ein harter Brocken.

Jetzt hatte sie also die Villa bezogen. Auf der das Meer überragenden Loggia kauerte eine ägyptische Sphinx aus rotem Granit und zog die Aufmerksamkeit der Marchesa auf sich. Der Legende nach erfüllte sie einem alle Wünsche, wenn man ihr die Hand auf den Kopf legte. Ganz sicher äußerte meine Luisa einen Wunsch. Welchen? Ich kann mir nur einen denken: die wirkliche, die wahre Liebe kennenzulernen.

Auf Capri hielten sich allerlei Prominente auf. Alfredo Casella, der Pianist, der unter dem Sternenhimmel Konzerte gab, der futuristische Künstler Fortunato Depero, Djagilew und sein neuer Gefährte, der Schriftsteller und Librettist Boris Kochno. Luisa sorgte dafür, dass auch ihr treuer, alternder Geliebter kam, Gabriele D'Annunzio. Sein Zwischenspiel in Fiume hatte ihn erschöpft, aber er war ganz er selbst geblieben und kam mit hundert Blumen aus Muranoglas auf der Insel an, um seine Freundin zu erfreuen. Sie steckten sie überall im Garten der Villa San Michele in den Boden, dann saßen sie zwischen den im Mondschein in all ihrer Zerbrechlichkeit schimmernden kostbaren Kelchen, und D'Annunzio sang Serenaden, die er am Vortag kom poniert hatte. Capri war das Paradies des Lasters, die Insel aller Versuchungen, hier kamen Künstler, Ausgestoßene, Homosexuelle aus aller Welt zusammen, um ihre Liebe fern der Gesetze und Verbote zu leben. Auch Oscar Wilde hatte sich mit Alfred Douglas, seinem schönen Lord, hier aufgehalten.

Auf Capri hatte auch Baron Jacques d'Adelswärd-Fersen Exil gesucht, ein Nachkomme jenes Fersen, der einhundertundfünfzig Jahre zuvor eine Liaison mit Marie-Antoinette unterhalten hatte. Den Baron, dreiundzwanzig Jahre alt, hatte ein Prozess wegen Verführung Minderjähriger auf die

Insel getrieben. Jetzt verbrachte er in seiner Villa Lysis glückliche Tage bei der Dahlienzucht zusammen mit dem göttergleich schönen jungen Italiener Nino Cesarini. Die Villa Lysis war für ihr chinesisches Boudoir bekannt. Der Baron forderte seine Gäste auf, sich in einen Kimono zu hüllen und es sich auf mit Seidenstoff bezogenen Diwanen bequem zu machen. Er tauchte eine lange Nadel in das Gefäß mit dem Tschandu und hielt dann die geringe Menge der Masse, die an der Spitze hängenblieb, vor die Flamme einer Lampe. In der Hitze blähte der Opiumtropfen sich auf, und der Mann formte ihn hingebungsvoll. Rasch bugsierte er dann die Opiumkugel in den Kopf einer Bambuspfeife, legte sich mit gemessenen Bewegungen auf die Seite, den Kopf auf ein Kissen gestützt, und hielt die Pfeife über den Lampenschirm, ein wenig geneigt, sodass das Opium sich in der Hitze verflüchtigte. Ein erster Zug. Langsam, mit geblähten Nüstern, blies er den Rauch aus und beobachtete, wie die Schwaden tanzten, während seine Sinne sich köstlich benebelten. Schweigend reichte er die Pfeife dem- oder derjenigen weiter, die in diese Praxis eingeführt werden wollten. Luisa und er schlossen Freundschaft. Sie wurde ein Stammgast im chinesischen Boudoir.

Absinth, Äther und Kokain waren in den zwanziger Jahren höchst beliebt, besonders in den Gesellschaftskreisen und bei den Künstlern, mit denen die Casati Umgang pflegte. Baron und Baronin Adolf de Meyer waren große Freunde des Kokains, und auch Gabriele D'Annunzio rühmte im Alter die inspirierende Wirkung des schneeweißen Pulvers. Warum zog Luisa Opium vor? Nun, es hat seine eigene Ästhetik, es benötigt ein Ritual. Luisa suchte nicht die hysterische Wirkung des Kokains oder die Heftigkeit des Äthers, zwar trank sie dann und wann Absinth, doch war sie unter dem Einfluss des Alkohols so stoisch und still wie ein bretonischer Matrose. Sie war von sinnlicher, sexueller Natur, und da das Opium eine autoerotisierende Wirkung hat, da es die Sinne zugleich öffnet und einen vom Rest der Welt abschottet, war Baudelaires «göttliche Droge» wie für Luisa geschaffen. Bevor ich die Verse des Dichters zu diesem Thema entdeckte, fragte ich mich ernsthaft, ob ich nicht Opium ausprobieren müsste, um zu begreifen, was Luisa daran fand. Da ich aber nie irgendeine Droge probiert hatte und auch gar nicht wusste, wie ich sie mir beschaffen sollte, beschloss ich am Ende, mich ganz auf die *Künstlichen Paradiese* des Dichters zu verlassen, um mich in meine Heldin einzuleben.

Luisa benötigte die Laszivität des Opiums, die Erotik, die es bewirkt. Sie gab sich mehr und mehr einer übermächtigen Wollust hin, ließ sich von der sanften Betäubung umfangen und hatte kein Angst mehr vor Langeweile. Tiefe Züge nahm sie und ließ sich treiben wie ein führerloses Boot auf dem Meer. In langer schwarzer Robe, einen Sonnenhut auf dem Kopf, kam sie aus der Villa San Michele. Ihre Erscheinung war jüngst schlichter geworden. Fern vom venezianischen Theater und dem Pariser Zirkus, war ihr weniger daran gelegen, spektakulär zu wirken. Sie ruhte im Dämmer des Zwielichts, der Kimono klaffte auf, hingerissen, abgestumpft, ekstatisch nahm sie wahr, wie es in ihrem Leib kribbelte. Ekstatischer und einsamer denn je, verfiel die Casati dem Opium. Sie war neununddreißig Jahre alt.

Anfangs war es nur ein Spiel zwischen Luisa Casati und Romaine Brooks. Getreu ihren Gewohnheiten suchte Luisa sich mit allem zu umgeben, was die Insel an Ausgestoßenen und Künstlern zu bieten hatte. Entzückt vernahm sie, dass die Malerin Romaine Goddard Brooks praktisch nebenan wohnte. Romaine war kurzzeitig die Geliebte D'Annunzios gewesen, der ihr den Beinamen *Cinerina* verlieh, die «Kleine Graue», da sie vor allem schwarz-weiß malte. Danach hatte sie John Ellingham Brooks geheiratet, einen homosexuellen Dichter und Pianisten. Diese Pro-forma-Ehe erlaubte beiden, das eigene Leben und die eigenen Leidenschaften in aller Ruhe zu verfolgen. Romaine war die Lebensgefährtin von Natalie Barney, einer berühmte Lesbe, die sechzig Jahre lang den begehrtesten Pariser Salon führte, besucht von Auguste Rodin, Rainer Maria Rilke, Colette, James Joyce, Paul Valéry, Anatole France, Robert de Montesquiou, Jean Cocteau, André Gide, Truman Capote, Marguerite Yourcenar oder auch Françoise Sagan. Romaine Brooks hatte sich fern der brillanten Konversationen um ihre Gefährtin auf Capri zurückgezogen, um die Ruhe des Malens zu genießen. Natalie Barney leistete sich das eine oder andere Abenteuer, doch unterhielten die beiden Frauen einen ernsthaften, tiefgründigen Austausch von Liebesbriefen.

Luisa also sandte eine Einladung in die Villa Cercola.

Romaine schlug sie aus. Und das Spiel begann. Luisa mit ihrer ärgerlichen Tendenz zu denken, mit Geld lasse sich alles kaufen, bestellte ein Gemälde. Romaine weigerte sich. Mittlerweile waren die beiden Frauen sich bei Fersen begegnet. Was gefiel der Casati? Dass man ihr widerstand? Romaines Persönlichkeit? Luisa fragte sie nach den Gründen für ihr Sträuben. Die Malerin behauptete, sie habe keine genügend große Leinwand. Spürte Romaine die Gefahr? In ihrer ruhigen Zurückgezogenheit hatte sie keine Lust auf den Kontakt zu einer Frau wie meiner furchteinflößend ungestümen Marchesa mit ihrem teuflischen Ruf als Gesellschaftslöwin und Opiumsüchtige. Doch die Gegenwehr stachelte Luisas Begehren erst recht an. Sie schlug vor, man könne sie ja auf Stoff oder eine Holztafel malen. Da die Malerin ihr Atelier in der Villa Cercola nicht verlassen wollte, erklärte Luisa, sie werde sich dorthin bemühen, auch dreimal pro Woche, wenn nötig. Jetzt gingen Romaine die Argumente aus, und sie behauptete, sie male nur noch Akte. Na ja, was denn, dann würde Luisa sich eben ausziehen. Sie konnte ihr sogar weismachen, damit tue sie ihr einen großen Gefallen, denn das habe sie noch für niemanden getan. Und Romaine, die van Dongens Bilder nicht kannte, glaubte ihr. Glaubte und willfuhr ihr. Als sie das Porträt begann, schrieb Brooks ihrer Gefährtin nach Paris, die Marchesa sei «höchst enthusiastisch». Und sie fügte hinzu, sie fürchte die Last der Arbeit und die Verpflichtung des Werkes ein wenig. Fürchtete sie nur das? Dabei war Luisa gar nicht ihr Typ Frau.

Aber Romaine war es, die als Erste erlag. Luisa hingegen bekam es nicht mit. Als Romaine sie schon liebte, wollte Luisa sie noch verführen. Anfangs agierte sie dabei unbeholfen, bald hektisch, bald betäubt durch die langen Nachmittage auf d'Adelswärd-Fersens Diwanen, auf halbem Wege zwischen Orgasmus und Koma. Das latente, ungestillte Begehren ließ sie reizbar werden. Lag es daran, dass sie so einsam war? Reizte sie die Vorstellung, eine lesbische Erfahrung zu machen? Romaine hatte sich anfangs geweigert, sie zu malen. Vielleicht löste dieser Umstand Luisas Begehren erst aus.

Ich glaube nicht an homosexuelle Liebe. An heterosexuelle auch nicht. Ich glaube an die Liebe ungeachtet des Geschlechtes der Person, die liebt und geliebt wird. Ich glaube, wenn ich eine Frau lieben würde, dann genau so, als wäre sie ein Mann. Ich denke nicht, dass je nach Geschlecht verschiedene Verführungsmethoden angebracht sind. Ob Mann oder Frau, ob Jüngling oder Greis, verführen bedeutet schöne Augen machen, Charme entwickeln, verzaubern – und dann plötzlich zum Angriff übergehen. Verführen, das heißt den anderen übersehen, um ihn umso sicherer ins Netz zu locken, es heißt spielen, so tun als ob, heucheln und sich verstellen, dem anderen Dinge zu Gefallen zu tun, um ihm zu gefallen, ihn in den Bann zu schlagen. Die Verführung ist ein Spiel der Zurschaustellung und der Faszination, das den Zweck hat, den geliebten Menschen blind zu machen. Verführen heißt missbrauchen, um vertraut zu machen, blenden, um in die Irre zu leiten, täuschen, um zu erobern.

Luisa, die bis zum neununddreißigsten Lebensjahr nie Liebe erlebt hatte, wollte, dass Romaine sie begehrte. Zum ersten Mal musste sie ihre armseligen Waffen hervorholen, deren Gebrauch sie so wenig geübt hatte. Um Verführung war es mit ihrem Mann nie gegangen, Gabriele war ohne weitere Umstände über sie hergefallen, die beiden anderen hatten sich nicht mal die Mühe gemacht, so zu tun, als wären sie in sie verliebt, und sie hatte es auch gar nicht verlangt. Doch jetzt, nackt im Atelier stehend, unterm kalten Blick der Malerin, versuchte sie schön und imposant zu sein, nur machte sie ihre Angst, wieder einmal zurückgewiesen zu werden, verletzbar. Romaine spürte diese Verwirrung und hielt Distanz, was Luisa nur noch mehr zur Verzweiflung brachte. Sie fing an zu reden. Sie, sonst so still, wenn sie sich der Verehrung ihrer Umgebung sicher war, verwickelte sich in verschlungen-abenteuerliche Geschichten, um ihre Originalität, ihre Abgeklärtheit der Welt gegenüber zur Geltung zu bringen. Zurück in der Villa San Michele, überdachte sie ihre Ergüsse und fand sich zum ersten Mal dumm. Sie konnte ja nicht wissen, was Romaine an Natalie Barney schrieb: «Ich hatte noch nie ein so intelligentes Modell.» Luisa liebte die Männer, sie liebte ihre Kraft und die muskulösen Beine, liebte ihre Behaarung, ihren Schweiß und das aufgerichtete Geschlecht. Hier, in der Stille des Ateliers aber, spürte sie etwas, was von Romaine ausging, kaum wahrnehmbar und doch gewaltig, etwas wie eine Wahrheit oder Integrität. Romaine hörte ihr nicht deswegen zu, weil Luisa sie bezahlte, und auch nicht, weil sie eine amüsante Grande Dame war, Romaine lauschte Luisa.

Hätte die Casati eine lesbische Beziehung vorbedacht, so hätte sie sich wahrscheinlich extremes Blondhaar vorgestellt, einen gewaltigen Busen oder ein anderes beeindruckendes Attribut. Romaine Brooks hingegen war nicht besonders hübsch und auch nicht weiter anmutig oder sinnlich, eine kleine, schweigsame Brünette mit nussbraunen Augen.

Romaine erlag ihrem Charme, aber die Marchesa begriff es nicht. Sie hatte gedacht, sie wolle begehrt werden, und jetzt wurde ihr jäh klar, dass sie sich nach sehr viel mehr sehnte. Immer noch ging sie zu d'Adelswärd-Fersen, um auf dessen Diwanen die Einsamkeit zu vergessen und sich in der Abstumpfung zu verlieren. Langsam, langsam trat die Liebe an die Oberfläche und bemächtigte sich ihrer Seele. Sie lebte nur noch für die Porträt-Sitzungen bei Romaine. Was sollte nur werden, wenn die Arbeit beendet war? Wie sollte sie ohne den Blick dieser Frau leben? Zwischen zwei bitteren Zügen aus der Pfeife fasste die Angst sie bei der Kehle. In den beruhigenden Schwaden des Opiums träumte sie davon, wie Romaine und sie sich umarmten, wie Romaine mit ihrem Körper verschmolz. Alles war nur noch Süße. Und da floh Luisa. Ohne Vorwarnung reiste sie nach Rom, das Bild thronte unvollendet in all seiner Größe im Atelier der Malerin, die sie liebte.

War Romaine dennoch erleichtert? Seit einiger Zeit bat sie Natalie Barney per Telegramm, doch nach Capri zu kommen. Barney wusste zwischen den Zeilen zu lesen und kam nicht.

In Rom war Luisa eine Zeitlang fern der Gefahren des Opiums, die abwechselnden Anfälle von Euphorie und Niedergeschlagenheit wurden seltener, und sie versuchte, klar in ihr Herz zu blicken. Würdig und aufrecht kam sie nach Capri zurück, überzeugt, sie habe eine Verirrung überwunden, die allein aus der Möglichkeit herrührte, eine Frau zu lieben. Auf der Schwelle von Romaines Atelier probte sie die Entschuldigung, die sie ersonnen hatte, um die Künstlerin, die sie so unvermittelt verlassen hatte, zu beschwichtigen – doch dann fing sie an zu zittern. So groß sie war, sie spürte, dass ihre Knie sie nicht mehr tragen wollten. Romaine erschien, wurde blass und reichte ihr zögernd die Hand. Haut streifte Haut, Gluthitze schoss Luisa durchs Rückgrat, und die nussbraunen Augen zeigten ihr, dass sie geliebt wurde. Langsam, voller Angst, den Zauber des Augenblicks zu brechen, küssten die beiden Frauen sich. Luisas lange Wimpern schlugen wie die Flügel eines scheuen Schmetterlings, dann gab sie sich der Süße hin, die sie umfing. Alles war jetzt süß.

Als das Bild fertig war, sagte Luisa zu ihrer Geliebten: «Hübsch hast du mich aber nicht gemacht.» Und Romaine antwortete: «Nein, aber nobel.»

Es ist ein merkwürdiges Bild, theatralisch, fast diabolisch. Die Casati erscheint darauf wie eine geschlechtslose Hexe, der blasse, grazile Leib erinnert an den eines jungen Mannes. In grauem Nebel spreizt sie mit ausgestrecktem Arm ihren schwarzen Umhang wie einen Fledermausflügel. Die roten Haare, das harte Gesicht, die umränderten Augen scheinen den Betrachter verhexen zu wollen. Ich mag dieses Bild sehr.

Glückliche Leute haben keine Geschichte». Ich weiß nicht, von wem dieser absurde Gemeinplatz stammt, aber ich habe ihn oft gehört. Dies jedenfalls ist die Geschichte von Luisa und Romaine.

Schönes Wetter herrschte in Capri. Die Sonne schoss ihre Strahlen ab; im Schutz breitkrempiger Hüte lagen die beiden Frauen auf Liegestühlen, aßen Trauben und blickten aufs Meer. Sie gingen Hand in Hand und schilderten einander ihre Kindheit, ihre Kümmernisse und Phantasien. Luisa hatte ihr gestanden, dass sie als Mädchen gern Collagen anfertigte und die Erwachsenen mit ihrer Kreativität verblüffte, dabei waren es doch nur Zeitungsausschnitte und etwas Mehl und Wasser, mit dem Pinsel verstrichen, keine Kunst. Romaine ermunterte sie, wieder damit anzufangen. Sie bat sie, mit dem Opiumrauchen aufzuhören. Die Liebe sei die wirksamste Droge. Und Luisa kehrte nicht mehr in d'Adelswärd-Fersens Boudoir zurück. Abends unterhielten sie sich angeregt, die ganze Nacht, bis die Sterne einer nach dem anderen verblassten. Sie erfreuten sich an Nichtigkeiten, hatten keine Lust zu essen, dann wieder starben sie auf einmal vor Hunger. Garbi brachte Platten voll gegrilltem Huhn und Gemüse, mit Olivenöl übergossen. Garbi wachte über ihre Liebe. Romaine erzählte von Natalie, ihrer Zärtlichkeit und unverbrüchlichen Zuneigung, Luisa schilderte van Dongens auf seinen Vorteil bedachten Egoismus und D'Annunzios unersättliche Energie. Manchmal lauschten sie nur still, wie der Wind über den erzitternden Rasen der Villa San Michele strich. Und immer funkelte in ihren Augen das blaue Meer. Die Tage folgten einander ohne jede Monotonie. Dann und wann holte Luisa eines ihrer extravaganten Gewänder aus dem Schrank und zog es zum Amüsement ihrer Geliebten an, die lachte und meinte, sie sehe Luisa lieber nackt. Dann glitt das Kleidungsstück zu Boden, und es gab nichts mehr als die Liebkosungen ihrer warmen, feuchten Leiber. Es war heiß auf Capri.

Luisa wollte mehr als das. Sie nahm Romaine ins Ritz mit. In Paris verliebt zu sein, davon hatte sie so oft geträumt. Capri hatte sie behütet, fern vom mondänen Leben und den Versuchungen des schönen Scheins. Jetzt, in Paris, erhoben Luisas Dämonen wieder ihre Häupter. Gesehen werden, Aufsehen erregen, schockieren, gefallen. Romaine war noch zu hingerissen von ihr, um sich daran zu stoßen, doch zeigte diese Reise ihr jene Casati, die sie gefürchtet, die zu malen sie sich zunächst geweigert hatte. Luisa, die spürte, wie der Blick ihrer Liebsten sich trübte, schlug vor, spornstreichs nach London weiterzureisen. Trudeln, kreiseln, das war die einzig ihr bekannte Abhilfe gegen den Überdruss, der sich bereits einstellte. Sie schifften sich ein. London machte alles noch schlimmer. Romaine mochte die Ruhe, die Spaziergänge im Hyde Park. Luisa wollte kaufen, kaufen, nochmals kaufen. Eines Morgens sprang sie aus dem Bett und beschloss, sie brauche unbedingt ein Orang-Utan-Skelett. Angesichts von Romaines amüsierten Blicken meinte Luisa, hier habe sie endlich ein Mittel gefunden, sie zu zerstreuen. Mit Gabriele hatte das funktioniert: Sich auf die Suche nach etwas Schrägem machen, einen verrückten Einkaufszug veranstalten,

Flohmärkte und Antiquitätenläden nach etwas ganz und gar Unsinnigem durchstöbern. Doch Luisa täuschte sich, Romaine war kein exaltierter Dichter. Das äffische Klappergestell fanden sie an jenem Tag nicht, stattdessen geriet Luisa wegen ein paar Ballons ganz außer sich, die so groß waren wie sie selbst. Sie kaufte vier Stück davon, die allen Platz in ihrer Limousine einnahmen. Sie kroch zwischen die Kugeln, Romaine sollte im Taxi nachkommen. An einer Straßenecke ließ sie halten. Sie hatte in einem Schaufenster ein Paar ausgestopfter Uhus entdeckt, die musste sie unbedingt haben, sofort! Dieses Betragen trieb Romaine zur Verzweiflung, die aus dem Londoner Hotel an Natalie Barney schrieb: «Die Casati lebt in einer Gestimmtheit, die das ganze Gegenteil der Liebe ist. Sie begreift nichts von Abstraktion, sie führt sich pubertär auf und langweilt mich immer mehr. Sie will mich ganz und gar für sich und weist den Rest der Welt ab.» Denn je mehr die Marchesa spürte, dass die Malerin sich von ihr löste, desto mehr klammerte sie sich an sie. Sie stritten wegen nichts und wieder nichts, Luisa war grässlich eifersüchtig und wollte nicht dulden, dass Romaine ihre Künstlerfreunde traf, nicht ohne sie und mit ihr auch nicht. Sie wollte den Kokon von Capri wiederherstellen, die Symbiose und Abgeschiedenheit. Mitten in London war das unmöglich. Ihre Versöhnungen auf dem Kopfkissen wurden immer seltener, Luisas Küsse immer brutaler. Sie war wütend auf Romaine. Nachdem sie endlich einmal eine erwiderte Liebe erlebt, ihre Seele verstanden und liebevoll berührt gesehen hatte, ertrug sie es nicht, dass dieses Glück Sprünge bekam. Sie hatte es zu sehr ersehnt, und schon hatte sie es verdorben. Luisa wusste wohl, dass es an ihr lag, dass ihre Durchgedrehtheit, ihre Launen und Schrullen Romaine auf die Nerven gingen. Und Romaine platzte. Luisa bettelte, sagte, sie habe es nicht anders gekonnt, kenne es ja nicht anders, sie schwor, sie werde sich ändern. Romaine warf ihr vor, sich zu verhalten wie ein Mann, nichts von der Liebe zwischen zwei Frauen begriffen zu haben, die «subtil und zerbrechlich» sein müsse. Dabei war Luisas Liebe weder männlich noch weiblich, sondern einfach die verzweifelte Dankbarkeit derer, die liebt und zum ersten Mal wiedergeliebt wird. Suchte Romaine womöglich eine Liebesfreundschaft nach dem Modell, wie sie es mit Natalie Barney lebte; wusste Luisa sich ihr vielleicht nicht begreiflich zu machen? Unter Tränen und Schreien trennten die beiden Frauen sich.

Drei Wochen darauf wandelten sie wieder Hand in Hand unter der Sonne von Capri. Wie war das möglich? Wer hatte den ersten Schritt getan? Wer nachgegeben? Es war Juli 1921, und Luisa war glücklicher denn je. Sie genoss die Ruhe nach dem Sturm, war so voller Hoffnung, wie nur Neuanfänge es erlauben, sie genoss das Glück umso mehr, als sie erlebt hatte, wie grausam sein Verlust war. Von Dankbarkeit durchdrungen, schwor sie sich, dass sie aus ihren Fehlern gelernt hatte. Doch tief drinnen spürte sie, dass etwas kaputtgegangen war, dass es die Möglichkeit gab, nicht mehr zusammen zu sein. Schon versagte sie sich die Sprache des «für immer». Einen Monat später reiste Natalie Barney an. Wie reagierte Luisa, sie, die immer die Geliebten ihrer Liebhaber verdrängt hatte? Sie war intelligent genug, um rasch zu begreifen, dass die beiden Frauen eine zärtliche Liebe füreinander empfanden, meilenweit entfernt von der Leidenschaft, die sie mit Romaine erlebte. Trotzdem konnte sie nicht umhin, Szenen zu machen, sie ertrug die Nähe zwischen Romaine und Natalie nicht. Sie wollte Romaine ganz und gar für sich. Und verlor sie auf diese Weise ganz und gar. Luisa verließ Capri mit zerrissenem Herzen und kehrte nie wieder dorthin zurück.

Das diabolische Porträt ließ sie zurück. Als sie es in der Verzückung der ersten Liebestage bezahlen wollte, hatte Romaine das ausgeschlagen. Geschmeichelt hatte Luisa gelacht. Dass einmal ein Maler es tatsächlich nicht auf ihr Geld abgesehen hatte … Lange nach ihrem Bruch traten andere Kaufwillige auf, doch die Malerin wies ihre Angebote ab. Das riesige Gemälde thronte in ihrem Atelier, dann war es eines Tages verschwunden. Romaine Brooks starb mit sechsundneunzig Jahren, und unter dem Bett der alten Frau, die ein paar Jahre zuvor all ihre Werke weggegeben, einem Museum vermacht hatte, fand man zusammengerollt eine Leinwand mit dem Bildnis einer nackten Frau mit rotem Haar. Das einzige Porträt der Marchesa Casati, das von Liebe inspiriert war.

Luisa kehrte nach Paris zurück. Eifrig sorgte das Personal des Ritz, dem ihre Bedürfnisse mittlerweile bekannt waren, für Nachschub an Mäusen, Fröschen und niedlichen Häschen als Futter für Anaxaragus und seine Genossen. Wieder einmal änderte sich die Mode. In der *Vogue* und in *Modes* sah man kleine, nette Frauchen erblühen, den Rock bis zum Knie, das Haar unter dem glockenförmigen Hut hervorquellend. In den Zeitschriften wurde erläutert, wie man für wenig Geld ein Kleid schneidern konnte, und die großen Modehäuser schlossen eines nach dem anderen. Bald sollte die Wirtschaftskrise durchschlagen, dann gab es keinen Platz mehr für Papageien, Affen, diamantenbestickte Roben und Feste aus Tausendundeiner Nacht. Als Königin auf dem Dach einer zerbröselnden Welt schloss Luisa weiterhin Freundschaften überm Champagnerkelch und nahm ihr mondänes Leben wieder auf. Sie hatte Bewunderer in Paris und auch noch ein paar Freunde, darunter Augustus John.

Es ist ja leichter, in gutem Einvernehmen zu bleiben, wenn es keine Liebe gegeben hat. Eine obskure Fußnote in einem zerlesenen Buch behauptet wie eine mondäne Anekdote, zu jener Zeit sei ein gewisser Marquis Don Ranieri Bourbon del Monte der berühmten Marchesa Casati wie ein Schoßhündchen gefolgt und habe ihre ausgefallensten Befehle ausgeführt. Ich denke, das wird sie eine Zeitlang amüsiert haben, doch wahrscheinlich fühlte Luisa sich bald einsamer denn je. Sie musste sich betäuben, sich ablenken von dem Gedanken an den zu Hause in Italien aufkommenden Faschismus, an das verstümmelte Europa, das sich vom Krieg nicht recht erholt hatte, musste versuchen, das Grummeln und Klagen nicht zu hören, das ringsum immer lauter wurde. So sieht die Casati nicht, dass sie zu einer vergehenden Welt gehört, dass ihr Vermögen nicht mehr ist, was es einmal war. All diese Ausgaben, ihre Reisen, Kunstwerke, Feste, Stoffe, Juwelen treiben sie in den Ruin. Sie verschließt die Augen, sie will sich amüsieren, sie wirft sich ins Vergnügen, ein letztes Mal.

DRITTER TEIL

Never trust the teller, trust the tale.

D. H. Lawrence

Willst du es dir jetzt ansehen oder nicht? Wir sind ja wohl nicht bis hierher gereist, um vor einem Tor stehen zu bleiben.» Ich ärgerte mich, dass ich nicht genauer recherchiert hatte und überhaupt so schlecht organisiert war. Die Adresse hatte ich sogar erst am Morgen unserer Abreise herausbekommen. In Erba angekommen, hielten wir vor einem Straßencafé, um nach dem Weg zu fragen. *«Villa Amalia? Sì, sì, prima del semaforo a sinistra e poi a destra, e lo trova.»* – «Die Villa Amalia? Ja, ja, vor der Ampel links, dann nach rechts, so kommen Sie hin.» Einmal waren wir daran vorbeigefahren, dann hatten wir kehrtgemacht. Ein großes Gittertor, ein Bauschild, darauf mit schwarzem Filzer «Sprachenschule Villa Amalia». Es sah verrammelt aus. Von der Straße her war nichts zu sehen. Ich schwieg, wusste nicht, was tun. Er streckte die Hand zwischen den Gitterstäben hindurch. Ein einfaches Schloss. Er drückte den Türgriff, das Tor ging auf. «Los, geh!» Auf der Straße war kein Mensch zu sehen – jetzt oder nie. «Mach schnell!» Er zog das Tor hinter uns zu. Wir waren drin.

Der Pfad zum Haus war mit Büschen und Bäumen überwuchert. Ein chaotisches Ensemble, ganz anders, als ich mir den üppigen Park und eine der Kutsche von König Umberto würdige Auffahrt vorgestellt hatte. Bauschutt, mit Planen verhängte Gerüste. Ein Lastenaufzug. Ich orientierte mich an einem Foto aus dem Internet. Ich erkannte nichts wieder. Wir kamen hinters Haus, auf eine Art Hinterhof, der wohl als Platz zwischen den Stallungen gedient hatte. Alles zubetoniert. Farbtöpfe, wild durcheinanderliegendes Bauholz. Ich hatte keine Ahnung, wo ich war. Und dann stießen wir auf einen Bauarbeiter. «*Es possiblé visitaré la Villa Amalia*?», fragte ich ihn, mehr auf Spanisch denn auf Italienisch, dazu mit französischem Akzent. Der Typ blickte uns finster an und ging seinen Chef holen. Ich war unschlüssig, ob ich wirklich voller Begeisterung schildern sollte, dass ich ein Buch über die Marchesa Casati schrieb, das Ganze in diesem Sprachenmischmasch. «*Buongiorno, prego es possiblé visitaré la Villa Amalia? Soy Francese y …*» Der Vorarbeiter machte schulterzuckend eine ausholende Armbewegung à la «Machen Sie, was Sie wollen, mir egal». Also gingen wir durch die erstbeste Tür, erstiegen die Stufen eines lichtlosen Treppenhauses. Nach dem Linoleumboden und den Notausgangsschildern zu schließen, hatte ein Teil des Gebäudes bereits als Schule gedient. Ich kam zu spät, das hier war ein seelenloses Verwaltungsgebäude. Ich rang um Fassung.

Im ersten Stock ein langer Korridor und eine Reihe von Türen, jede zu einem gleich großen Raum. Eine verlassene Schule mitten in der Ferienzeit. Klassenzimmer, Tische und Stühle, über der Tafel das Kruzifix. An die Wand gepinnte Sicherheitshinweise als einziger Schmuck. Nur wenig Licht sickerte durch die geschlossenen Läden. Am Ende des Flurs braun geflieste Toiletten. Verzweifelt versuchte ich, den Geist des Ortes zu atmen, zu spüren, was er vermittelte, mir vorzustellen, wozu die Räume einst gedient hatten. «Ist dir klar, dass hier mal irgendwo ihr Zimmer gewesen ist?» Er ging vor mir. Ich wollte gerührt sein, wollte etwas spüren. Wenn ich mich konzentrierte, musste ich doch herausfinden, welcher dieser anonymen, uniformen Klassenräume einst das Zimmer der kleinen Luisa gewesen war. Und da auf einmal sah ich sie. Ein paar Meter hinter mir. Im engen schwarzen Etuikleid, so ging sie einher, Schleier umwehten sie einem Nebel gleich. Ein stummer Schrei kam aus meinem Hals. Mein Mitreisender war am Ende des Flurs verschwunden, ich war mit ihr allein. Die alte Frau wehte näher. Ich hatte es so gern glauben wollen, und jetzt servierte meine Phantasie sie mir auf dem Silbertablett. Ganz genau sah ich die weiße, krallenartige Hand, so real war die Erscheinung. Ich glaube nicht an Gespenster, Geister, Wiedergänger, aber ich glaube an die Macht der Vorstellungskraft. Ihre Augen hatten einen so furchterregenden Glanz, und zugleich nahm ich bei ihr eine Art Freude wahr. Sie wollte mich führen, mir ihr Zimmer zeigen, das, wo sie sich die Haare abgeschnitten hatte. Ich rief mein Gehirn zur Ordnung. *Eine Halluzination, nichts als eine Halluzination! Kusch! Kusch! Weg damit!* Ich ging schneller. Sie kam immer näher. Als wir an einem der leeren Räume vorbeikamen, redete ich hastig auf sie ein: «Ja, hier ist es, hier war es. Lass mich jetzt in Ruhe, du machst mir Angst.» Und ich lief weg. Wahrscheinlich habe ich sie enttäuscht.

Ich rannte die Treppe hinab, immer vier Stufen auf einmal nehmend. Unten fand ich ihn in einem kleinen Vestibül, dessen Boden blau gefliest war, mit von den Jahren und unzähligen Füßen abgetretenem Dekor, das mich in die Realität zurückholte. Diese Schnörkel waren alt. Es gab also Reste von damals!

«Schau mal!» Er deutete nach oben. Allerlei Stuckornamente und Blumengirlanden in verblasstem Rosa zierten die Decke. Dann drehte er einen Türknauf, und auf einmal standen wir in meiner Villa Amalia. Ein großer Saal mit Schnitzwerk, Marmorsäulen, einem Fresko mit Cherubinen und Landschaften à la Watteau, einem spinnwebenverhangenen, nackten schmiedeeisernen Leuchter, einem Kamin in gotisch-rokokohaftem Stil. Ich stand sprachlos da. Wir gingen in den nächsten Raum. Die überfrachteten Stuckornamente mit ineinander verschlungenen Früchten und Kürbissen legten nahe, dass dies das frühere Speisezimmer war. Ein mit künstlichen Weintrauben behängter Kronleuchter in der Mitte des Raumes reichte weit herunter. Seine ovale Form deutete auf den Ort, an dem ein Tisch gestanden haben musste mit Platz für gut sechzehn Esser. Langsam gewöhnten unsere Augen sich an die Dunkelheit. Wir verhielten uns wie Kinder, die einen Schatz entdeckt haben, riefen «Oh!» und «Hast du das gesehen!». Ich zitterte vor Freude. Das war meine Villa Amalia, wenn auch heruntergekommen, mit fast verblichenen Malereien, und doch noch ungleich prächtiger, als ich sie mir vorgestellt hatte. Wir öffneten ein Fenster, stießen die Läden auf, Licht strömte herein. Schon erklomm mein Begleiter das Fensterbrett. «Komm mal!» Da war es, alles, was ich von dem Foto kannte, das große strohgelbe Gebäude, die königlichen Säulenreihen, die Freitreppe mit den breiten Stufen. Ungebändigtes Gras hatte den Park erobert, aber da erhob sich der Brunnen mit dem verwitterten Engel, voll schlechtem Geschmack und Poesie. Wir wanderten von Raum zu Raum. Manche Türen waren zugesperrt, doch hinter denen, die sich öffnen ließen, entdeckten wir Schätze, ganze Welten. Ich erinnere mich an das breite rote Samtband, das den gewaltigen Lüster im Salon hielt. Ich wollte alles behalten, alles notieren, alles in meinem kleinen Kopf bewahren und nichts vergessen, das Schachbrettmuster der Böden, die Täfelungen mit geschnitzten Figuren, das gelb-blaue Fenster im Wappensaal, und vor allem die Tristesse. Nicht, weil es ein verlassenes Haus war, nicht, weil der Putz von den Wänden platzte, sondern weil es eine kalte, pompöse Bruchbude war und meine Luisa hier gelitten hatte. Ich stellte mir vor, wie sie und ihre Schwester mit dem Haushofmeister allein in dem gewaltigen Speisezimmer aßen, wie sie die endlose Flucht der Zimmer durchwanderten, in denen seit dem Tod der Eltern kein Möbelstück verrückt worden war. Eine eiskalte, stumpfe Einsamkeit. Kein Wunder, dass Luisa ihr restliches Leben lang ihre Palazzi mit Gästen bevölkern und jede Menge Feste veranstalten wollte, um die schaurige Leere der Gesellschaftsräume hier in der Villa Amalia im Nachhinein zu füllen. Kein Wunder, dass sie überall, wo sie leben sollte, die Räume rein weiß strich. Wie sehr sie Angst gehabt haben musste vor den Figuren an den Decken, die mit dem Finger auf sie deuteten, mit ihren roten Wangen und dem erstarrten Lächeln. Und dann ihr Zimmer, verloren an einem Flur gelegen, von dem aus zwanzig Türen nebeneinander in Zimmer mit unbenutzten Betten gingen. Kein Wunder, dass sie Hotels liebte. Das Gespenst der alten, verschleierten Frau war verschwunden. Die kleine Ginetta mit der Ponyfrisur des braven Mädchens in der Mitte eines maßlos großen, menschenleeren Salons betrachtete mit mir die fröhlichen Cherubine, die sich in den falschen rosa und hellblauen Wolken tummelten. Sie nahm meine Hand.

Zur Zeit unserer Begegnung bewohnte sie eine Suite in einem Hotel an der Place Vendôme.» 1922 suchte Luisa einen bis dahin noch unbekannten jungen Fotografen namens Man Ray auf. In seiner Autobiographie schildert der Amerikaner die Entstehungsgeschichte jenes Fotos, das zum berühmtesten Porträt der vielporträtierten Marchesa Casati werden sollte. «Eine eindrucksvolle, große Frau in Schwarz, mit riesigen, durch schwarzes Make-up noch hervorgehobenen Augen. Sie trug einen hohen Kopfputz aus schwarzen Spitzen und neigte beim Eintreten leicht den Kopf, so, als sei ihr die Tür zu niedrig.» Ich sehe diese Bewegung derart plastisch vor mir, dass ich mich frage, ob ich sie nicht kannte, bevor meine Recherchen sie mir bewiesen. Neulich las ich, die Casati habe einen klangvollen Alt gehabt, und mir wurde klar, dass ich sie mir ohnehin immer mit einer tiefen, fast kratzigen Stimme vorgestellt hatte, dazu ein sardonisches Lachen. Sie bat Man Ray, sie in ihrem Salon zu fotografieren, denn sie wollte von ihren Lieblingsgegenständen umgeben sein. Egal, an welchen Künstler sie sich wandte, Luisa musste die Szenerie bestimmen. Sie war keine passive Auftraggeberin, sondern mischte sich in alles ein, bis zum Perfektionismus detailbesessen, von Kontrollbedürfnis durchdrungen. Das Werk sollte nicht ohne sie entstehen.

«Sie empfing mich in einem seidenen Morgenrock, die

gefärbten Haare in Unordnung, aber die großen Augen sorgfältig geschminkt.» Der Raum stand voll erlesener Kleinigkeiten. Auf einem Beistelltisch ihre jüngste Erwerbung, ein Blumenstrauß aus Jade und Edelsteinen. Man Ray richtete sich ein. Als er seine Lampen anschaltete, sprangen die Sicherungen heraus. Der Concierge kam sie ersetzen, aber der Fotograf fürchtete, sie würden gleich wieder durchbrennen, und beschloss, es beim natürlichen Licht zu belassen, was allerdings eine längere Belichtungszeit erforderte. Er bat Luisa, ganz reglos dazusitzen. «Es war anstrengend – die Dame führte sich auf, als würde ich mit ihr einen Film drehen.»

War sie nervös? Hatte sie gekokst? Ich glaube nicht. Im Lauf der vergangenen zwanzig Jahre hatte die Casati mehr als einhundert Malern, Bildhauern und Fotografen Modell gestanden. Diese Sitzungen waren ihr intimes Spektakel, das sie perfekt beherrschte. Bei sich zu Hause entwickelte Man Ray die Negative und sah den Versuch als gescheitert an. Sie hatte sich zu viel bewegt, die Aufnahmen waren verwackelt.

Als Luisa ihn einige Tage darauf anrief, meinte er, die Fotos taugten nichts. Luisa allerdings hatte eine hohe Meinung von sich selbst; zwar verstand sie nichts von Brennpunkten und Mehrfachbelichtungen, war aber überzeugt, dass kein einziges Foto, das sie zeigte, es verdiente, im Mülleimer zu landen. Sie wollte von den Argumenten des Künstlers nichts wissen, sondern verlangte die Aufnahmen zu sehen, so verwackelt und missraten sie auch seien. So war es stets: Die Marchesa Casati war die Einzige, die entscheiden durfte, und Widerworte ertrug sie nicht. Wie alle vor ihm gab auch Man Ray nach.

«Ich machte ein paar Abzüge, auf denen so etwas wie ein Gesicht zu erkennen war – darunter ein Bild mit drei

Augenpaaren. Man hätte es für eine surrealistische Version der Medusa halten können. Gerade dieses Bild entzückte sie. Ich hätte ein Porträt ihrer Seele geschaffen, meinte sie, und bestellte Dutzende von Abzügen. Ich wünschte, andere Kunden wären ebenso leicht zufriedenzustellen gewesen. Das Bild der Marquise machte in Paris die Runde. Es kamen immer mehr Kunden – Angehörige der exklusiveren Kreise, und alle erwarteten Wunder von mir. Ich musste mein Hotelzimmer aufgeben und mir ein richtiges Atelier suchen.»

Wieder einmal war Luisa, da sie keine Muse sein konnte, Mäzenin, eine großzügige und begeisterte Dame von Welt, die ihren Geldbeutel und ihr Adressbuch gern öffnete. Künstler lancieren, das Schöne dort entdecken, wo andere nur Flecken sahen. Und in Vergessenheit geraten. Dieses Foto nämlich ist heute berühmt, wer aber kennt noch den Namen der mysteriösen sechsäugigen Frau?

Im Jahre 1923 beschloss Luisa, sich endgültig in Frankreich niederzulassen. Sie erwarb ein in Le Vésinet, kurz vor den westlichen Stadttoren gelegenes Schlösschen, eine recht getreue Kopie des Grand Trianon von Versailles, freilich in geringerem Maßstab. Dieser «Palais rose» war der letzte Wohnsitz des 1921 verstorbenen Robert de Montesquiou gewesen, der, als er das Haus zum ersten Mal sah, gerufen haben soll: «Wenn dieses Haus, das nicht zum Verkauf steht und das zu erwerben ich angesichts meiner bescheidenen Mittel wohl kaum imstande sein dürfte, wenn dieses unglaubliche, unvorstellbare Haus, das doch real ist, mir nicht schon morgen gehört, so muss ich sterben!» Damals musste man, um von Paris nach Le Vésinet zu gelangen, Wiesen und Felder durchqueren. Sein pointierter Geist und seine spitze Zunge hatten Montesquiou zu einem gefürchteten Gesellschaftslöwen gemacht, und sein Rückzug in den Palais rose war wohlkalkuliert und bedacht gewesen. Auf der Schwelle zum Alter milder werdend, war er der Diners unter Feinden müde geworden, der hektischen Feste, mit denen der Ennui vertrieben werden sollte, müde auch der Gerüchteküche und der Rednerwettstreite, bei denen er einen solchen Ruf als ewiger Sieger erworben hatte, dass zu unterliegen dem Tode gleichgekommen wäre. Sein letzter Sekretär erbte das Haus, von ihm erwarb es Luisa. Dieser Kauf war ein Fehler. Luisa hatte schon nicht mehr genug Geld für eine solche Anschaffung. Und die Rechnung wurde noch viel üppiger, da es gar nicht in Frage kam, dass sie ohne größere Umgestaltungsarbeiten hier einzog, mit denen sie das Haus nach ihrem Geschmack herrichten ließ. Zum Unterhalt des Palais waren Diener nötig, Zimmermädchen und mindestens ein Gärtner, noch nicht gerechnet andere Unentbehrliche wie Majordomus, Koch und Chauffeur. Ihre amerikanischen Biographen schreiben der Marchesa eine Liaison mit ihrem Fahrer zu, einem gewissen Yamina, einem strahlend schönen, muskulösen Afrikaner, viel jünger als sie. Warum nicht? Doch bezweifle ich, dass sie in seinen Armen Glück empfand; es brauchte mehr als einen Gigolo, um meine Heldin zufriedenzustellen. Von Garbi ist keine Rede mehr. Vielleicht war er in Italien geblieben.

Hier, wohin de Montesquiou sich zurückgezogen hatte, wollte Luisa sich weiter amüsieren und Gäste empfangen und im Mittelpunkt der Aufmerksamkeit stehen. Doch die Pariser sind träge. Die Straßen der Hauptstadt bieten sämtliche Attraktionen und stets neue Versuchungen. Warum dann nach Le Vésinet hinausfahren, das so weit entfernt wirkt? Auf einmal war die Casati von der Welt abgeschnitten. Freilich lud man sie immer noch ein, doch selbst in den Wagen steigen, um sie zu besuchen … Ihr Umgang wurde spärlicher. Falls sie die Illusion sozialer Einbettung gehabt haben sollte, musste sie sich ein weiteres Mal eine Täuschung eingestehen. Ein Gartenpavillon wurde zum Ausstellungsort der einhundertunddreißig Porträts umgestaltet, die sie im Laufe der Jahre gesammelt hatte. Durch diese Galerie wandelte sie nun und betrachtete das ungesunde Schauspiel ihrer Doppelgängerinnen. Meine traurige Marchesa, allein mit ihrer Vervielfachung.

Auch ihre kleine Menagerie wurde ärmer. Eines Tages verfiel sie auf die Idee, einen ausgestopften Panther zu bestellen, der dank eines elektrischen Mechanismus brüllte und den Schwanz reckte. Sie platzierte ihn im Entrée, wo er, wie sie sagte, Einbrecher erschrecken sollte. War ihr bewusst, dass das Lebendige von Automaten ersetzt wurde?

Heute hat ein Immobilienmakler im Palais rose Geschäftssitz und Privatwohnung. Mir wurde eine Privatführung zuteil. Luisas Schlafzimmer ist zu einer Wohnküche umgestaltet worden, Barhocker an einem Zentralblock aus Aluminium, überragt von einer gigantischen Dunstabzugshaube. Im Garten sind für die Kinder des Inhabers Fußballtore aufgestellt worden. Verzweifelt suchte ich nach dem, was zu finden ich hergekommen war, da entdeckte ich etwas am Boden des Esszimmers. Eine in den rosa Marmorfußboden eingelassene weiße Sonne – gleich dachte ich, das müsse ihr Markenzeichen sein. Die junge Frau, die mich führte, bemerkte, dass ich stehen geblieben war. «Ist das Alabaster?», fragte ich. «Ja, genau, und schauen Sie mal, man kann es von unten beleuchten!» Sie betätigte einen Schalter. Wie in der Villa in Rom! Nichts als ein bisschen Elektrizität unter einem Stein, aber ich freute mich wahnsinnig. Allmählich kannte ich sie doch recht gut, meine Marchesa.

Die Gabel der Casati stieß wütend in das Blutrot eines Tartars mit Kapern. Sie legte sie am Tellerrand ab und trank in großen Schlucken Bier. Luisa hatte einen dieser Tage, an denen sie alles verschlingen wollte. Ihr Freund, der Fotograf Cecil Beaton, betrachtete sie ein wenig ratlos. Er hatte seine Seezunge Müllerin Art kaum angerührt. «Ich möchte etwas Oranges», erklärte sie auf einmal. «Zum Nachtisch?» – «Nein, woher denn. Kommen Sie mit, Sie müssen mir helfen.» Sofort musste es losgehen. Die Seezunge blieb in der Petersilienbutter liegen, Yamina ließ den Motor des Hispano-Suiza aufheulen, sie fuhren los, ohne zu wissen wohin. Ein oranges Kleid? Einen Mantel? Eine Stola? Eine Handtasche vielleicht? Sie hatte keine Ahnung. Aber orange musste es sein, orange mit einem Stich ins Malvenfarbene. Ein etwas verblasstes, aber schrilles Orange. Beaton wusste nicht recht, ob er begriff, worum es ging. Sie kamen am Schaufenster eines Ladens mit Beleuchtungskörpern vorbei. Eine Émile-Gallé-Lampe aus Glasfluss in einem grau gefleckten Orange verströmte sachtes Licht, als flösse Ahornsirup aus ihr heraus. Der Wagen bremste jäh, Luisa schoss heraus und stürmte furiengleich in den Laden. Ein paar Minuten später kam sie wieder heraus, mit leeren Händen. «Nein! Nein! Absolut nicht das Orange, das ich meine!» Sie warf die Wagentür zu, sie fuhren weiter. Den ganzen Nachmittag kreuzten sie auf der Suche nach einer nicht weiter fassbaren Vollkommenheit durch die Stadt. Luisa amüsierte sich sehr dabei, Cecil spielte mit. Mit großer Tragödinnengeste rief sie «O nein! Nein! Auf gar keinen Fall!», als ginge es um Leben und Tod. Die Zeit verstrich, die Straßen zogen vorüber, die Begeisterung wich der Ermattung. Mit letzter Kraft erstand sie endlich ein Zigarettenetui von Fabergé in einem nach Granatrot hin tendierenden Orange. Sie spielte die Entzückte. Wieder im Palais rose, feierten sie ihre Verrücktheit mit Kokain. Luisa hatte das Opiumrauchen wieder angefangen und kokste immer öfter dazu. Hatte sie dieses ganze Theater nur veranstaltet, um sich die Zeit zu vertreiben? Damit Beaton sie exzentrisch und unkalkulierbar fand? Ich frage mich immer noch, in welchem Grad sie selber ihre Launen ernst nahm. Diese Episode, Beaton schildert sie in seinen Memoiren, ist exemplarisch. Die Casati war ein kleines Mädchen mit einem Fahrer und einem Publikum. Spielte sie für sich oder für die anderen?

Wenn sie nicht in den Straßen von Paris nach einer neuen fixen Idee forschte, inszenierte Luisa in Le Vésinet spektakuläre Szenen mit sich selbst als Hauptperson. Zahlreiche Zeitgenossen beschrieben die Ausstaffierungen, mit denen die Casati auf verschiedenen Bällen erschien. In den Archiven sind Rechnungsbücher mit Zahlenreihen und Summen bewahrt, die heute schwer einzuschätzen sind. Was wäre das in Euro, eine Robe für 20000 Franc, entworfen von Bakst, deren Ausführung bei Worth im Jahre 1922 drei Monate Arbeit erforderte? Luisa suchte immer nach demjenigen, der ihr das verrückteste Gewand entwerfen würde. Picasso schuf für sie eine kubistische Robe mit raffinierter integrierter elektrischer Beleuchtung, die sie um ein Haar umgebracht hätte. Das war nicht das erste Mal. Wegen eines Kurzschlusses in einem Sankt-Sebastians-Kostüm hatte Luisa sich ernste Verletzungen zugezogen. Die mit rund hundert Pfeilen gespickte Rüstung war mit lauter blinkenden Sternen besetzt. Der Stromschlag war so heftig, dass Luisa dem Fest fernbleiben musste. Vom Krankenbett aus sandte sie den Gastgebern eine Karte, auf der einfach stand «Wie schade». Wie enttäuscht sie gewesen sein musste, nach all den Stunden, in denen sie sich die Verblüffung der Gäste ausgemalt hatte!

In seinem Buch *Cinquante ans de panache* («Fünfzig Jahre

Schneid») schildert André de Fouquières den Bal du Grand-Prix vom Juni 1924 in der Pariser Oper: «An jenem Abend verkörperte die Casati die Castiglione. Als sie erschien, allzu sehr bemalt – oder nicht genug –, arrogant und nervös, langsam, aber aufrecht unter dem Helm der nach byzantinischer Mode geflochtenen Haare, schien sie einem Kaisergrab entstiegen; ein Anblick, seltsam, archaisch, kostbar und wild zugleich. Nicht die galante Castiglione der jüngeren Geschichte, sondern ein Traumwesen, eine Emanation der Legende. Keine Beschwörung, sondern eine geisterhafte Erscheinung. Vielleicht verrieten einzig die unmerklich verachtungsvoll gekräuselten Lippen das Geheimnis dieser außergewöhnlichen Frau, die so weit über all unsere Ironien erhaben war, dass sie sie nicht einmal wahrnahm.»

Luisa hatte sich eine romantische Robe machen lassen, golden und silbern, mit rosa Samt gefüttert und mit rosa Rosen bestückt. Der geraffte Spitzenstoff auf ihrer Korsage war voller Diamanten, dazu trug sie sechs Reihen dicke Perlen. Begleitet von Fackelträgern, nahm sie mitten auf der Bühne Platz, auf einem goldenen, mit funkelnden Edelsteinen besetzten Sessel. Ein Thron für eine Königin.

Nicht viele der Anwesenden dürften gewusst haben, dass das Kameenarmband, das Medaillon aus schwarzem Onyx und der Silbergold-Spiegel in ihrer Hand tatsächlich der Contessa di Castiglione gehört hatten; sie waren bei der Montesquiou-Auktion verkauft worden.

Fouquières schreibt, dieser göttinnengleiche Auftritt sei unvergesslich gewesen. Nun werden aber André de Fouquières' Bücher nicht mehr nachgedruckt, und die Erinnerungen dieses Dandys, die Prinzessinnen und Baroninnen, mit denen er die Salons bevölkerte, der französische Chic, die geistreichen Bemerkungen, die verrückten Jahre, die

Bälle und die umständlichen Figuren des Kotillons, all das fällt seinerseits zum Glück dem Vergessen anheim. Im selben Monat, im Juni 1924, wurde der sozialistische Abgeordnete Giacomo Matteotti ermordet, der laut vernehmbar die Methoden der Faschisten und den totalitären Charakter der Mussolini-Regierung gegeißelt hatte. Erst zwei Monate später wurde seine Leiche gefunden; sie hatten auf ihn eingestochen und ihn zu Tode geprügelt. Und daran sollte die Geschichte erinnern, daran, wie eine aufkommende Diktatur sich mit Schlagstöcken an die Macht prügelt, nicht daran, wie eine Handvoll Gesellschaftslöwen sich mit Verkleidungen die Zeit vertrieb.

Als ihr Vermögensverwalter, Lorenzo Saracchi, ihr empfahl, die Wohnstätte ihrer Eltern in Monza, die Villa Amalia und auch ihre Villa in Rom zu verkaufen, zuckte Luisa mit keiner Wimper. *Va bene.* Nach Rom wollte sie sowieso nicht zurück, und die Wände der Villa Amalia dünsteten die Tristesse ihrer Kindheit aus. Er fügte hinzu, auch die Anteile an der väterlichen Baumwollspinnerei in Pordenone werde sie womöglich veräußern müssen. Dieser Besitz war immer die Quelle steter Einkünfte gewesen. Luisa versuchte, ihren Vater vor sich zu sehen, den pomadisierten Schnurrbart, das starre, strenge Gesicht. Nein, sie hatte alles ausgelöscht. *Va bene.* Beim Palazzo dei Leoni in Venedig aber sträubte sie sich. Sie würde ihren Freund D'Annunzio anrufen, gemeinsam werde ihnen schon etwas einfallen. Sie unterschrieb die Papiere, die Saracchi ihr hinhielt. Jetzt war sie wieder reich.

Das Weihnachtsfest 1923 verbrachte Luisa bei Gabriele D'Annunzio im Vittoriale, seinem unglaublichen Rückzugsort am Gardasee. Im goldrot lackierten Speisesaal wurde auf chinesischen Porzellantellern ein Festmahl serviert. Crostini mit Sardellen und Kapern, kleine Aalpastetchen, knusprig überbackene Polenta. Mitten auf dem Tisch stand dampfend eine silbergoldene Suppenschüssel mit grüner Tortellini-Suppe. Die beiden Freunde kosteten Kürbisküchlein und

Morcheltartelettes als Beilage zu einem mit Trüffeln gebratenen Kapaun, dessen Duft den Raum schwängerte. Ein friedlicher Moment gemeinsamer Freude. Luisa versuchte Gabriele für die Rettung des Palazzo dei Leoni zu gewinnen. Er nahm ihre Hand mit größtmöglicher Zartheit in seine und sagte, er könne ihr leider nicht helfen. Die Zeiten hätten sich geändert. Voller Melancholie meinte er, ihre besten Zeiten seien vorbei, sie beide müssten sich auf eine weniger verschwenderische Zukunft einrichten. Sie beharrte nicht weiter darauf. Zum Trost beschworen sie ihre Liebesnächte in der Gondel herauf. Dann gingen sie in den Salon und setzten sich an den Kamin. Luisa tunkte Stücke eines exquisiten Panettones in ihr Glas mit handwarmem Amaretto. Gabriele rezitierte Gedichte von Lord Byron und improvisierte schlüpfrige Verse, bei denen sie sich vor Lachen ausschüttete. Wie sehr liebte sie doch den lebhaften, exaltierten Esprit dieses Mannes! Irgendwann schwiegen sie, den Blick auf das langsam herunterbrennende Feuer im Kamin gerichtet. Die rot schimmernde Glut in der Dunkelheit und das letzte Knistern des brennenden Holzes brachten sie erneut zum Lachen.

1924 wurde die finanzielle Trennung von Camillo besiegelt. In Wahrheit hatte Camillo die Prozedur vorangetrieben, als ihm klarwurde, in welchem Maße sie die Finanzen überstrapazierte. Ihre gemeinsame Tochter Cristina, voller Illusionen und der Meinung, sie könne dem Familienmuster entgehen, heiratete im Jahr darauf. Sie brach ihr Studium der Englischen Literatur in Oxford ab und folgte fortan Francis John Clarence Westenra Plantagenet, Viscount of Hastings. Diese zwei vierundzwanzigjährigen Turteltäubchen, beide mit einem silbernen Löffel im Mund geboren, waren jetzt glühende Kommunisten. Die Zeitungen zogen darüber her, umso mehr, als die englische Familie über die Extravaganzen der italienischen Schwiegermutter deutlich not amused war. Der junge Hastings war Maler. Die Jungvermählten flogen gen Australien, Mexiko und in die Südsee. Wie Luisa wohl die Neuigkeit erfuhr – durch einen Brief ihrer Tochter, oder las sie davon in den Gesellschaftsnachrichten des *Figaro*? *Idiota.* Es gibt keinerlei Überreste von einer Korrespondenz zwischen Mutter und Tochter, was niemanden erstaunen wird. Ich persönlich glaube nicht an instinktive Muttergefühle, ich glaube, dass es sich da um einen langen, schmerzhaften Lernprozess handelt, in dem wir gezwungen werden, unsere Prioritäten über den Haufen zu werfen, unsere Müdigkeitsbereitschaft und Toleranzschwelle auszuweiten, und der uns derart in die Enge treibt, dass wir bereit sind, uns selbst in Frage zu stellen. Luisa war nie eine Mutter.

Die Taschen voller Geldscheine, unternahm sie 1925 eine große Reise durch die Vereinigten Staaten. Sie besuchte New York, Florida, San Francisco, den Grand Canyon. Ein Bild von Alberto Martini zeigt sie als Indianerhäuptling, eine Haube aus Adlerfedern auf dem Kopf, einen Bogen in der gereckten Hand, hoch über einer roten Felsenlandschaft. Der Grand Canyon ist der großartigste Anblick, den man sich vorstellen kann. Durch seinen Vertrag an die Mäzenin gebunden, ist Martini in den Jahren 1924 bis 1927 äußerst produktiv. Unter anderem malt er ein Porträt von Luisa als Cesare Borgia, die glitzernde goldene Rüstung überragt von einem enormen weißen Federbusch. Luisa hatte Martini gebeten, Anaxaragus zusammengerollt zu ihren Füßen darzustellen – einige Zeit zuvor war die Boa an einer Lungenentzündung verstorben. Vergebens hatte Luisa mit ihr die besten Tierärzte aufgesucht. Ich kann mir Luisa nur schwer traurig vorstellen. Dennoch hatte sie die Boa als einziges ihrer Tiere wirklich geliebt. Sie war ihre Komplizin, ihre Genossin, das erste Instrument ihrer Legende und Gegenstand unendlichen furchtsamen Geredes. Dank Anaxaragus hatte man sie gefürchtet und bewundert. Er war das Feuer unter der Asche, mit seinen grandiosen schwarzen, schräg stehenden Augen, dieses Tier, das so ruhig und friedfertig die dargereichten Mäuse verschlang. Das Gewicht der schweren Schlange auf den Schultern würde ihr auf ewig fehlen, wie die Umarmung eines Geliebten, wie ein Mantel aus Fleisch, wie eine zweite, spektakuläre Haut.

Um sich zu trösten, bestellte sie in Togo einen Königspython. Der unaufmerksame französische Zoll ließ das schwarz-gelb geringelte Tier im Flughafenhangar von Le Bourget erfrieren. Anaxaragus sollte nie einen Nachfolger haben.

Irgendwann begriff die Casati, dass ihre Freunde sich nur nach Le Vésinet bemühen würden, wenn sie ihnen einen außerordentlichen Anlass dazu bot. So beschloss sie, an den venezianischen Prunk anzuschließen, und veranstaltete am 30. Juni 1927 einen Ball, der in den Annalen verzeichnet bleiben sollte. Leider aus anderen Gründen als den erhofften. Auf den Einladungskarten stand unter dem Porträt, auf dem Martini sie als Medusa zeigte: «Graf Cagliostro lädt zu einem Magischen Abend mit Tanz.» Ihrem Geschmack am Obskuren getreu, hatte sie Giuseppe Balsamo, besser bekannt unter dem Namen Graf Cagliostro, gewählt, den Zauberkünstler, Wunderheiler und Hochstapler des 18. Jahrhunderts. Dieser Alchemist, der Blei in Gold verwandeln zu können behauptete, dieser Salonmagier, der allerlei Schönheitswässerchen und ein Serum der ewigen Jugend verkaufte, hatte zahlreiche leichtgläubige Aristokraten um ihr Geld erleichtert und war sogar in die «Halsbandaffäre» um Marie-Antoinette verwickelt gewesen.

Der Abend des Festes nahte. Auf einem Höckerchen stehend, legte der Perückenmacher letzte Hand an die goldenen und silbernen Locken, die der Marchesa nach englischer Manier auf die Schultern fielen. Als Kostüm hatte Luisa das Gewand von Cagliostro höchstselbst gewählt. Die irrsinnige Perücke à la Louis XIV wurde ergänzt durch eine vergoldete Halbmaske, die den oberen Teil ihres Gesichtes verbarg. Dazu eine diamantenbestickte Jacke und hochhackige, bis über die Knie reichende Stiefel mit Schleifen auf dem Fußrücken – wieder einmal würde sie beklatscht werden. Durch das große Fenster ihres Schlafzimmers konnte Luisa die Ankunft der ersten Gäste verfolgen. Die Kostüme waren üppig: Bänder und Unterröcke bei denen, die sich für ein pastorales achtzehntes Jahrhundert als Motto ihrer Verkleidung entschieden, Spitzen und Krinolinen für diejenigen, die Versailler Hofmode gewählt hatten. Die Duchesse de Gramont kam als schwarze Schlange, in einen von vier ägyptischen Sklaven getragenen Sarkophag gerollt, die berüchtigte polnische Sängerin Ganna Walska als Paradiesvogel in einem bunten Federkleid. Manche Gäste, wie die Marquise de Chabannes, die als laszive Kleopatra auftrat, hatten sich zuvor von der *American Vogue* ablichten lassen, sodass alle Welt Kunde von Marchesa Casati als außergewöhnlicher Gastgeberin erhielt. Hochnervös war Luisa, wie eine Tänzerin hinterm Vorhang, die die Takte bis zu ihrem Auftritt mitzählt. Vorm Abendessen hatte sie noch eine Runde durch das Palais und den Garten gemacht, beide für das Fest von Grund auf umgestaltet. Luisa hatte sogar die Strecke vom Pont Alexandre III im Zentrum von Paris nach Le Vésinet beschildern lassen. Die Pariser verirren sich so leicht. In der *Manufacture Royale de la Savonnerie* hatte sie Teppiche bestellt, die jetzt überall auf dem Rasen lagen, und den Gebrauch von elektrischem Strom hatte sie den Dekorateuren strikt untersagt. Sie hatten also Fackeln und Kandelaber aufgebaut und Tausende schwarzer Kerzen entzündet. Die Bar, hinter der als Teufel verkleidete Mixer die extravagantesten Cocktails schütteln würden, wurde von enormen Eis-Skulpturen flankiert. Spiegeltische reflektierten die Gesichter der begeisterten Gäste. Das Fest sollte ganz Glitzern und Funkeln sein.

Luisa fand sich gutaussehend als Mann. Jetzt fehlten nur noch die weißen Handschuhe und der Kristallsäbel, dann würde jeder unmissverständlich den Zeremonienmeister erkennen. Auf leisen Sohlen kam eine Kammerzofe durchs Zimmer geschlichen und flüsterte derjenigen, die Luisa beim Ankleiden half, etwas ins Ohr. «Was ist denn los?», fragte Luisa. Die junge Frau setzte eine möglichst umsichtige und zartfühlende Miene auf: «Madama le Marquise, unter den Gästen ist ein Dame, die als Cagliostro verkleidet ist …» Eine blaue Zornesflamme flackerte tief in Luisas Augen auf. «Man bringe sie zu mir!» Heute Abend würde *sie* die Königin sein, und niemand durfte ihr den Spaß verderben.

Doch da flackern die tausend Kerzen unruhig. Wind kommt auf. Fern am Abendhimmel türmen Wolken sich auf, ein heftiges Gewitter braut sich zusammen. *Sarà splendido* – Es wird ein strahlender Abend. Anderntags aber wird man in den Salons der Comtesse Aimery de La Rochefoucauld, von Vera de Talleyrand und Robert Fitz-James von dem schrecklichen Erlebnis der Comtesse Pierre de Segonzac berichten. Während Luisa höchsteigenhändig unter den entsetzten Blicken einer Kammerzofe die junge Frau, welche unvorsichtig genug gewesen war, sich als Cagliostro zu verkleiden, in einen Schrank sperrte, legte die Comtesse de Segonzac im Kostüm der Marie-Antoinette einen äußerst bemerkenswerten Auftritt hin: Der grollende Donner erschreckte die Pferde vor der Kutsche, in der sie mitsamt ihrem Liebhaber, einem prominenten, als Comte d'Artois verkleideten Journalisten, heranrollte. Die Tiere gingen durch und rasten in die Stallung hinein, so ungestüm, dass der Torflügel zuschlug und das Paar sich in schwarzer Dunkelheit gefangen wiederfand.

Andere Gäste wollten ihnen zu Hilfe eilen, doch das Tor war verklemmt, und sosehr die Comtesse um Hilfe rief und an der Tür rüttelte, es machte die Pferde nur umso wahnsinniger, deren verängstigtes Wiehern das Geschrei übertönte.

Luisa betrachtet sich im Spiegel, sie ist vollkommen. *Sarà magnifico, indimenticabile* – großartig, unvergesslich wird es sein. Sie weiß nicht, dass in wenigen Augenblicken ein sintflutartiger Regen über die schönen Teppiche niedergeht und die Eisskulpturen zu Schmutzwasser verwandelt. Die Buffets mit den Petits Fours werden überschwemmt, die Gebirge aus Pâtisserien und kandierten Früchten sacken zusammen. Alles wird zerstört, ruiniert, zerlegt, zerweicht. Die Kerzen verlöschen, und in der plötzlichen Dunkelheit fliehen alle in einer hysterischen Kakophonie, Hirten und Hirtinnen, Ägypter und Königinnen, Casanova und die Comtesse de Barry, die Roben schlammverspritzt, die Fächer zerknickt, die Hüte aus der Form geraten.

Luisa rückt ihre Maske zurecht und reckt den Säbel: «Das Fest möge beginnen!»

Manche Geschichten, die sich um die Casati ranken, sind nur schwer verifizierbar. Sie halten sich hartnäckig in den Erzählungen obskurer Zeitgenossen und erinnern doch eher an breitgetretenen Klatsch, um nicht zu sagen an Lügen. Da Luisa diese Geschichten selbst genüsslich am Leben hielt, erliege ich der Versuchung, eine Anekdote aufzunehmen, die Jane Campbell, Fürstin von San Faustino, in ihren Memoiren schildert.

Der Pariser Erzbischof seinerzeit war ein gewisser Louis-Ernest Kardinal Dubois. Er galt als großer Geißler der Exzesse und Ausschweifungen der feinen Welt. Seine Predigten hallten den oberen Zehntausend in den Ohren, und die Casati, neugierig geworden, lud ihn in den Palais rose ein. Luisa war eine Intellektuelle, sie liebte lebhafte Diskussionen, in denen die Meinungen aufeinanderprallten, sie kannte ganze Passagen von Proust auswendig, die sie zum Amüsement der Anwesenden Zeile für Zeile kommentierte, sie liebte es, über Politik und Kunst zu reden. Sie schickte dem Erzbischof ihre Karte, mit keiner anderen Absicht als der, einen interessanten Abend zu verbringen.

Der Kardinal schlug die Einladung aus, nicht wissend, dass dies das beste Mittel war, das Interesse der Marchesa erst recht zu wecken. Die Casati-Maschinerie ging los. Einen Monat lang ließ Luisa sich bei keinem gesellschaftlichen Anlass mehr sehen, ging zu keinem Fest, empfing keine Gäste und verbreitete über die übliche Gerüchteküche, sie suche jeden Tag die Armen und Kranken auf. Ich kenne meine Luisa gut genug, um zu wissen, dass sie keine philanthropische Seele war, aber ich bin sicher, dass sie schon am ersten Tag, an dem sie diese Besuche aufnahm, Gefallen daran fand. Luisa konnte nichts ohne Begeisterung tun. Für sie war jede neue Beschäftigung gleichbedeutend mit Amüsement. Was sagte sie, wenn sie in den Elendsquartieren zur Tür hereinkam? Das war ein neues Publikum, sie passte ihren Auftritt dem sicherlich an. Dann wurde sie dieser Menschen rasch überdrüssig, verkündete, sie sei von einem bösen Geist besessen, und sandte einen Diener zum Erzbischof, auf dass der sie exorzisiere. Doch weder ihre Besuche bei den Armen noch diese Dämonengeschichte konnten das Bild der drogensüchtigen, mondänen Sünderin beheben, das der Erzbischof sich von ihr gemacht hatte. Er antwortete, eine Bronchitis halte ihn im Bett fest, und fügte ironisch hinzu, er werde sich um die Rettung ihrer Seele kümmern, wenn es ihm bessergehe. Diesmal tobte Luisa.

Um Mitternacht schickte sie erneut einen Diener, der beim Erzbischof anklopfte: Von den Dämonen der Hölle gejagt, habe die Marchesa Casati einen schweren Autounfall erlitten und bitte den Priester an der Schwelle des Todes, ja flehe ihn an, er möge kommen und ihr die letzte Ölung spenden.

Der alte Mann kletterte aus dem Bett und ließ sich zum Palais rose bringen. Als er eintraf, erwartete sie ihn hoch auf den Stufen der Eingangstreppe, ganz in Weiß gekleidet, einen weißen Papagei auf der Schulter, der den Heiligen Geist verkörpern sollte, eine weiße Lilie in der Rechten. Sie erinnerte sich der Bilder, die sie in der Kindheit gesehen hatte, wenn ihre Schwester und sie ins Museo di Brera gingen, wo ihr Hauslehrer ihnen die Symbolik der Königsblume in Mariens Händen erläutert hatte. Luisa beherrschte die religiöse Ikonographie perfekt, im Grunde war sie das Einzige, das ihr am Katholizismus gefiel, ihr eigentlicher Glauben war sehr schwankend, gelinde gesagt. Jetzt hatte sie die Theatralik auf den Gipfel getrieben. Den Blick ins Leere gerichtet, wiederholte sie da oben auf der Treppe immer wieder: «Ich bin die unbefleckte Jungfrau!»

Die Schwelle zum Wahnsinn ist eine dünne Linie, sehr schmal und fragil. Wer die Verrückte eigentlich nur spielt, wird es unversehens selbst. Was erst nichts als ein Spiel aus Dünkel war, verselbständigte sich für eine Nacht auf gefährliche Weise. Über die Jahre hinweg hatte Luisa sich eine Rüstung zugelegt, aber sie war nicht unerschütterlich. Als Gefangene einer Talmi-Welt hatte sie immer die Kraft gefunden zu reisen, umzuziehen, einen Ort zu finden und den Ort zu wechseln; die Kraft, die entsetzliche Leere ihres Daseins zu bemänteln. Alles ist ganz eitel. Es bedarf doch immerhin einer gewissen Art von Mut, Proust auswendig zu lernen, exzentrische Projekte auszuhecken, um Unbekannte zu beeindrucken, oder eine Nummer abzuziehen, um einen Kardinal zu foppen. Den Mut, morgens aufzustehen und sich dem Leben, das eigentlich keinen Inhalt hat, zu stellen und Gründe zum Lachen zu suchen. Doch das Lachen wollte sich nicht einstellen. «Ich bin die unbefleckte Jungfrau! Ich bin die unbefleckte Jungfrau!» Da stand sie oben auf der Treppe und konnte auf einmal nicht mehr nachdenken. «Ich bin die unbefleckte Jungfrau!» Jäh verlor sie den Boden unter den Füßen und wusste nicht mehr, warum sie das eigentlich tat. Um einen Priester lächerlich zu machen – oder war sie selbst zum Spektakel geworden? Dieser mechanisch wiederholte Satz hatte sich ihres ganzen Wesens bemächtigt, sie konnte nicht mehr aufhören. Kann man eine Sekunde lang verrückt sein? Sie stand ganz nah am Rande des Abgrunds, sie brauchte nur noch den Blick in die Tiefe zu richten und abzustürzen. Die Sirenen des Wahnsinns lockten in ihrem Herzen. *Vieni! Vieni!* Komm! Sieh dein Leben doch an! Du hast nichts mehr zu verlieren. Luisa war drauf und dran, die letzte Grenze zu überschreiten, die, hinter der Lüge und Realität ein und dasselbe sind, hinter der es keine Notwendigkeit mehr gab, beides zu unterscheiden. «Ich bin die Jungfrau!»

Der Legende zufolge blieb der Kardinal keine fünf Minuten. Das Personal fand die Hausherrin auf dem Boden liegend, in Tränen aufgelöst. Luisa weinte sonst nie. Gewiss, sie schrie und jaulte, sie zitterte, aber ihre Tränen waren in der Kindheit versiegt. Wozu weinen, wenn niemand einem ein Taschentuch reicht? Was war wohl passiert? Hatte der geistliche Herr sie ernst genommen? Ihr die Hand gereicht? Ich möchte es bezweifeln. Wahrscheinlich hatte sie in sich selbst die Kraft gefunden, sich am eigenen Schopf aus dem Morast zu ziehen, so gern sie vielleicht auch darin versunken wäre. So etwas konnte sie – sich selbst Angst einjagen und dann sich selbst beruhigen. Als sie gerettet war, glitt sie zu Boden und weinte. Alles ist ganz eitel und ein Haschen nach Wind.

Zwei Tage darauf starb der Kardinal an Lungenentzündung, genau wie Anaxaragus. Und Luisa ging nicht zu seiner Beerdigung.

Der Absturz mochte unabwendbar sein, doch er näherte sich mit großer Langsamkeit. 1929 musste Luisa in geschäftlichen Angelegenheiten nach Mailand reisen. Lorenzo Saracchi, der genaue, ernsthafte, getreue Rechenmeister, wusste nicht mehr, wie er das Desaster abwenden sollte. Er empfing sie mit strengem Gesichtsausdruck, in der Hoffnung, es könne ihm gelingen, ihrer Verschwendungssucht einen Riegel vorzuschieben. Andererseits kannte Saracchi seine Klientin nur zu gut und ahnte, dass alle Bilanzen der Welt, alle Alarmrufe und gerunzelten Augenbrauen nur eine vorübergehende Wirkung zeitigen würden, wenn überhaupt. Weiterhin war er Camillo Casatis Buchhalter, der war wenigstens vernünftig. Verlangte Camillo Neues über seine Frau zu hören? Ich stelle mir vor, wie er eine betrübte Miene aufsetzt, als er von Luisas schwindelerregenden Ausgaben hört, und insgeheim erleichtert ist, das sinkende Schiff rechtzeitig verlassen zu haben. Luisas Konto war zwar noch im Plus, doch es schmolz furchterregend schnell zusammen, und wenn dieses Guthaben aufgezehrt war, würde es nichts mehr zu holen geben. Das trieb den gewissenhaften Berater zur Verzweiflung. Luisa präsentierte ihm die Rechnung für den Cagliostro-Ball: 500 000 Goldfranc, davon allein 120 000 für die Beleuchtung. Das raubte Saracchi den Schlaf, tausend schwarze Kerzen leuchteten ihm in seiner Schlaflosigkeit.

Luisa nutzte den Aufenthalt in Italien, um Gabriele D'Annunzio zu besuchen, ein letztes Mal. Ich habe mir das Vittoriale angesehen, diese aus der Zeit gefallene Irrsinns-Bude, einst von einem Verrückten bewohnt. Die Wände voller Bücher, ein Sammelsurium bunt zusammengewürfelter Gegenstände, die Drahtbrille auf dem Schreibtisch, als wäre der Poet nur eben runtergegangen, sich einen Kaffee machen, und könnte jeden Moment zurückkommen und weiterschreiben. Das kleine Bett im Sterbezimmer, auf dem Gabriele über die Ewigkeit zu meditieren pflegte, Orgeln und Klaviere in sämtlichen Räumen, Ikonen und Buddhas, Kissen, Wandbespannungen, Seidenvorhänge, die das Licht aussperrten, seinem kranken Auge zuliebe, die lateinischen Inschriften an allen Wänden und allen Türen, die Verse aus Dantes *Inferno* an den Deckenbalken. Im blutrot gestrichenen Speisezimmer wies die Führerin uns auf eine riesige Schildkröte an einem Ende des Esstischs hin. Der Körper war aus Bronze gefertigt, der Panzer vergoldet. «Der Panzer gehörte zu einer Schildkröte, die sich hier im Garten des Vittoriale an Tuberosen überfressen hatte. D'Annunzio stellte sie hierhin, um seine Gäste zur Mäßigkeit anzuhalten.» Mein Herz machte einen Hüpfer. Diese Schildkröte hatte meine Marchesa ihrem Freund geschenkt, der sie behielt, um immer an seine Coré zu denken. Die Führerin aber sprach nur über die Frau Mutter und über Eleonora Duse, Gabrieles einzige große Muse. Wie ungerecht! Die Porträts beider Frauen hingen nebeneinander an der Wand und belegten ihre Worte. Am Ende der Führung fragte ich, ob denn gar nirgends ein Foto von der Casati zu sehen sei. Die Führerin war hilfsbereit. Wir gingen ein Stück zurück, sie stieg über ein rotes Absperrband, um ein hinter einem Bücherstapel verstecktes Foto hervorzuholen. Es war Man Rays Foto, das mit den drei Augenpaaren, seltsam in T-Form zugeschnitten. Am Hals stand in roter Tinte «Für Ariel. Coré, Tochter der Ceres». Die Führerin erklärte mir stolz, Ariel und Coré seien die Spitznamen, die Gabriele und die Casati einander gegeben hatten, doch da schrillte der Alarm, und sie stellte das Bild rasch wieder an seinen unsichtbaren Platz zurück.

Natürlich sagten Luisa und Gabriele sich auf Wiedersehen wie jedes Mal zuvor. Man kann sich nicht jeden Tag so verhalten, als würde man morgen sterben. Man denkt, es sei ein großes Privileg zu wissen, dass man jemanden zum letzten Mal sieht. Dabei – wenn man Gelegenheit dazu hätte, wüsste man, wie das geht, einander Adieu zu sagen? Wenn ich es bei Nini gewusst hätte oder bei Stanislas, was hätte ich ihnen zusätzlich gesagt? Etwas Tiefgründiges? Etwas Liebes? Eine Lüge? Jedenfalls nicht die Wahrheit. Wenn jemand stirbt, der uns nahesteht, sind wir versucht, unser Gewissen zu erleichtern. Wozu? Dass ich sie liebte? Ja, ich liebte sie. Das ist das größte Versäumnis, jemanden in den letzten Momenten seines Lebens nicht mit Liebe zu umgeben. Damit sie erfüllten Herzens gehen können. Erfüllt von uns, wir Egoisten.

Luisa kehrte in den Palais rose zurück. Wegen des Koksens wurde sie ein bisschen paranoid, sah überall Einbrecher. Sachen verschwanden. Sicher wegen der Zigeuner, die sie eines Abends mit ihren Affen und klugen Hunden zu einem Fest empfangen hatte, damit sie ihr die Zukunft vorhersagten. Nach der Katastrophe des Cagliostro-Balls wollte niemand mehr bei ihr tanzen und singen. Die Zigeuner sind alle Diebe. Das Personal auch. Zum Glück wurde sie noch eingeladen. Außerdem beanspruchte das ihren Geldbeutel weniger, auch wenn ihr das egal war. In Mailand in seinem Büro saß Saracchi, bekam die Rechnungen auf den Tisch und fragte sich, wo das alles enden sollte. Da sie nie wieder dorthin reiste, forderte er Luisa auf, die Villa San Michele aufzugeben, wegen der sich Schulden aufhäuften. Wie immer, wenn sie in der Klemme saß, wandte sie sich an D'Annunzio, den Einzigen, der begreifen konnte, warum sie so an diesem lichtdurchfluteten Haus überm Meer hing. Doch Gabriel beantwortete ihre Bitte, ob sie sich die Kosten teilen könnten, nicht einmal. Die Finanzen des Dichters erlaubten solch eine Verrücktheit nicht. Und er war vernünftig geworden. Also ließ sie das Gebäude räumen und per Boot alles wegschaffen, was ihr Paradies bevölkert hatte. Axel Munthe blieb auf 50 000 Lire Mietschulden sitzen.

Der Absturz mochte unabwendbar sein, er näherte sich hinterrücks und zusehends. Luisa musste sich von persönlichen Gegenständen trennen. Die Casati konnte nicht ohne Bargeld leben, jahrzehntelang hatte sie so viele Möbel gekauft, Bilder, Nippes, Kuriositäten, Schmuckstücke, da sollte es doch ein Leichtes sein, ohne große Folgen das eine oder andere zu verkaufen. Wen wird es überraschen, dass sie eine miserable Verkäuferin war? Wohlgesinnte Freunde und Bekannte aus der besseren Gesellschaft erleichterten sie gegen eine Handvoll Münzen um Meisterwerke. Luisa lachte aus vollem Halse, wenn ein Händler sie begaunerte. Sie wollte darüberstehen. Ein elfenbeinerner Christus aus dem 11. Jahrhundert, der Papst Alexander II. gehört hatte, um einen Gläubiger wegzuschicken, Boldinis Porträt mit den Windspielen an Baron Maurice de Rothschild, eine ägyptische Statuette an Margaret Rockefeller und zwei bronzene Rehe an Coco Chanel. Ab diesem Zeitpunkt hätte man meinen mögen, Taxifahrer, Händler, Traiteurs und Geldverleiher aller Art würden sich den Tipp gegenseitig weitersagen. Ob sie aus der großen Welt stammten oder aus der kleinen, sie fledderten sie gehörig. Ein Smaragdarmband als Lohn für eine Hausangestellte, ein Diamantring gegen ein Abendessen mit Champagner, eine Perlenkette für den Blumenhändler.

Angesichts ihrer Launen muss ich so sehr an Nini in ihrer letzten Lebenszeit denken. War sie vielleicht manisch-depressiv? Es wäre absurd zu sagen, sie hätte keinen Begriff von Geld gehabt. Meine Marchesa wusste ganz genau, dass eine Taxifahrt nicht dem Gegenwert eines Paares goldener Ohrringe entsprach. Sie war weder unschuldig noch naiv. Aber sie war in einer infernalischen Spirale gefangen, sie suchte doch nur ein bisschen Adrenalin, verflucht noch mal! Ihr ganzes Leben lang hatte man ihr mit Besitztümern, Mieten, Erträgen, zu bezahlenden Rechnungen, zu begleichenden Ausständen in den Ohren gelegen. Das Geld war ihre Sprache, die sie perfekt beherrschte, also konnte sie sich alles erlauben, die Regeln brechen und bis zum letzten Heller spielen. Auch die Steuereintreiber reihten sich in die Schlange der Gläubiger ein; und da konnte sie sich nicht mit einem Pelzmantel oder einem Intarsientischchen aus der Affäre ziehen. Im Januar 1931 feierte Luisa ihren fünfzigsten Geburtstag. Da beliefen sich ihre Schulden auf 300 000 Franc in Frankreich und 20 Milliarden Lire in Italien; nach heutiger Kaufkraft entspräche das zusammen rund 18 Millionen Euro.

Der Absturz wird immer von einem unerheblichen, dummen Anlass beschleunigt. Tyrannen, Hochstapler und Lügner meistern die verfahrensten Situationen, doch dann gibt es plötzlich eine lächerliche Unachtsamkeit, die sie vernichtet. Bei Luisa waren es die Kohlen. Um die Heizung des Palais rose zu bezahlen, stellte sie einen ungedeckten Scheck über 29 000 Franc aus. Der Kohlenhändler wusste nichts von Fabergé-Eiern und Lalique-Vasen, also zerrte er sie vor

Gericht, das auf zwei Jahre Gefängnis urteilte, umgewandelt in zwei Monate Hausarrest, ergänzt um die Zwangsversteigerung ihrer sämtlichen Besitztümer. Saracchi in seinem Büro in Mailand konnte nichts mehr für sie tun.

Beschimpft und verzweifelt Stop Samstag Versteigerung Palais rose Stop Senden Sie telegraphisch zehntausend Lire Stop Schicken Sie jemanden der auswählt was Sie wollen Stop Ewig dankbar Stop Luisa Casati.» Auf das Telegramm an D'Annunzio erhielt sie keine Antwort.

Am 17. Dezember 1932 kam der Besitz der Marchesa Casati unter den Hammer. Die Liste der Gegenstände, die eine Handvoll Unbekannter an jenem Tag ergatterte, zeigt das Inventar der Katastrophe. Auf über einem Dutzend Blätter werden Louis-XVI-Möbel aufgeführt, dazu getäfelte Bibliotheken, Tische mit Einlegearbeiten, gepolsterte Stühle. Nach den Möbeln werden die kleineren Kostbarkeiten aufgeführt, das Silberzeug, ein Porzellan-Service für vierundzwanzig Personen mit dem Familienwappen der Casati in Blattgold, vier Kandelaber in Silbergold, zwei Kristallleuchten von Lalique, aber auch ein Messing-Einhorn, ein Marmor-Phönix und der mit Perlen eingelegte Panzer einer Galapagos-Riesenschildkröte.

Der Hammer des Auktionators saust auf den kleinen Tisch, der auf einer provisorischen Bühne aufgebaut ist. Die Frauen murmeln unter ihren breitkrempigen Hüten. Die meisten sind wegen des Schauspiels gekommen, nicht, um etwas zu kaufen ... Oder allenfalls eine Kleinigkeit als Erinnerung, zum Beispiel eine von den Sachen, die früher der

Contessa di Castiglione gehört haben. Dieser ganze Schatz, den Luisa für schweres Gold zusammengetragen hatte, ging in wenigen Minuten für eine Handvoll Münzen weg, zu kaum einem Zehntel des eigentlichen Wertes. Die Sammlung ihrer Porträts – Zeichnungen, Aquarelle, Ölbilder und Skulpturen – wurde in alle Winde zerstreut. Luisa stellte sich vor, wie das Bild von Augustus John in einer Großbürgerwohnung aufgehängt aussehen würde, eingezwängt zwischen Großmutters Standuhr und einem imitierten Louis-XIV-Schrank. Aller Augen waren auf sie gerichtet, doch sie ließ keinerlei Emotion erkennen, auch jetzt nicht, da die als «persönlich» bezeichneten Dinge unter den Hammer kamen, die feinleinenen, mit dem Wappen der Casati bestickten Laken, die Taschentücher und Badetücher, alles, bis hin zu den Waschlappen und familieneigenen Fotoalben. Was will dieser schwitzende Fettwanst da mit den Fotos von Luisa und Francesca, wie sie als Kreuzzugssoldaten verkleidet in der Villa Amalia vor dem Weihnachtsbaum posieren? Wahrscheinlich nichts. Seit bald zwei Stunden wurden ihre Vergangenheit und ihr Alltag hier schamlos ausgebreitet. Sollen sie sich eben daran aufgeilen, die Dummköpfe! Sie verzog verächtlich den Mund.

Jetzt war ihre Garderobe an der Reihe. Eine Robe aus persischem Brokat aus dem Modehaus Worth, sechs Paar Maßschuhe, golden und silbern, ein Mantel aus Pantherfell, sechs Abendkleider mit Schleppe, zwei Paar mit Silberfuchs gefütterte Handschuhe, ein Paar Handschuhe aus Tigerleder, ein Paar Pumps mit Diamantschnallen, ein rotseidener Mantel von Réville mit Silberknöpfen, in die das Wappen der Casati eingeprägt war, ein Fächer aus rosa gefärbten Straußenfedern, zwölf Unterkleider aus Satin, dazu ihre Wäsche. Die Aussteuer einer Frau, kurz gesagt. Luisa musste an die Abende, an die Bälle zurückdenken, an denen sie diese Träume getragen hatte. Als der Auktionator bellte: «Ein Posten Verkleidungen!», schloss Luisa die Augen. Sie dachte an die Zeichnungen von Bakst und daran, wie sie von jedem Einzelnen dieser Kostüme geträumt hatte. «Mit echten Diamanten bestickt, Messieurs-Dames, das sollte Ihnen eine kleine Anstrengung wert sein!» Der Gerichtsvollzieher waltete seines Amtes. Wie gern sie in Gedanken an all diese Stoffe eingeschlafen war. «Zum Ersten, zum Zweiten ... zum Dritten!» Schütterer Applaus im Saal. Eine Dame ganz hinten hat den Zuschlag bekommen. Luisa mustert sie, sie ist viel zu dick, um das Etuikleid zu tragen, das sie eben erworben hat.

Kürzlich behauptete ein berühmter Modemacher, Luisa habe an dem Tag, als die Gerichtsdiener den Palais rose ausräumten, auf einer kleinen Kiste gesessen, die ihren sämtlichen Schmuck enthalten habe. Keine Ahnung, woher er diese Information haben will. Daran glauben würde ich schon gern. Tatsächlich kommt in der Auktionsliste kein einziges Schmuckstück vor. Das hieße, sie hätte durchgehalten, frech bis zum Schluss, hätte den Auktionator zum Narren gehalten und mit ihrem spitzen Hinterteil fest auf einem Berg von Perlen und Diamanten gesessen. Leider muss ich es bezweifeln. Der Schmuck war das Erste, wovon sie sich getrennt hatte, nach und nach, und selbst wenn sie es geschafft haben sollte, ein paar Teile zu retten, so war das doch lächerlich wenig im Vergleich zu all dem, was sie verlor.

Eine Woche später wurde der Palais rose zum Verkauf ausgeschrieben und das Personal entlassen, der schöne exotische Chauffeur, die kleinen Zimmermädchen, die Köchin und die livrierten Diener.

Für Luisa begann ein unstetes Leben voller Geldsorgen. Sie zog an den Quai de Bourbon 45 an der Spitze der Île Saint-Louis, in die Wohnung der rumänischen Schriftstellerin Marthe Bibesco. Doch sie blieb dort nur ein halbes Jahr. Es ist nicht in Erfahrung zu bringen, ob sie von der Inhaberin hinauskomplimentiert wurde oder nicht. Ich könnte nur mutmaßen, mich in Hypothesen ergehen. Etwas später findet man sie im Hôtel Lucas in der Rue de Berri. Die Zimmerrechnung übernahm der Maler Marinetti. Dann zog sie ins Hôtel Régina in die Suite des Künstlers Giuseppe Nobili Vitelleschi; bis dahin hatte ich gar nicht gewusst, dass er zu ihren Freunden gehörte. Ich stelle mir vor, dass sie das Herumzigeunern genoss, dass es ihr gefiel, sich verschiedene Räume anzueignen, hier mit einer persönlichen Note, da mit einer Prise Poesie, aufgeregt wie ein kleines Mädchen, sobald es daranging, in etwas Neues zu ziehen, ins Abenteuer aufzubrechen, ohne Angst vor dem Morgen. Dann wieder sehe ich sie niedergeschlagen, wie sie ihre Koffer herbeischleppt und verdrossen auf ein Bett mit einer Tagesdecke von miserablem Geschmack wirft, wie sie von Sorgen zernagt um Schlaf ringt und sich fragt, wie sie an den nächsten Tagen bloß ein Dach überm Kopf finden soll. Ich weiß nicht, für welche Seite ich mich entscheiden, welche Geschichte ich erzählen soll. Eines aber weiß ich aus Erfahrung: Wenn man

Geld braucht, dann helfen einem immer andere aus der Patsche, als man gedacht hätte, sogar die besten Freunde, zumal die reichsten, stehlen sich davon, wenn es darum geht, den Geldbeutel aufzumachen. Aber es gibt Helden der Großzügigkeit, und viele Hilfsbereite unterstützten Luisa, vor allem Künstler griffen ihr unter die Arme. Wo sie schon nicht ihre Muse war, so war sie doch wenigstens ihr Gast …

Cristina und Francis, die beiden Luxuskommunisten, waren in die Südsee gereist, nach Moorea, der Nachbarinsel von Tahiti. Im März 1928 kamen sie zurück nach England, und Cristina brachte ein Mädchen zur Welt, das sie – Moorea tauften. Sie ließen das Kind bei Cristinas Schwiegereltern, Viscount und Viscountess Hastings, und reisten neuen Horizonten entgegen, nach Amerika und Mexiko. Francis, der Maler, wollte unter Anleitung von Diego Rivera lernen. Dieser ganze kleine Kreis lebte damals von Farben und revolutionären Ideen, sprach davon, die Welt zu verändern, und schlug die Hausangestellten. Frida Kahlo, Riveras Lebensgefährtin, malte ein Porträt von Cristina. Das junge Ehepaar Lord und Lady Hastings lahmte schon beträchtlich, und die beiden Frauen, Frida und Cristina, erlebten eine kurze Liebesgeschichte. Als würdige Tochter ihrer Mutter, ob sie das nun sein wollte oder nicht, war Cristina von hitzigem Temperament. Allein reiste sie nach Brasilien weiter, dann nach Spanien, um ihren Waffenbrüdern im Bürgerkrieg beizustehen.

Es existiert ein Porträt Luisas von Hastings aus dem Jahr 1934. Wahrscheinlich geht es auf eine Idee Cristinas zurück, die hoffte, das Eis zwischen Mutter und Gatten zu brechen. Ich frage mich, was für eine Art Beziehung Luisa zu ihrer

Tochter unterhielt. Abgesehen von ihrem feurigen Charakter und dem Mangel an Liebe, mit dem sie aufwachsen mussten, hatten sie nicht viel gemeinsam. Familiäre Muster wiederholen sich so gut wie immer. Luisa mutete Cristina – und Cristina Moorea – dieselbe Kindheit voller Einsamkeit und Verlassensein zu, unter der sie selbst so gelitten hatten. Ich mag Hastings' Bild nicht. In einem naiven Stil, einer Imitation der Malweise Riveras, zeigt er eine faltige Luisa mit dicker Nase. Sie hält eine Kristallkugel in der Hand, und hinter ihrem Schleierchen hat sie den Blick einer leicht bescheuerten Hexe. Sobald der Maler ein wenig Talent hat, lügt ein Gemälde nicht. Gut, Luisa konnte ihren Schwiegersohn nicht besonders leiden, aber er gab es ihr ordentlich zurück.

Dann schiffte sie sich ein. Das Geld für diese Reise hatte sie ohne Probleme erhalten. Ihre «Freunde» hatten es beschafft, hochzufrieden, dass sie den Kontinent wechseln wollte. Überseeschiffe, das endlose Meer, der Kapitän in seiner Uniform. Auf Deck begegnete sie den ersten Juden, die aus Europa flohen. Hitler war eben an die Macht gelangt. Luisa verschwendete daran keinen Gedanken. Luisa brodelte vor Ungeduld. Sie hatte einen Plan.

Einen reichlich abgedrehten freilich. Eines Morgens beim Aufstehen hatte sie sich aufmerksam im Spiegel betrachtet, festgestellt, dass sie groß und schlank und schön war und dass ihr doch alle Möglichkeiten offenstanden. Ein Plan, um wieder loszuspringen. Mit dem Risiko, schwer vor die Wand zu rennen. Aber Luisa hatte keine Angst. Viel zu verlieren hatte sie nämlich auch nicht mehr. Sie machte sich auf die Suche nach einem Namen. Dem des reichsten Mannes der Vereinigten Staaten. Es gab damals noch keine Listen über die reichsten Männer der Welt, doch geriet sie an einen Artikel, der die Milliarden eines Mannes pries, und da beschloss sie, dass er passte. Ihn galt es im Handstreich zu heiraten.

Die Casati ließ ihr Netz spielen, das des internationalen Adelsverzeichnisses. Sie schickte ihrer Freundin, der Opernsängerin Lucrezia Bori, einen Brief nach New York, in dem sie darum bat, einen Lunch mit dem Auserwählten zu arrangieren. Bori antwortete unverzüglich, der Milliardär sei verheiratet. Luisa entgegnete in einem Telegramm, das immerhin den Vorzug besitzt, klar zu sein: «Macht nichts. Er wird sich scheiden lassen. Ich komme.» Wie soll man angesichts eines solchen Enthusiasmus kalt bleiben? Sie hatte ihre Koffer bereits gepackt. Zurück ließ sie nur ein paar Möbel und allzu schwere Gegenstände, die ihr später folgen sollten, wenn der Ehevertrag unterschrieben war. Einmal war keinmal, Luisa war ihr Plan vernünftig erschienen, zumindest war er vernunftbetont. Lange würde sie nur mit Poesie und gestopften Röcken nicht mehr durchhalten. Sie entsann sich sehr wohl des Tages, da sie zu van Dongen gesagt hatte, Geld sei nicht wichtig, sondern nur, dass man sich amüsierte. Aber wie schwierig es war, sich zu amüsieren, wenn man kein Geld mehr hatte! Geld war der Schlüssel, das begriff sie jetzt. Na, egal, dann trieb sie eben welches auf. Luisas Entschlusskraft war gewaltig. Und das Glück ist mit den Kühnen: Es gelang Lucrezia Bori, ein Mittagessen zu organisieren.

Sie ging von Bord. Da stand sie, im Dunst und Qualm der Kais, in einem Riesendurcheinander von Bündeln mit Waren, die schmutzige, schwitzende Stauarbeiter hin und her schleppten, inmitten aufgetürmter Überseekoffer mit dem Etikett «Zerbrechlich». Sie hörte die Freudenrufe derer, die einander wiedersahen, der Familien mit ihren tränennassen Taschentüchern – hübsche Frauen waren da mit Lippenstift und Wasserlocken, die die Rückkehr des geliebten Mannes erwarteten – und jener, die von niemandem empfangen wurden, einen zerknitterten Brief in der Hand, dazu ein junger Mann mit Brille, der zum ersten Mal fern die Wolkenkratzer erblickte, neben den Altgewohnten, Blasierten, Hastigen, die vor dem Träger einhereilten und den Taxis winkten. Luisa achtete darauf, ein wenig abseits zu bleiben, um nicht herumgestoßen zu werden, da hielt sie jäh inne. Sie hatte ja gar keine Schlange. Auf der ganzen Überfahrt hatte die Idee sie nicht einmal gestreift. Wie hatte sie das nur vergessen können? Und wie sollte sie es bewerkstelligen, ohne dieses unentbehrliche Requisit einen Unbekannten zu becircen? Die Casati musste sich doch auf der Höhe ihrer eigenen Legende zeigen. Ohne Reptil war das ganz und gar unmöglich. Luisa weigerte sich, bei dem Rendezvous zu erscheinen. Meine arme Luisa, meine missglückte Femme fatale, meine so wenig selbstsichere Verführerin, dass sie ein stummes Kriechtier brauchte, um sich Mut zu machen. Sie hatte auf dem Schiff viel an Camillo zurückgedacht und war zu dem Schluss gekommen, dass er alles in allem doch gar kein so schlechter Ehemann gewesen war. Es ist eine List des Gedächtnisses, dass es nur die guten Erinnerungen bewahrt, so können wir beim Älterwerden denken, dass wir unser Leben doch nicht ganz verpatzt haben. Seit jenem Ball, an dem sie in ihrem braven blauen Kleid teilgenommen hatte, hatte sich nichts geändert, sie war immer noch genauso schüchtern, nur war ein Python an die Stelle ihres Fächers getreten.

So leicht gab Luisa sich nicht geschlagen. Das Rendezvous wurde verschoben, und sie rief im Zoo des Central Park an. Dort erklärte man sich bereit, ihr gegen eine exorbitante Summe eine Schlange zu leihen. So kam sie im Restaurant an, hocherhobenen Kopfes, das Reptil um ihren Arm geschlungen. Sie wollte einen glanzvollen Auftritt, sie bekam ihn. Mehr als einem Gast fiel die Gabel aus der Hand. Eine elegante Schönheit stieß einen erstickten Schrei aus und hob instinktiv die Füße vom Boden. Die elektrische Spannung in der Luft war mit Fingern greifbar. Luisa liebte diese furchtsame Stille, dieses Zittern des Silberbestecks. Lag es an dem Kokain, das sie noch im Wagen genommen hatte – sie fühlte sich schweben, riesig. Lucrezia Bori half ihr aus der Silberfuchs-Stola, sie bestellten Cocktails und warteten plaudernd.

Einige Minuten darauf reichte der schmerbäuchige Milliardär Gehpelz und Hut der Garderobiere. Als er Luisa erblickte mit den schwarzumrandeten Augen, dem Rothaar und der gefährlichen Schlange, nahm er die Beine in die Hand und entwich grußlos. Luisa trank einfach weiter Wodka, das Reptil fest auf der Haut. Sie würde sich lachend dieser Episode erinnern. Sie hatte keinen Mann gesucht, um ihre Einsamkeit zu vertreiben, nicht mal einen zärtlichen Ehemann, sie hatte nie einen Mann gebraucht, sie brauchte nur sein Geld. Im Gegenzug hätte sie ihn unterhalten, großzügig, wie sie war. Na, was soll's.

Sie ging wieder aufs Schiff und fuhr zurück nach Paris, wo sie erneut von den Gerichtsvollziehern erwartet wurde. Jedes Mal kleine Summen nur, doch sie konnte es nicht lassen, Schulden zu machen. Da sie nun keinen neuen Ehemann gefunden hatte, waren die Einzigen, die fortan bei ihr anklopfen sollten, Gesetzesvertreter, Notare und Gläubiger. Ich mache mir keine allzu großen Sorgen. Die Marchesa wusste sie zu empfangen. Sie gab die Italienerin, die große Tragödin, schrie schrill auf sie ein und warf mit allem nach ihnen, was ihr in die Finger geriet. Sie hatte immer Geld gehabt, die Angst vor dem Mangel war ihr unbekannt.

Die Nadel traf präzise. Mit geschickter Hand hinderte sie den Satin daran wegzurutschen, die Finger der anderen hielten die Pailletten fest, eine nach der anderen. Das letzte Kleid, das Luisa genäht hatte, war für ihre Puppe Bella gewesen. Doch traurig war sie nicht. Die Handarbeit beschwor alte Erinnerungen herauf, die sie beinahe rührten. In eine Süße gehüllt, die sie lange nicht mehr empfunden hatte, hörte sie geradezu das Kleid ihrer Mutter rascheln. Die glänzende Spitze der Nadel huschte hin und her. Luisa sah ihre Mutter vor sich, wie sie sich über die Handarbeit ihrer Tochter beugt und sie lobt. Niemand würde sie je wieder Ginetta nennen.

Bello. Vor dem Fest wollte sie bei Man Ray vorbeigehen, damit er sie im Kostüm der Sissi, Kaiserin von Österreich, fotografierte. Comte und Comtesse de Beaumont hatten zu einem Ball der berühmten Bilder geladen. Dank ihrer Bekanntheit hätte Luisa auch als sie selbst gehen, von der Darstellung zur Zurschaustellung übergehen und sich schmeicheln können, den höchsten Grad des zeitgenössischen Kunstwerks erreicht zu haben. Doch jede Verkleidung bedeutete eine allzu kostbare Freude, als dass sie darauf hätte verzichten wollen. Selbst jetzt, da sie mittellos war, hatte sich seit den Zeiten, in denen sie im pompösen Himmelbett des Hotels Excelsior schlief, nichts geändert. Die Stoffe kreisten unverändert fröhlich vor ihren Augen, bis auf einmal die perfekte Kombination hervortrat. Und genüsslich schmiegte ihr leichtherziger Kopf sich in das weiche Kissen. Nur dass es diesmal eben keinen Entwurf von Bakst gab und keine Anproben bei Worth, wo kleine Hände sich an ihrer Taille zu schaffen machen würden, auch gab es statt Diamanten nur Brillanten, und sie musste die Straußenfedern eigenhändig mit Sicherheitsnadeln befestigen. Aber es hätte viel mehr gebraucht, um Luisa Casati am Träumen zu hindern. Sie hatte sich für Winterhalters Bild entschieden, auf dem das Haar der Kaiserin zu einer Krone geflochten auf ihrem Kopf sitzt, mit diamantenen Sternen besetzt. Als ich das Bild sah, war ich ergriffen. Es hatte das Vorbild für die Frisur abgegeben, angesichts derer ich als kleines Mädchen so ins Schwärmen geraten war, der von Romy Schneider als *Sissi*. Und ich dachte: So trifft man sich wieder, meine Liebe.

Auf Man Rays Foto steht Luisa kerzengerade vor einer Zirkusdekoration aus Pappmaché. Zwei riesige Pferde in Trompe l’œil Malerei der Legende nach Flick und Flock aus Hertels berühmtem Ballett – bäumen sich hinter ihr mehr oder weniger symmetrisch auf. Das Weiß der Pferde bildet einen Kontrast zum schmalen schwarzen Rock der Marchesa. Übertrieben geschminkt, dazu die starre Perücke, die Reitpeitsche und die Federn, so posiert sie, den Blick der erbarmungslosen Frau aufgesetzt, den sie all ihren Porträts mitgeben wollte. Sie ist nicht glaubwürdig. Sie sieht schrecklich aus. Sie sieht aus wie ein heruntergekommener Transvestit.

Meine arme Luisa, die ihre Nadeln verträumt einsticht. Sie ist nicht mehr dieselbe wie einst. Ob sie das weiß? Blicken die Leute sie an jenem Abend herablassend an, verächtlich? Rächen sie sich an der einst so arroganten Frau, die jetzt alles hat verkaufen müssen, bis hin zu ihren Badehandtüchern, um der Justiz zu entgehen? Wir schreiben das Jahr 1936, die Casati ist dreiundfünfzig Jahre alt. Der Ball bei den Beaumonts wird ihr letzter sein. Nie wieder wird sie sich danach auf der Bühne des mondänen Lebens zeigen.

Und die Jahre gehen dahin. In einem Buch kann man das machen, rasch voranschreiten. Die Anzahl der Minuten eines Jahres aber bleibt immer gleich, und Luisa hatte weiterhin Geldsorgen. Sie konnte sich bei Freunden etwas leihen, sie ließ sich einladen, reiste nicht mehr so weit, mietete kleinere Häuser; sie kam mehr schlecht als recht durch. Eigentlich weiß ich gar nicht genau, wie sie das machte, es gibt keine Quellen, ich kann die Herkunft ihrer Mittel nicht ergründen. Vielleicht stimmte sie am Ende doch, diese Geschichte mit dem Juwelenkoffer.

Am 1. März 1938 war es so weit, Gabriele D'Annunzio, das Wunderkind, der große italienische Poet, starb an einer Hirnblutung. Er war vierundsiebzig Jahre alt, und er hatte es gehasst zu altern. Es reizte ihn nicht im geringsten, als ehrwürdiger Greis mit langem weißem Bart zu enden. Gabriele war kein ergebener Mensch, er sah sich als Soldat, als Flieger, als Getriebener, als Held. Selbst noch halbblind und starr vor Rheumatismus wollte er schöntun und lieben, sich mit ganzem Sein der Poesie und Wolllust ergeben. Er liebte die Geschwindigkeit und Kraft. Schrille Alte mögen rührend sein, aber solche, die sich Koks reinziehen, erregen nur Mitleid. Mussolini hatte ihn im Vittoriale kaltgestellt, fern von allen und allem, er war sehr populär, und der Diktator hatte in ihm einen potenziellen Feind gesehen. Ein vergiftetes Geschenk war diese prunkvolle Wohnstätte gewesen, der Duce hatte ihn glauben machen wollen, es sei eine Ehre, aber D'Annunzio machte sich keine Illusionen über den Charakter dieses erzwungenen Exils. Heute ist Gabriele D'Annunzio beinahe mehr für seine politischen Taten denn für seine Schriften bekannt. Man lästert über die lächerliche Episode in Fiume, darüber, wie er an der Spitze einer Stadtrepublik stand und allabendlich vor seinem versammelten Volk Gedichte deklamierte. Es gibt Fotos, die zeigen ihn Seite an Seite mit Benito Mussolini. Man stellt sich Fragen. Er wechselte ohne weitere Umstände von extrem links nach extrem rechts. Seine Bücher sind kaum mehr im Handel erhältlich, seine Gedichte auf der anderen Seite der Alpen unverstanden. *Lust* ist noch antiquarisch zu bekommen. D'Annunzio ist ein ausgemusterter Dandy.

Dennoch verlor Luisa in ihm mehr als einen Liebhaber oder einen Freund. Obgleich er die letzten Male, da sie ihn um Hilfe bat, nicht mehr reagiert hatte, obgleich er sich als ebenso egozentrisch erwiesen hatte wie sie selbst, wusste Luisa, dass jetzt der einzige Spielkamerad auf Augenhöhe gegangen war, der eine verschwindende Welt erlebt und genossen hatte, genau wie sie.

Dann besetzte Hitler Polen, und Frankreich erklärte Deutschland den Krieg. Luisa verließ Paris, bevor die Stiefel der Nazis auf dem Pflaster hallten, und nahm ein Schiff nach London. In Frankreich und Italien war sie wieder tief verschuldet, England erschien ihr als ein Hafen des Friedens. Doch kurz nach ihrer Ankunft flog die Luftwaffe Angriffe über Big Ben und setzte die St. Paul's Cathedral in Brand. Was tat sie, wenn die Sirenen heulten? Hatte sie Angst? Flüchtete die Casati mit der gewöhnlichen Plebs in die U-Bahn-Schächte? Auf den Straßen von Mayfair spielten die Kinder zwischen den Ruinen, die Marchesa hatte ein sehr großes, verfallendes Haus bezogen. Häufig traf sie Augustus John. Der einst von seinen Geliebten ausgehaltene Maler war jetzt reich und berühmt. Er sollte Luisa oft helfen. Er war es, der der alten, ruinierten Marchesa ein Bankkonto einrichtete und eine Handvoll treuer, großzügiger Seelen überzeugte, sie zu unterstützen, alte Freunde aus der Gesellschaft, die die Casati einst mit ihren Festen erfreut hatte – Lord Berners, Lord Arlington, Lord Tredegar, Tony de Gandarillas, den Duke of Westminster –, ihnen jedoch nahelegte, immer nur kleine Summen zu spenden, denn alles, was auf dem Konto eintraf, wurde augenblicklich wieder ausgegeben. Und häufig sinnlos. Lord Arlington berichtet, wie sie bis zu seinem Cottage in Dorset kam, um zu klagen, dass sie Hungers leide. Gerührt gab er ihr ein wenig Geld, das fast gänzlich für die Heimfahrt im Taxi draufging. Diesen Leuten kam es darauf an, dass Luisa nicht als Bettlerin endete. Sogar Axel Munthe, der Eigentümer der Villa San Michele, der Luisa jahrelang intensiv gehasst hatte, fasste Mitleid mit ihr. Sie zog in die Stratton Street 14 um. In zwanzig Jahren scheint sie an fünfzehn verschiedenen Adressen gewohnt zu haben. Es gibt Zeugnisse von Nachbarn, die sich mit ihr anfreundeten. Aber ihren Spuren genau zu folgen, ist extrem schwierig. Ich stelle mir vor, wie sie mit italienischem Akzent englisch spricht. Es gibt keinen schöneren Akzent als diesen, alles fängt an zu singen.

Ich reiste nach London, eine Liste mit Adressen im Gepäck. In einem Notizheft hielt ich die Breite der Bürgersteige, die Höhe der Häuser und die Farbe der Backsteine fest. Ich ging im Regen durch den Green Park und wollte dabei an Luisa denken, doch London war zu voll von meinen eigenen schmerzhaften Erinnerungen, sodass ich nichts zustande brachte als diese Sammlung von Details und Fassaden.

Wegen des Krieges musste man sich mit Essensmarken einrichten. Luisa verließ sich darauf, dass die Künstlerfreunde sie mit Drogen und Whisky versorgten, alles Übrige gab sie ihren Hunden, fünf kleinen, froschäugigen Pekinesen mit platter Schnauze. Luisa selbst war dünner denn je. Sie gewöhnte sich an, einen schwarzen Schleier zu tragen, der ihr Gesicht vollständig verhüllte, sie lüftete ihn nur in Gesellschaft von Menschen, denen sie voll und ganz vertraute. Die Contessa di Castiglione hatte sie immer fasziniert, nur hätte sie nicht gedacht, sie könne möglicherweise ihr Leben genauso beenden wie sie.

Oft besuchte Luisa Augustus John in seinem Atelier. Sie hegte den Traum, er könne sie porträtieren. Gemalt werden, ein letztes Mal. Die Marchesa mochte gealtert sein, aber ihre Überzeugungskraft war so frisch und jung wie je. Man braucht keine junge Frau zu sein, um zu kokettieren. Alte Damen können das auch sehr gut. Augustus willigte ein. Ich stelle mir ihre Freude vor. Sie wohnte in der obersten Etage von Hamilton House in Piccadilly, zum Hyde Park hin. Ich sehe sie triumphierend zum Atelier gehen. Umgeben von Ruinen und Schutt, sah sie vielleicht im Krieg das Spiegelbild ihrer Existenz, als wäre ganz Europa solidarisch mit ihrem persönlichen Niedergang. Doch an diesem Tag schien die Sonne, und Luisa lachte. Sie war der fröhliche Drachen. Noch morgens hatte sie ihren Freund Fred Rainer angerufen: «Hallo! Ich habe zehn Shilling! Was ist dir lieber – kaufen wir eine Flasche billigen Wein oder drehen wir eine kleine Runde im Taxi?» Im Grunde hatte sie sich nicht verändert, ihre Launen kosteten nur Pfennigbeträge, aber sie war immer noch genauso gierig. «Wichtig ist nur, sich zu amüsieren.» Auf hohen Absätzen einherstolzierend, um noch schöner zu sein, mit ihrer Clownsschminke, die ihr half, das Gesicht zu wahren, konnte sie den süßlichen Geruch des Terpentins schon riechen. Es würde sein wie in der guten alten Zeit. Sie hatte Reispuder mit Mehl gestreckt und sich das Gesicht weiß bestäubt, und da sie nicht mehr genug Geld hatte, um sich auf dem Schwarzmarkt Kajal zu beschaffen, benutzte sie eine Mischung aus Schuhcreme und Kohle, um ihre großen, müden Augen zu umranden. Und Augustus machte sie schön, er verwandelte sie in eine strahlend-finstere Spanierin à la Goya. Freilich ist das Bild nicht eines seiner besten, die Pinselstriche sind ein wenig verzittert, auch er war alt geworden. Doch da ist die schwarze Katze auf ihrem Schoß, ihr flammender Blick unter dem Gesichtsschleier, da sind ihre platinblonden Haare, die vor einem Gewitterhimmel leuchten, und ich bin sicher, sie selbst war davon hingerissen.

In London hatte Caesar mir Wildlederstiefel in einem sehr blassen Hellblau geschenkt. Sie hatten einen kleinen Absatz und liefen spitz zu wie die Schuhe eines Kobolds. Ich hatte sie im Schaufenster gesehen, hatte sie hübsch gefunden, aber gedacht, es wäre allzu unvernünftig, sie zu kaufen. Hellblau, das passt nicht zu vielen Sachen, es wird leicht schmutzig, schon gar in Wildleder. Er hatte keine Sekunde lang gezögert. «Sie gefallen dir? Wir nehmen sie!» Die Tüte des Geschäfts hatte zwei Henkel, er setzte sie sich auf den Kopf wie eine Haube. Am Oxford Circus trug er meine Schuhe, und ich hielt ihn bei der Hand. Ich war glücklich wie ein kleines Mädchen, das die Puppe seiner Träume bekommen hat. Es war kein teures Geschenk, meine Freude war ganz rein und kindlich. Ich habe diese Stiefel viel getragen, habe sie sorgfältig gepflegt. Ich reinigte sie mit einem sauberen Schwamm, und einmal, als es regnete, schützte ich sie sogar mit Plastiktüten. Irgendwann aber waren sie verbraucht, und ich musste sie wegwerfen. Merkwürdig, ich erinnere mich überhaupt nicht an den Tag, als ich das tat. Ich weiß nicht einmal mehr, ob es mir leidtat oder ob ich sie ohne weitere Gemütsbewegung entsorgte.

Wenn ich in meinem Tagebuch lese, Caesar und ich hätten wunderbar miteinander geschlafen, treibt mich das zur Verzweiflung, denn ich erinnere mich nicht daran. Ich glaube, ich mochte seine Haut nicht besonders, und seine Haare auch nicht. Er verwendete allabendlich eine Lotion gegen Haarausfall, aber die Geheimratsecken schritten trotzdem voran. Die schütteren vorderen Haare klebte er mit Gel über die hinteren, um die Löcher zu verdecken, und doch war er zum Sterben schön. Manchmal muss ich mich daran gemahnen, dass ich ihn vor dem großen Verfall kennengelernt habe, bevor der Alkohol sein Gesicht auftrieb, bevor das Türkisblau seiner Augen unter schweren Lidern verschwamm, bevor alle Haare ausfielen und sein athletischer Körper schwammig wurde. Er war so schön, dass die Frauen auf der Straße stehen blieben. Mit offenem Mund. Oft hat mich seine Schönheit getroffen wie der Blitz. Nicht nur beim ersten Mal, als er ein schlabbriges Trägershirt und Lederhosen trug und einfach so richtig Klasse hatte. Und einen Blick wie der Teufel. Einen so intensiven Blick, der dich an Ort und Stelle auszog. Ein Mann wie aus der Modezeitschrift. In meinem Bett. Ein schlechter Liebhaber. Irgendwann hatte ich aber seine körperliche Schönheit vergessen, man gewöhnt sich an alles im Leben. Ich erinnere mich, wie er nach Italien reiste, nach Perugia, um ein obskures Diplom zu erlangen – ich hatte ihn dazu getrieben –, und ich ihn überraschend besuchte. Ich kam einen Tag früher als geplant, klingelte an der Sprechanlage, er drückte, und auf der Treppe beim Hochgehen traf ich ihn; er knöpfte sich gerade das Hemd zu, war ziemlich verstrubbelt und wollte wohl diesem geheimnisvollen Besuch entgegengehen. Ich erkannte ihn erst nicht, es war wie ein Schock, ich weiß nicht mal mehr, was ich beim Anblick dieses braungebrannten Mannes mit den horizontblauen Augen dachte; es war mein Ehemann, und ich bemerkte es nicht.

In Sekundenbruchteilen verliebte ich mich in den Unbekannten, der mir entgegenkam.

Ich nähere mich dem Ende eines Buches, in dem ich von einer missratenen Muse erzählen wollte. Ein lebendes Kunstwerk zu werden, das schafft nicht jeder. Auch über meine Scheidung wollte ich schreiben. Heute weiß ich nicht mehr warum. Das Leben ist schlecht eingerichtet. Ich war nicht mehr wütend auf Caesar. Ich wollte gelassen sein, ruhig und heiter. Jüngst erfuhr ich, dass er herumerzählt, alles sei meine Schuld gewesen. Caesar ist ein Opfer. Immer hat er die ganze Welt gegen sich. Er ist von Geburt an zu schön, zu intelligent und zu reich gewesen. Offenbar will er ein Buch schreiben über all das Schlimme, das ich ihm angetan habe. Soll er. Aber er sollte aufpassen, ich bin eine schlechte Muse.

Eine Muse ist wie ein unbeschriebenes Blatt Papier – eine blanke Leinwand, eine nackte Frau –, das es zu gestalten gilt. Eine Muse ist ein Anstoß, der den Künstler verrückt macht, zum Träumen bringt. Eine Muse ist eine Anstifterin. Bestenfalls hat meine Casati ein paar wenigen den Wunsch eingeflößt, sie zu kopieren. Darin ist sie vorbildlich gewesen. Erschaffen, das heißt, etwas aus dem Nichts entstehen lassen. Das kann nur Gott. Die Antike hat die Instanz der Muse erdacht, damit die Künstler nicht größenwahnsinnig wurden. Der Künstler muss erschaffen, aber er ist derjenige, der einen von anderswoher kommenden Hauch weiterträgt, er ist derjenige, der den göttlichen Geist in konkrete Materie umformt. Künstler, die meinen, es komme alles aus ihnen und nur aus ihnen, sind die eingebildetsten und unglücklichsten. Denn wenn es schiefgeht, können sie niemanden dafür verantwortlich machen außer sich selbst.

Eine Zeitlang gefiel die Casati sich darin, die irrsinnigsten Gerüchte über sich selbst in Umlauf zu bringen. Wenn ein Freund sie dann fragte: «Marchesa, stimmt das etwa?», lachte sie laut, ihre riesigen Augen funkelten, und man wusste nicht, was man denken sollte. Als sie ganz alt war, hieß es, wenn man sie zum Tee einlade, bleibe sie mindestens drei Tage. Ein anderes Gerücht besagte, wenn man ihr etwas schenke, ein hübsch eingebundenes Buch, eine kleine Porzellanvase, ein Glasfigürchen als Schmuck für ihre Wohnung, so setze sie es spornstreichs in eine Flasche Gin oder ein paar Gramm Koks um.

Als Moorea ihre Großmutter kennenlernte, war sie von ihr fasziniert. Cristina warnte ihre Tochter kurz vor der Begegnung: «Ich verbiete dir, deiner Großmutter Geld zu geben, du kannst sie ins Restaurant einladen, ihr Geschenke machen, aber gib ihr bloß nie Geld, und vor allem, bringe sie nicht nach Hause mit, denn sie würde hierbleiben. Und ich will die Kokserin nicht hier haben!»

Es waren also doch keine Gerüchte.

Die letzte Anekdote, die bösartigste und traurigste, besagt, Luisa habe in ihrer Geldnot das Angebot eines schottischen Lords angenommen, der sie anstellte, um seine Gäste zu erschrecken. In weiße Schleiertücher gehüllt, sollte sie Schlag Mitternacht auf den Balkon treten. Diese Geschichte stimmt nicht, ich kenne meine Marchesa. Eine Schauernacht in einem Schloss bei Loch Ness zu organisieren, mit Dienern, an deren Füßen die Ketten rasseln, mit grässlichen Hexen und blutüberströmten Bräuten, das hätte ihr Spaß gemacht. Sie selbst hätte sich wunderbar in Szene setzen können, wäre geisterhaft und mondenblass ganz oben in einem Turm erschienen. Aber sich als Statistin in Lohn nehmen lassen – da wäre sie lieber verhungert.

An der Adresse Beaufort Gardens 32, ganz in der Nähe des Luxuskaufhauses Harrods, lebt eine alte Dame in der kleinen Wohnung im zweiten Stock. Ein sauberes und aufgeräumtes Apartment. Das schmiedeeiserne Bett wird von ein paar blauen Kissen geschmückt, gegenüber steht ein kleines Kanapee, bedeckt mit einer Tagesdecke aus etwas mottenlöchrigem Leopardenfell. Das Fenster geht auf einen Balkon. Künstliche Blumen in den Balkonkästen, vom Londoner Regen blassgewaschen, neigen sich im Wind. Auf die Stange eines Vogelkäfigs mit verbogenen Streben hat man einen Kanarienvogel aus Pappmaché gesetzt. Gestern hat sie erfahren, dass ihre einzige Tochter gestorben ist. Die alte Frau ist zweiundsiebzig Jahre alt, aber sie wirkt alterslos. Auf dem Tischchen beim Kamin ist mit effektsicherer Hand eine kleine Sammlung aufgebaut, Postkarten – meist Reproduktionen berühmter Gemälde –, vergilbte Fotos, eine große Muschelschale und eine Kristallkugel. In einem Bilderrahmen mit abgeriebener Silberbeschichtung posiert, ein Buch in der Hand, Gabriele D'Annunzio auf einem Foto. Er war der Geliebte der Alten, dessen kann sie sich rühmen, sie ist eine der letzten Lebenden, die ihn einst geküsst haben.

Luisa sitzt an ihrem Tisch und schneidet sorgfältig Figuren aus der Zeitung aus. Sie hat ihr Spiel aus Kindertagen wiederentdeckt. Wenn sie auf der Straße Stapel von alten Zeitschriften findet oder buntes Geschenkpapier, dann schleppt sie die Beute in ihren alten Armen nach Hause. Als Kleber verrührt sie in einer angeschlagenen Tasse ein wenig Mehl mit Wasser. Sie hatte schon immer eine Begabung fürs Kombinieren. Einst spielte sie mit Gold und Perlen, mit Seide und Federn, Marmorfliesen und Renaissancemöbeln, Bildern und Tapisserien. Heute bannt sie mit klebrigem Pinsel eine Miniaturwelt aufs Papier, aber ihre Phantasie ist nicht versiegt, ihre Umgebung ist immer noch genauso originell und bunt wie einst. Die alte Marchesa ist einsam, langweilt sich aber nie. Sie ist den größten Malern ihrer Zeit begegnet; von den eigenen Collagen hat sie keine allzu hohe Meinung, sie weiß, dass sie nichts tut, als Dinge zusammenzukleben, die andere, Begabtere, gemalt oder fotografiert haben. Dennoch geht sie methodisch vor, sorgfältig, stundenlang füllt sie ihre Alben und Hefte. Kees van Dongen hätte erstaunt gesehen, wie gut sie mit wenig zurechtkam. «Du bist immer reich gewesen.» Die alte Frau lächelt. Es ist eine freudvolle Beschäftigung, bei der der Geist schweifen kann. Und sie vertreibt ihr die Zeit, genauso wie ihre Listen.

Die Listen der alten Frau sind nicht für die Zukunft, sie halten nicht fest, welche Erledigungen zu machen, welche Bücher zu lesen und welche Gelddinge zu beachten wären. Die Listen der Marchesa Casati handeln von der Vergangenheit, sie sind ein Inventar ihres Lebens, nach Abteilungen und Themen geordnet. Die Berühmtheiten, mit denen sie Umgang hatte, die Maler, die sie gemalt, die Leute, die ihr weh getan haben. Doch mal ist ein dort genannter Maler unbekannt, mal gibt es keine Spur von dem Bild, oder aber sie notiert Tranquillo Cremona als einen ihrer Porträtisten, dabei war der schon tot, als sie zur Welt kam. Diese Listen waren ihrem Eigengebrauch vorbehalten; falls sie mit ihnen jemanden hinters Licht führen wollte, dann sich selbst. Luisa führte auch eine schwarze Liste, wo sie neben den Vornamen ihrer Feinde kleine kabbalistische Zeichen eintrug, auf der Spitze stehende Sterne, Kreuze und so weiter. Jede einsame alte Frau wird am Ende zur Hexe, die die Zukunft voraussagt und unter ihren großen Schleiern Verwünschungen murmelt. Luisa kennt sogar den Zauberspruch, mit dem sie dafür sorgen kann, dass der Pappmaché-Kanarienvogel zu singen anfängt.

Einer nach dem anderen starben ihre Hunde. Sie ließ sie ausstopfen.

Am 13. März 1954 ehrte die Royal Academy of Arts Augustus John mit einer Retrospektive seines Gesamtwerks. Am selben Tag, Tausende von Kilometern von London entfernt, begann die Schlacht von Diên Biên Phu, die letzte Episode des Indochinakrieges. Es ergeben sich immer erstaunliche Bilder, wenn man zeithistorische Ereignisse und Begebenheiten aus einem Privatleben miteinander in Beziehung setzt. Dieses ganze Buch hindurch habe ich versucht, Luisa in ihrer Zeit zu verorten, aber das 20. Jahrhundert ist an ihr abgeglitten wie ein Regentropfen von Wachstuch.

Von allen Künstlern altern Maler am besten. Der Sechsundsiebzigjährige mit seinem weißen Bart war die Eleganz selbst. Mit leicht gebeugtem Rücken neigte er den Kopf und lächelte den Kritikern und Journalisten zu, die seinen unvergleichlichen Strich rühmten, die Wahl der Farben, die Beherrschung der Kontraste, seine aus dem Leben gegriffenen Sujets und seine extravagante Phantasie. Das Porträt der Marchesa Casati – man hatte es aus Ohio beschafft – erzeugte allgemeine Bewunderung. Augustus hatte Luisa benachrichtigt, und sie war bei der Aussicht, wieder vor diesem Bild zu stehen, sehr aufgeregt. Nach der Versteigerung im Palais rose hatte sie gemeint, sie werde keines ihrer Porträts je wiedersehen.

Sie zog ihr ewiges schwarzes Etuikleid an, behängte den faltigen Hals mit einem dicken goldenen Talmi-Collier und setzte sich einen kleinen Hut mit Gesichtsschleier auf, mit dem sie aussah wie eine würdige Witwe. Lange Zeit wäre Luisa einfach so allein zur Vernissage gegangen, hätte sich die Frage nicht einmal gestellt. Aber sie war so lange nicht mehr öffentlich aufgetreten, dass sie ein wenig Angst bekam und einen Nachbarn bat, sie zu begleiten. Sie, die sämtliche Triumphe erlebt hatte, sie, deren öffentliches Erscheinen stets klug choreographiert war, um ganze Salven von Applaus zu bewirken, wusste, dass sie ihre großartige Wirkung verloren hatte. Zwar würde man sie gewiss bemerken und mit dem Finger auf sie zeigen, auf das Modell eines der vielen Bilder, aber im Zentrum der Aufmerksamkeit würde Augustus John stehen, er war der Künstler. Dank diesem Nachbarn würde wenigstens einer ihr ein paar schmeichelnde Worte sagen. Die Marchesa war so bedürftig nach einem Kompliment, nach einem stützenden Arm für den Augenblick, in dem sie dieser Vision aus einer versunkenen Vergangenheit gegenüberstehen würde.

Was geht im Kopf einer Frau vor, die alles verloren hat? Wovon träumt sie, während sie durch den Green Park spaziert? Sie wollte spektakulär sein, doch jetzt ist das Spektakel vorüber. Als die alte, schwarzgekleidete Dame den Saal betrat, war da die altbekannte leichte Neigung des Kopfes, als wäre die Tür ihr zu niedrig. Das Gemälde hob sich von der Wand ganz hinten ab, die Frau mit den roten Haaren war jung und schön, ihre Lippen granatrot, die Welt gehörte ihr. Die alte Marchesa spürt ihr Herz brennen. Ihr gequältes

Leben zieht im Blick der Gemalten vorüber, der Champagner, die Abende bei den Gramonts, die Porträtsitzungen bei Augustus, der sie nebenbei noch schnell besprang, auf dem nackten Boden, ohne Liebe, ohne Liebe. Das Spektakel ist vorüber, doch das Echo des Applauses hallt in der Stille nach, in der sie sich ihrem Porträt nähert. Alle treten beiseite, als sie vorüberkommt. Da steht sie im Rampenlicht unter den stummen Hurrarufen und den erstarrten Bravos. Sie macht einen Knicks, sie weiß, das ist ihr letzter Vorhang.

Es war einmal, im Palazzo dei Leoni in Venedig, eine Frau, die mehr Edelsteine besaß als alle Sultane Arabiens. Ihr Leben war nichts als Rausch und Wolllust. Eines Tages beschloss sie, einen großen Ball zu veranstalten …»

Durch die verlassenen Straßen wandert eine Gestalt. Die Bewunderung ist dem Entsetzen gewichen, die Schatten sind ihr letztes Reich geworden. Dichter, Künstler und Gelehrte, alle haben sie verlassen. Der Legende zufolge soll sie nach Kleopatra und der Jungfrau Maria die am häufigsten gemalte Frau der Kunstgeschichte sein. Sie schließt die Augen. Sie sieht den konzentrierten Blick des Malers noch vor sich, der ihr Porträt verfertigte. Wie sie sich an dem kräftigen Geruch des Terpentins berauschte! Sie schwankt. Jetzt könnte sie ein Glas Gin on the Rocks gebrauchen. Die hagere Gestalt biegt in die Carnaby Street ein. Ihre Arme so lang wie Pendel, die feinen Hände an allzu dünnen Gelenken, wie Blüten, die für ihre Stängel zu schwer sind. Sie ist nicht mehr ganz so jung, und das Londoner Pflaster ist uneben; sie strauchelt in ihrem engen Etuikleid aus abgeschabtem Satin. Unter allerlei schwarzen Schleiern verbirgt sie ihre Augen, die mit Kohle geschwärzten Lider, ihr talkumblasses Gesicht, die allzu roten Haare. Ob sie heute Abend Glück hat? Die an der Wand aufgereihten Mülleimer von Liberty sind noch nicht geleert worden. Fünf dunkelgrüne, randvolle Behälter. Ihr Puls schlägt schneller. Fieberhaft greift sie in den ersten. Allerlei Fetzen und vergilbtes Papier landen zu ihren Füßen. *Aspetta … aspetta …* Sie wühlt mit gekrümmten Fingern. Zeitungen, Glassplitter, ein Strumpf mit Laufmasche, fleckige Lumpen, ein Stück Bindfaden, ein Pfirsichkern, schimmeliger Karton, klebriges Papier. Sie stemmt sich auf die Zehenspitzen und wäre beinahe vornübergefallen. Wie ein Hund einen Knochen wittert, hat sie etwas Weiches gespürt. Es mit der Spitze des Zeigefingers berührt, doch dann ist es tiefer in den Eimer gerutscht. Die Abfälle ballen sich tückisch zusammen, ihr Ellbogen verschwindet darin. Sie tastet blindlings, flucht zwischen den Zähnen, wird wütend. Dann auf einmal erneut dieses Weiche. Ihre Hand packt zu, zerrt, und es gelingt ihr mit katzenhaftem Geschick, das Gesuchte aus dem Müll zu holen. Sie hält ein Stück Kaschmir empor. Sie wagt ein zahnloses Lächeln. *Magnifico.* Plötzlich Schritte auf dem Pflaster. Luisa lässt ihren Schleier wieder herab und drückt sich hinter einen Vorsprung. Reglos an der kalten Mauer, wartet die alte Lumpensammlerin, bis der Mann vorüber ist.

Es war einmal in Venedig ein Palast voller funkelnder Kronleuchter und großer Sträuße rosafarbener Orchideen. Da waren Frauen in federbesetzten Mänteln, goldpuderbestäubte Sklaven, die unter den Sternen Fackeln trugen. Ihre legendäre Menagerie: die Boa constrictor namens Anaxaragus, Geparden, Rosenbrustbartsittiche. Die Gondolieri, *Amore mio*, mit ihren Hütchen, und die Oberkellner im Ritz, wie sie dienerten: «Zu Diensten, gnädige Frau!» Das war kein Traum, das hat sie alles selbst erlebt. Sie meint noch die Musik zu hören. Doch der Gesang der Mandolinen und die schluchzenden Geigen sind schon lange verstummt. Durch die Stille der Nacht schwankt die göttliche Marchesa Casati nach Hause.

EPİLOG

Die Marchesa Casati starb am 1. Juni 1957 in ihrer Wohnung an einer Gehirnblutung. *Age cannot wither her.* Sie war sechsundsiebzig Jahre alt. Ein wohlmeinender Freund setzte ihr ein Paar frischer künstlicher Wimpern auf und tat ihr einen ihrer kleinen ausgestopften Hunde in den Sarg. *Age cannot wither her nor custom stale her infinite variety.* «Das Alter kann nicht welk sie machen, noch die Gewöhnung ihre unendliche Vielfalt schal.» Auf der Old Brompton Road zieht sich mir das Herz zusammen. Ich habe mein Buch beendet und bin hergekommen, um einen Epilog zu schreiben. In dieser Straße habe ich fast drei Jahre lang gewohnt. Ich wusste gar nicht mehr, dass sie an einem Friedhof endet. *Age cannot wither her.* Ich sehe mich vor mir, wie ich die Straßen von South Kensington durchstreifte auf der Suche nach einem Liebesnest. Die Makler schickten mich zu den letzten Löchern. Er rief mich unterdessen an: «Gehen Sie da und da hin, da gibt es vielleicht etwas!» – «Kaufen Sie die und die Zeitung, die Anzeigen sind klasse!» Wir waren glücklich, wir wollten zusammenziehen, und wir würden uns bis an unser Lebensende siezen. Meine Scheidung lief, schon war ich in einen anderen verliebt. Bei der Besichtigung der Wohnung in der Old Brompton Road war es Liebe auf den ersten Blick. Ich wusste, die war für uns perfekt. Es galt sich rasch zu entscheiden. Er sagte: «Ich vertraue Ihnen voll und ganz», und schickte ein Fax mit seinen Kontodaten. Ich hüpfte vor Freude am Busstop auf der Stelle. Auf demselben Bürgersteig zieht sich mir heute das Herz zusammen. Der junge Mann, mit dem ich in der Old Brompton Road lebte, ist diesen Sommer gestorben. Ein Freund hat es mir erzählt, der hatte es auf Facebook gesehen.

Als ich aus der U-Bahn kam, überlegte ich, wie ich wohl vermeiden könnte, unter den Fenstern meiner Erinnerung entlanggehen zu müssen. *Du wirst dem nicht entgehen.* Ich will das Grab der Marchesa Casati besuchen, die ein Jahr lang all meine Gedanken beherrscht hat. Die arme Marchesa, ganz zum Schluss haben sie ihr die Schau gestohlen. Ich gehe bei den französischen Buchhändlern vorbei, die immer so nett zu mir gewesen waren. «Du kannst es gar nicht verfehlen, du gehst an deiner alten Wohnung vorbei, einfach geradeaus, dann kommst du direkt darauf zu.» Ich gehe weiter. Ich reiße mich zusammen. Ich gehe weiter, als ob nichts wäre, als hätten wir nicht im Couscous Daran zusammen gegessen, als hätte ich nicht in der Drogerie ein Stück weiter unten Draht gekauft, als würde ich nicht jedes Geschäft kennen und jedes Café, als könnte eine Erinnerung unverfänglich sein. Ich hatte im Wohnzimmer eine Wand rot gestrichen und im Flur lustige Schmetterlinge hingemalt, hatte im Internet schwarze Samtsofas bestellt. Er hatte Borde für meine Bücher befestigt. Ich sehe ihn noch, den Bohrer in der Hand. So stolz auf sich selbst. Die Terrasse war erst nichts als ein Haufen Säcke mit Kies. Wir kauften eine Kletterrose und magere Kürbisse. Unsere Feste. Das Feuerwerk, das wir auf den Dächern der Nachbarhäuser abbrannten, um unsere Freunde zu erfreuen. Ich hatte am Rand von London einen indischen Großhändler aufgetan. Der alte Herr hatte gesagt: «Sie sollten aber nicht mit Feuerwerkskörpern U-Bahn fahren …» Was haben wir gelacht. Ich bin nichts mehr als ein Gefäß voller unerträglicher Erinnerungen an Reisen und an Liebe, an Schreie und Tränen. Wie er mich auf Knien anflehte, ihn nicht zu verlassen. «Mir ist es jetzt klar, mir ist jetzt klar, was es bedeuten würde, Sie zu verlieren, verlassen Sie mich nicht, Camille, verlassen Sie mich nicht!», und ich gab nach, um leichter gehen zu können. Mein Aufbruch, der große Umzug. Die Bücherkisten, die leeren Regalbretter. Er hatte ganz auf tapfer gemacht, eine Flasche Champagner geköpft und auf unsere gute Trennung getrunken. Meine Mutter fand das große Klasse, ich fand es pathetisch.

Ich ging über die Straße, ich erreichte die Höhe der Fenster und wandte den Blick. Da war die Deckenlampe in der Küche, die ich selbst gebastelt hatte, und ich versuchte, die Rose auf der Terrasse zu erspähen, ob die wohl gut gewachsen war. Da wurde mir übel. Rasch ging ich weiter, das Blut pochte mir in den Schläfen, ich dachte, ich würde an Ort und Stelle zusammenbrechen. Den Tod dieses Mannes auskotzen, der mich so geliebt und den ich verlassen hatte. Die Männer beweinen, die mich geliebt haben, die ich verlassen habe. Jades und Caesars Tränen weinen. «Geh nicht weg. Entschuldige, entschuldige, ich tu's nie wieder!» Ich war für niemanden eine Muse, aber ich ließ Herzen bluten. *Age cannot wither her. Age cannot wither her.* Ich konnte nichts mehr sehen, wollte nur gequält und verknotet irgendwie heil zum Friedhof kommen, ich war doch wegen Luisa hier. Ich kann keine Biographie schreiben, dieses Buch ist ein Roman, Luisa ist ein Produkt meiner Vorstellungskraft. Ich bin eine professionelle, gewissenhafte Autorin: Ich schreibe einen Epilog.

Beim Tor angekommen, versuchte ich ein Lächeln, um den Friedhofswärter für mich zu gewinnen, einen einarmigen Kahlkopf direkt aus einem Roman von Stephen King. Zu meiner großen Überraschung kannte er die Marchesa Casati, *«that famous woman»*, und konnte mir den Abschnitt sagen, in dem ihr Grab lag. Es war ein riesiger, wunderschöner Friedhof voller Dornenranken und Unkraut. *Rest in peace.* Die grauen, verwitterten Grabsteine bildeten ein poetisches Durcheinander. Alte Obstbäume, die Stämme knorrig nach all den Jahren, Dornenbüsche zwischen den Gräbern. Ich las verträumt die Inschriften. *In memory of our dearly beloved wife and mother.* Luisa Casatis Grab lag seltsam abseits. Eine große Schmuckvase, mit einem gefalteten Tuch und einer Blumengirlande behängt – das Ganze aus Stein. Ich wusste, dass ihre Enkelin, Moorea, die Inschrift auf dem Sockel ausgesucht hatte, aus Shakespeares *Antonius und Kleopatra. Age cannot wither her nor custom stale her infinite variety.* Eine kleine Handvoll Freunde, meist Bekanntschaften jüngeren Datums, gab ihr, die sich immer geweigert hatte, an Beerdigungen teilzunehmen, auf dem Friedhof von Brompton das letzte Geleit.

Es gab Spuren, die verrieten, dass noch andere Besucher hier gewesen waren. Ein Sträußchen im Regen faulender Nelken, dann, erstaunlich, eine halb abgebrannte weiße Kerze, am Sockel hing ein seltsames violettes Häkelarmband, dann waren da ein Herz aus Kunstharz, darin eingegossen winzige getrocknete Blumen, und schließlich ein klebriger Bonbon, halb geschmolzen, der einen weißen Streifen auf dem Stein hinterlassen hatte. Ich dachte mir, dass das doch etwas von schwarzer Messe an sich hatte und ich vielleicht einem Irrtum erlegen war. Ich hatte Luisas Faible für die okkulten Wissenschaften immer als einen Zeitvertreib abgetan, vielleicht weil ich Leute, die im Mondschein Bonbons auf Gräbern schmelzen lassen, nicht ernst nehmen kann. Vielleicht galt Luisa in Satanistenkreisen als Eminenz? Aber egal, ich würde ja wohl wegen einer Kerze meinen Roman nicht neu schreiben. Was mir dann wieder Freude machte, das waren kleine Plastikperlen, wie als Opfergabe in die Ecken und Winkel der Skulptur gelegt. Es hatte geregnet, der Boden war noch feucht, und ich kniete mich hin, vom Duft des frischen Grases umgeben. Mich überkam ein dankbares Gefühl. Da bist du also, meine Luisa, mein Schatz, meine Figur.

Die Zitate stammen aus folgenden Büchern:

Man Ray, «Selbstportrait. Eine illustrierte Autobiographie», übersetzt von Reinhard Kaiser, Schirmer/Mosel Verlag, München 1983, S. 154, 157; Romaine Brooks und Natalie Barney, «Correspondance», Bibliothèque littéraire Jacques Doucet, Fonds Natalie Clifford-Barney; André de Fouquières, «Cinquante ans de panache», Horay 1951; Scot D. Ryersson und Michael Orlando Yaccarino, «Infinite Variety. The Life and Legend of the Marchesa Casati», University of Minnesota Press 2004.

MIX
Papier aus verantwortungsvollen Quellen
FSC® C083411

Das für dieses Buch verwendete FSC®-zertifizierte Papier *Schleipen Werkdruck* liefert Cordier, Deutschland.